A FAMÍLIA PERFEITA

A FAMÍLIA PERFEITA

LISA JEWELL

Tradução de Thaís Britto

Copyright © 2019 by Lisa Jewell

Proibida a venda em Portugal.

TÍTULO ORIGINAL
The Family Upstairs

COPIDESQUE
Isabel Rodrigues

REVISÃO
Júlia Ribeiro
Laiane Flores
Thais Entriel
Iuri Pavan

DIAGRAMAÇÃO
DTPhoenix Editorial

CIP-BRASIL. CATALOGAÇÃO NA PUBLICAÇÃO
SINDICATO NACIONAL DOS EDITORES DE LIVROS, RJ

J56f   Jewell, Lisa
          A família perfeita / Lisa Jewell; tradução Thaís Britto.
        – 1. ed. – Rio de Janeiro: Intrínseca, 2022.
          400 p.; 21 cm.

          Tradução de: The family upstairs
          ISBN 978-65-5560-479-5

          1. Ficção inglesa. I. Britto, Thaís. II. Título.

22-76434   CDD: 823
                              CDU: 82-3(410)

Gabriela Faray Ferreira Lopes – Bibliotecária – CRB-7/6643

[2022]
Todos os direitos desta edição reservados à
EDITORA INTRÍNSECA LTDA.
Av. das Américas, 500, bloco 12, sala 303
22640-904 – Barra da Tijuca
Rio de Janeiro — RJ
Tel./Fax: (21) 3206-7400
www.intrinseca.com.br

Este livro é dedicado aos meus leitores, com amor e gratidão.

Não seria exatamente correto dizer que minha infância era normal antes de eles chegarem. Não era nada normal, mas eu tinha essa impressão porque aquilo era tudo o que eu conhecia. Só agora, depois de décadas, consigo perceber o quanto era bizarro.

Eu tinha quase onze anos quando eles chegaram. Minha irmã tinha nove.

Eles viveram com a gente por mais de cinco anos e tornaram tudo muito, muito sombrio. Minha irmã e eu tivemos que aprender a sobreviver.

E quando eu estava com dezesseis anos e minha irmã, catorze, o bebê chegou.

I

1

Libby pega a carta sobre o capacho e a revira nas mãos. Parece bem formal: o envelope é bege, feito em papel de alta qualidade, e parece até ter um forro de tecido. No carimbo do correio lê-se: "Smithkin Rudd & Royle Advogados — Chelsea Manor Street SW3."

Ela leva a carta até a cozinha e a coloca sobre a mesa, enchendo a chaleira e pondo um saquinho de chá dentro da caneca. Libby já sabe o que tem naquele envelope. Ela fez vinte e cinco anos no último mês e, em seu subconsciente, já vinha esperando por ele. Mas, agora que o envelope está ali na sua frente, não tem certeza de que está pronta para abri-lo.

Ela pega o telefone e liga para a mãe.

— Mãe — diz ela. — Chegou. A carta dos administradores.

Libby escuta o silêncio do outro lado da linha. Imagina a mãe em sua própria cozinha, a mais de mil quilômetros de distância, em Dénia: armários de um branco imaculado, utensílios combinando em verde-limão, portas de correr envidraçadas que dão acesso a uma pequena varanda com vista para o Mediterrâneo ao longe, o celular na orelha com a capinha cravejada de cristais a que ela chama de *minha ostentação*.

— Ah — diz ela. — Ok. Caramba. Você já abriu?

— Não. Ainda não. Estou tomando um chá antes.

— Ok — diz ela novamente. E então continua. — Quer que eu fique na linha? Enquanto você abre?

— Quero — responde Libby. — Por favor.

Ela está levemente sem fôlego, do mesmo jeito que fica às vezes, momentos antes de se levantar e fazer uma apresentação de vendas no trabalho, como se tivesse tomado um café forte. Tira o saquinho de chá da caneca e se senta. Percorre com os dedos os cantos do envelope e respira fundo.

— Certo — diz ela para a mãe. — Estou abrindo. Estou abrindo agora.

A mãe sabe o que tem ali. Ou ao menos tem uma ideia, embora nunca tenha sido oficialmente informada sobre o que haveria no fundo. Como ela sempre dizia, pode ser só um bule de chá e uma nota de dez libras.

Libby pigarreia e passa o dedo sob a aba do envelope, então tira de dentro uma folha grossa de papel bege e dá uma lida rápida.

Para a srta. Libby Louise Jones

Como administrador do fundo de Henry e Martina Lamb criado em 12 de julho de 1977, sugiro fazer a transferência para você conforme descrito no documento anexo.

Ela deixa a carta de apresentação de lado e pega o restante dos papéis.

— E então? — pergunta a mãe, ofegante.

— Ainda lendo — responde.

Ela passa os olhos pelas páginas e o nome de uma propriedade lhe chama a atenção. Cheyne Walk, 16, SW3. Ela deduz que é a casa onde seus pais biológicos moravam quando morreram. Libby sabe que ficava em Chelsea. E que era grande. Mas imaginava que já não existia mais, que tinha sido abandonada. Ou vendida. Sua respiração fica presa no fundo da garganta quando se dá conta do que acabou de ler.

— É... — diz.
— O quê?
— Parece que... Não, não é possível.
— O quê?!
— A casa. Eles deixaram a casa para mim.
— A casa de Chelsea?
— É.
— A casa inteira?
— Acho que sim.

Uma parte da carta de apresentação menciona que nenhuma outra pessoa citada no fundo se apresentou em tempo hábil. Ela ainda não conseguiu digerir a informação.

— Meu Deus. Aquilo deve valer...

Libby respira com dificuldade e olha para o teto.

— Devem ter se enganado — diz ela. — Só pode ser isso.
— Procure os advogados — sugere a mãe. — Ligue para eles. Marque uma reunião. Confirme se não é um engano.
— Mas e se não for? E se for verdade?
— Bom, aí, meu anjo — diz a mãe, e Libby consegue visualizar seu sorriso mesmo a quilômetros de distância. — Você vai ser uma mulher bem rica.

*

Libby encerra a chamada e olha ao redor, para a cozinha. Há cinco minutos, essa era a única cozinha pela qual ela podia pagar; esse apartamento, o único que ela podia comprar, nessa rua silenciosa cheia de casinhas com sacada nos cafundós de St. Albans. Ela se lembra das casas e apartamentos que viu enquanto procurava na internet, os breves suspiros quando encontrava um lugar perfeito: uma varanda banhada de sol, uma cozinha com espaço para fazer as refeições, uma casa a cinco minutos de distância a pé até a estação mais próxima, uma janela antiga com vitral, talvez o barulho de sinos de uma catedral do outro lado de um parque, e então conferia o preço e se sentia ridícula por achar que aquilo poderia ser dela.

No fim das contas, Libby abriu mão de tudo o que queria para ficar em um lugar próximo ao trabalho e não muito longe da estação de trem. Não sentiu nenhum frio na barriga ao passar pela porta; seu coração não disse nada enquanto o corretor lhe mostrava o imóvel. Mas ela o transformou num lar do qual se orgulhava, garimpando meticulosamente tudo que a loja de móveis mais barata tinha de melhor, e agora aquele apartamento de um quarto mal convertido e ligeiramente desajeitado a fazia feliz. Ela o tinha comprado; ela o decorou. Era seu.

Mas pelo jeito agora ela era a proprietária de um imóvel que ficava na rua mais chique de Chelsea, e de repente seu apartamento parecia uma piada, assim como tudo que era importante para ela cinco minutos antes: o aumento de mil e quinhentas libras por ano que tinha acabado de ganhar no trabalho, a festa de despedida de solteira em Barcelona no mês seguinte para a qual ela passou seis meses economizando, a sombra da MAC que tinha "se permitido" comprar na semana anterior para comemorar o aumento — aquela empolgação que sentiu ao deixar de lado seu orçamento perfeitamente calculado para usufruir um momento de luxo em uma loja de roupas de grife, a sacolinha leve com a maquiagem caríssima pendurada em sua mão, o arrepio ao guardar a pequena embalagem preta na bolsinha de maquiagem, sabendo que ela era a dona daquilo e que talvez pudesse até usá-la em Barcelona, onde também poderia usar o vestido que a mãe comprou para ela no Natal, aquele com rendas, de uma marca famosa, que ela estava namorando havia tempos.

Cinco minutos atrás, suas alegrias na vida eram pequenas concessões inconsequentes, esperadas e conquistadas com esforço e economia, que não mudavam absolutamente nada no todo, mas davam a sua vida aquele brilho suficiente para que valesse a pena sair da cama todos os dias e ir para um trabalho do qual ela gostava, mas não amava.

Agora ela é a proprietária de uma casa em Chelsea, e todos os parâmetros da sua vida acabaram de ir para o espaço.

Ela coloca a carta de volta no envelope chique e termina de beber o chá.

2

Uma tempestade está prestes a cair sobre a Côte d'Azur; no horizonte, o céu escuro, da cor de uma ameixa, parece pesado sobre Lucy. Ela coloca uma das mãos na cabeça, pega o prato vazio da filha com a outra e o põe no chão, para que o cachorro lamba os restinhos de molho e frango.

— Marco — diz ela ao filho. — Termine de comer.

— Não estou com fome — responde ele.

Lucy sente a raiva latejando em suas têmporas. A tempestade está se aproximando; ela consegue sentir a umidade fria em meio ao ar quente.

— É só isso — diz ela, a voz entrecortada, se esforçando para não gritar. — É só isso que temos para comer hoje. Acabou o dinheiro. Não tem mais. Não venha me dizer depois, na hora de dormir, que está com fome. Vai ser tarde demais. Coma. Por favor.

Resignado, Marco balança a cabeça e corta o pedaço de frango. Ela olha para o topo da cabeça dele, o cabelo grosso e castanho fazendo uma espiral nos dois redemoinhos. Ela tenta se lembrar da última vez em que todos eles lavaram o cabelo, mas não consegue.

— Mamãe, posso comer a sobremesa? — pergunta Stella.

Lucy olha para ela. Stella tem cinco anos e foi o melhor erro que Lucy cometeu. Devia responder que não; é tão rígida com

Marco, não deveria ser indulgente com a irmã. Mas Stella é tão boazinha, tão dócil e fácil de lidar. Como poderia negar a ela um docinho?

— Se Marco comer todo o frango, podemos dividir um sorvete — diz, com calma.

Isso é claramente injusto com Stella, que terminou de comer o frango há dez minutos e não deveria precisar esperar o irmão terminar o dele. Mas o senso de injustiça de Stella parece não estar totalmente desenvolvido ainda, então ela concorda e diz:

— Coma rápido, Marco!

Lucy retira o prato de Marco quando ele termina e o coloca no chão para o cachorro. E então vem o sorvete. São três sabores numa tigela de vidro, com cobertura de chocolate, farofa de castanha e uma palmeirinha cor-de-rosa em papel metálico espetada num palito de drinque.

A cabeça de Lucy lateja novamente, e ela volta o olhar para o horizonte. Precisam encontrar um abrigo, e tem que ser rápido. Ela pede a conta e coloca o cartão no pires; digita a senha na maquininha, prendendo a respiração ao constatar que não há mais dinheiro nenhum naquela conta, nem em qualquer outro lugar.

Ela espera Stella terminar de lamber a tigela, desamarra a coleira do cachorro do pé da mesa e recolhe as bolsas, entregando duas para Marco e uma para Stella.

— Para onde vamos? — pergunta Marco.

Seus olhos castanhos estão sérios, sua expressão ansiosa.

Ela respira fundo. Olha para um lado, as ruas indo em direção ao centro histórico de Nice, e, para o outro, as que dão no mar. Olha até para o cachorro, como se ele pudesse ter uma boa sugestão. Ele a encara com avidez, como se esperasse outro prato para lamber. Só existe um lugar para ir, o último lugar onde ela gostaria de estar. Mas Lucy dá um jeito de abrir um sorriso.

— Já sei — diz ela. — Vamos visitar a *mémé*!

Marco resmunga. Stella faz cara de quem está em dúvida. Os dois se lembram de como foi a última vez que ficaram com a avó de Stella. Samia já foi uma estrela do cinema na Argélia, mas agora tem setenta anos, é cega de um olho e mora junto com a filha adulta deficiente num apartamento imundo no sétimo andar de um prédio em L'Ariane. O marido morreu quando Samia tinha apenas cinquenta e cinco anos, e seu único filho, o pai de Stella, desapareceu há três e nunca entrou em contato. Samia é bruta e revoltada, e com motivo. Mas ela tem um teto e um chão; tem travesseiros e água encanada. Neste momento, ela tem tudo que Lucy não pode oferecer aos filhos.

— Só por uma noite — diz ela. — Só por hoje, e depois vou arrumar alguma coisa para amanhã. Prometo.

Eles chegam ao apartamento de Samia bem na hora em que a chuva começa a cair, pequenas gotas pesadas explodindo sobre a calçada quente. Dentro do elevador todo grafitado, a caminho do sétimo andar, Lucy sente o cheiro deles mesmos: o odor úmido de roupas sujas, os cabelos ensebados, tênis em uso há muito tempo. O cachorro, com o pelo denso e emaranhado, tem um cheiro especialmente horrível.

— Não posso — diz Samia, na porta, bloqueando a entrada.

— Não posso. Mazie está doente. A cuidadora precisa dormir aqui hoje. Não tem espaço. Simplesmente não tem espaço.

O estrondo de um trovão ressoa e, atrás deles, o céu fica branco por um instante. A chuva começa a cair torrencialmente. Lucy olha para Samia com uma expressão de desespero.

— Não temos outro lugar para ir — diz.

— Eu sei — responde Samia. — Sei disso. Posso ficar com Stella. Mas você, o garoto e o cachorro, sinto muito. Vão ter que encontrar outro lugar.

Lucy sente Stella se agarrar em sua perna, um calafrio de desconforto percorrendo o corpinho dela.

— Quero ficar com você — sussurra para Lucy. — Não quero ficar aqui se você não ficar comigo.

Lucy se agacha e segura as mãos de Stella. Os olhos dela são verdes, como os do pai, o cabelo escuro tem mechas aloiradas, a pele do rosto é marrom-escura, bronzeada após o longo e quente verão. Ela é uma criança linda; às vezes as pessoas param Lucy na rua para dizer isso, impressionadas.

— Querida — diz. — Você vai ficar sequinha aqui. Vai poder tomar um banho. *Mémé* vai ler uma história para você...

Samia concorda com a cabeça.

— Posso ler aquela que você gosta, sobre a lua.

Stella se agarra com mais força a Lucy. A mulher sente a paciência se esgotando. Daria qualquer coisa para poder dormir na cama de *mémé*, para que alguém lesse um livro sobre a lua para ela, para tomar um banho e vestir um pijama limpo.

— É só uma noite, meu amor. Amanhã bem cedo vou estar aqui para buscar você. Está bem?

Ela sente Stella concordando com a cabeça, ainda encostada em seu ombro, a respiração pesada em meio às lágrimas.

— Está bem, mamãe — diz Stella, e Lucy a conduz para dentro do apartamento de Samia antes que uma das duas mude de ideia.

E então sobram ela, Marco e o cachorro, com os tapetes de ioga nas costas, saindo em direção à chuva torrencial, na escuridão da noite, sem ter para onde ir.

*

Durante um tempo eles se abrigam sob o viaduto. O som constante dos pneus dos carros sobre o asfalto quente e molhado é ensurdecedor. A chuva continua caindo.

Marco está com o cachorro no colo, o rosto apoiado nas costas do animal.

Ele olha para Lucy.

— Por que nossa vida é essa merda? — pergunta.

— Você sabe por que nossa vida é uma merda — responde ela, irritada.

— Mas por que você não faz nada para resolver?

— Estou tentando.

— Não está, não. Você está afundando a gente.

— *Estou tentando!* — grita ela, lançando a ele um olhar furioso. — Todos os minutos de todos os dias.

Ele olha para ela, sem acreditar tanto assim. É esperto demais e a conhece muito bem. Ela solta um suspiro.

— Vou pegar meu violino de volta amanhã. Vou poder ganhar dinheiro de novo.

— E como vai pagar pelo conserto? — pergunta ele, com os olhos semicerrados fixos nela.

— Vou dar um jeito.

— Que jeito?

— Não sei, beleza? Não sei. Alguma coisa vai aparecer. Sempre aparece.

Ela dá as costas para o filho e volta o olhar para as luzes paralelas do semáforo brilhando em sua direção. Um estrondo de trovão explode sobre a cabeça dos dois, o céu se ilumina mais uma vez e a chuva fica ainda mais forte, ainda que isso parecesse impossível. Ela pega o celular surrado no bolso da mochila e liga o aparelho. Vê que só tem oito por cento de bateria e está prestes a desligá-lo novamente, quando olha a notificação do calendário. Está lá há semanas, mas ela não consegue cancelar.

Diz apenas: *o bebê tem vinte e cinco anos*.

3

CHELSEA, FINAL DOS ANOS 1980

Meu nome, assim como o do meu pai, é Henry. Essa duplicidade já causou algumas confusões, mas como minha mãe chamava meu pai de *querido*, minha irmã o chamava de *papai* e praticamente todo mundo o chamava de sr. Lamb ou *senhor*, acabou dando tudo certo.

Meu pai era o único herdeiro da fortuna do pai dele, conseguida em máquinas caça-níqueis. Nunca conheci meu avô, que já era bem velho quando meu pai nasceu, mas ele era de Blackpool e se chamava Harry. Meu pai nunca trabalhou na vida, só ficou sentado esperando Harry morrer para que pudesse ficar rico.

Ele comprou nossa casa na Cheyne Walk, em Chelsea, no mesmíssimo dia em que pôs as mãos no dinheiro. Saiu em busca de casas no período em que Harry já estava nas últimas, ficou de olho no imóvel por semanas, morrendo de medo de que alguém fizesse uma oferta antes que ele reivindicasse sua herança.

Comprou a casa vazia e gastou anos e milhares de libras enchendo-a do que costumava chamar de *objets*: cabeças de alces que se avultavam em painéis na parede, espadas cruzadas penduradas sobre o batente da porta, tronos de mogno com encosto de troncos retorcidos, uma mesa de banquete em estilo medieval para dezesseis pessoas cheia de marcas e buracos, armários lotados de pistolas e chicotes, uma tapeçaria de seis metros de altura, pinturas sinistras de retratos dos ancestrais de outras pessoas, pilhas de livros com capas de couro e inscrições douradas que ninguém leria, além de um canhão em tamanho real no jardim. Não havia cadeiras confortáveis nem cantinhos acolhedores em casa. Tudo era madeira, couro, metal e vidro. Tudo era rígido. Principalmente meu pai.

Ele levantava pesos no porão e bebia Guinness feita em seu próprio barril, do seu próprio bar. Usava ternos de oitocentas libras, feitos sob medida e comprados em Mayfair, que mal acomodavam seus músculos e a circunferência de sua cintura. Seu cabelo era ruivo da cor das moedas antigas de um centavo, e suas mãos tinham uma aparência esfolada, com os nós das articulações bem vermelhos. Dirigia um Jaguar. Jogava golfe, mas detestava, porque não tinha jeito para golpear com o taco; ele era muito parrudo, pouco flexível. Saía para atirar nos fins de semana: desaparecia no sábado de manhã cheio de armas, vestindo um paletó ajustado de tweed, e só voltava no domingo à noite com um monte de pombos dentro de um isopor. Uma vez, quando eu tinha uns cinco anos, ele trouxe para casa um buldogue inglês que havia comprado de um homem na rua com as notas fresquinhas de cinquenta libras que deixava enroladas no bolso do paletó. Disse que o cachorro o fazia lembrar de si mesmo. Aí, o cão fez cocô num tapete antigo e meu pai se livrou dele.

Minha mãe tinha uma *beleza singular*.

Essas palavras não são minhas. São do meu pai.

Sua mãe tem uma beleza singular.

Ela era meio alemã, meio turca. Seu nome era Martina. Era doze anos mais nova que o marido e, naquela época, antes de eles chegarem, ela era um ícone da moda. Colocava os óculos escuros e ia até a Sloane Street para gastar o dinheiro do meu pai em lenços de seda, batons com embalagens de ouro, perfumes franceses intensos, e às vezes era fotografada carregando um monte de sacolas de compras, e suas fotos saíam estampadas em jornais chiques. Eles a chamavam de "socialite". Ela não era, na verdade. Frequentava festas glamorosas e usava roupas lindas, mas, quando estava em casa, era apenas a mamãe. Não a melhor mãe, mas também não a pior, e conferia, sem dúvida, uma espécie de leveza àquela mansão enorme, masculina e adornada de armas em Chelsea.

Ela teve um emprego uma vez, durante mais ou menos um ano, apresentando pessoas importantes do mundo da moda umas às outras. Ou, pelo menos, era assim que eu entendia. Carregava cartões de visita prateados na bolsa com "Martina Lamb Associados" escrito em rosa-choque. Tinha um escritório na King's Road, um loft bem iluminado que ficava na parte de cima de uma loja, com mesa de vidro, cadeiras de couro e uma máquina de telex, além de araras cheias de roupas protegidas por uma capa de plástico e um vaso de lírios brancos sobre uma mesinha. Ela levava minha irmã e eu para o trabalho nos dias de recesso escolar e nos dava pilhas de folhas de papel convidativamente brancas, que retirava de uma caixa, e um punhado de canetinhas. O telefone tocava de vez em quando e mamãe respondia "Bom dia, Martina Lamb Associados". Às vezes, uma visitante tocava o interfone e subia — eu e minha irmã brigávamos para decidir de quem era a vez de apertar o botão do aparelho. As visitantes eram mulheres muito magras e estridentes que só queriam falar sobre roupas e gente famosa. Não havia "associados", só a nossa mãe e de vez em quando alguma adolescente deslumbrada fazendo estágio. Não sei o que aconteceu com tudo aquilo. Só sei que o escritório no loft e os cartões de visita prateados desapareceram e minha mãe voltou a ser uma dona de casa.

Minha irmã e eu íamos para a escola em Knightsbridge, provavelmente a mais cara de Londres. Nosso pai não tinha pena de gastar dinheiro naquela época. Amava esbanjar. Quanto mais, melhor. Nosso uniforme era marrom cor de cocô e amarelo cor de vômito, com calças que iam até logo abaixo do joelho para os meninos. Felizmente, quando eu já tinha idade suficiente para me sentir humilhado por aquela roupa, meu pai não tinha mais dinheiro para pagar a mensalidade da escola, muito menos as calças de veludo cotelê que eram vendidas na seção de uniformes escolares da loja de departamentos mais famosa de Londres.

Tudo aconteceu tão devagar e, no entanto, tão extraordinariamente depressa: a mudança em nossos pais, em nossa casa, em nossa vida, depois que eles chegaram. Mas naquela primeira noite, quando Birdie apareceu na nossa porta com duas malas grandes e um gato numa caixa de vime, não podíamos imaginar o impacto que ela teria, as outras pessoas que ela traria para a nossa vida, e como seria o desfecho de tudo.

Nós pensamos que ela só tinha vindo passar o fim de semana.

4

Libby ouve cada sussurro proferido desde que essa sala existe, sente a respiração de cada pessoa que já sentou no mesmo assento que ocupa.

— Mil setecentos e noventa e nove — tinha respondido o sr. Royle à sua pergunta anterior. — Um dos escritórios de advocacia mais antigos da capital.

O sr. Royle olha para ela do outro lado de uma mesa bem polida. Dá um sorriso e diz:

— Ora, ora, que belo presente de aniversário, hein?

Libby sorri, tensa.

— Ainda não estou convencida de que é verdade — diz. — Fico esperando alguém me dizer que isso é uma grande cilada.

Aquelas palavras, *grande cilada*, parecem erradas num lugar tão antigo e respeitável. Ela pensa que devia ter dito uma frase diferente, mas o sr. Royle não parece se importar. Continua com um sorriso no rosto e se inclina para entregar a Libby uma pilha enorme de documentos.

— Não é uma cilada, posso lhe garantir, srta. Jones. Aqui — diz ele, tirando algo da pilha de papéis. — Não tinha certeza se devia mostrar isso a você agora. Ou talvez devesse ter lhe enviado. Junto com a carta. Não sei. É tudo tão desagradável. Estava no arquivo e eu tirei, caso achasse que não seria apropriado. Mas acho que é a coisa certa a fazer, então, aqui está. Não sei o quanto seus pais adotivos lhe contaram sobre sua família biológica. Mas talvez deva parar um minuto para ler isto.

Ela abre o pedaço de jornal e o coloca sobre a mesa, na sua frente.

Socialite e marido mortos em pacto suicida. Filhos adolescentes estão desaparecidos; bebê foi encontrado vivo.

A polícia foi chamada ontem à casa da ex-socialite Martina Lamb e seu marido Henry, em Chelsea, depois de receber relatos sobre um possível suicídio triplo. A polícia chegou ao local na hora do almoço e encontrou o corpo do sr. e da sra. Lamb lado a lado no chão da cozinha. Um segundo homem, ainda não identificado, também foi encontrado morto. Um bebê, possivelmente uma menina de dez meses, foi encontrado num quarto no primeiro andar. O bebê recebeu atendimento médico e passa bem. Os vizinhos contam que havia várias crianças vivendo na casa nos últimos anos, e há diversos relatos de outros adultos também morando na propriedade, mas não foram encontrados indícios de outros moradores.

A causa da morte ainda deve ser confirmada, mas os primeiros exames de sangue sugerem que o trio pode ter se envenenado.

Henry Lamb, de 48 anos, era o único herdeiro do espólio de seu pai, o sr. Harry Lamb, de Blackpool,

Lancashire. Ele estivera doente nos últimos anos e dizia-se que se locomovia com a ajuda de uma cadeira de rodas.

A polícia agora busca em todo o país pistas do paradeiro do filho e da filha do casal, descritos como adolescentes de catorze a dezesseis anos. Quem tiver qualquer informação sobre os jovens deve entrar em contato com a Polícia Metropolitana na delegacia mais próxima. A polícia também busca por qualquer pessoa que tenha morado por algum tempo na propriedade com a família nos últimos anos.

Ela olha para o sr. Royle.

— Eu sou...? O bebê encontrado sou eu?

Ele concorda com a cabeça e ela vê uma tristeza verdadeira em seus olhos.

— É, sim. Uma história trágica, não é? E misteriosa. Os adolescentes, sabe? A casa estava no testamento para eles também, mas nenhum dos dois nunca apareceu. Imagino que, bem, eles estejam... Enfim. — Ele se inclina para a frente, ajeita a gravata e sorri com certa dificuldade. — Precisa de uma caneta?

Ele aponta para um potinho de madeira cheio de canetas esferográficas que parecem caras, e ela pega uma. Tem o nome do escritório gravado em letras douradas.

Libby fica olhando para o nada por um momento.

Um irmão.

Uma irmã.

Um pacto de suicídio.

Ela balança a cabeça de leve, pigarreia e então responde:

— Obrigada.

Seus dedos envolvem a caneta com força. Ela mal consegue lembrar como é sua assinatura. Há adesivos de setinhas nas laterais das páginas onde ela deve assinar, apontando para a direção correta. O som da caneta contra o papel é quase insuportável. O sr. Royle a encara com tranquilidade; empurra a xícara de chá sobre a mesa alguns centímetros, depois puxa de volta.

Enquanto assina os papéis, ela nem sente a importância daquele momento, daquela virada invisível da vida que vai levá-la *daqui* para *lá*. Em um lado dessa pilha de documentos estão compras meticulosas de supermercado, uma viagem de fim de semana por ano e um carro de onze anos de idade. Do outro lado, as chaves para uma casa de oito quartos em Chelsea.

— Ótimo — diz ele, quase dando um suspiro de alívio quando Libby devolve a papelada. — Ótimo, ótimo, ótimo. — Ele folheia os papéis, olhando para os espaços ao lado das setinhas, depois se vira de volta para Libby e sorri. — Certo. Acho que está na hora de você pegar as chaves. — Ele pega um envelopinho branco em uma das gavetas da mesa. Na etiqueta lê-se "Cheyne Walk, 16".

Libby dá uma olhada dentro do envelope. Três molhos de chaves. O primeiro, com um chaveiro de metal com o símbolo da Jaguar. Outro com um chaveiro de latão que se transforma num isqueiro. E um último molho sem chaveiro.

Ele se levanta.

— Vamos lá? — diz. — Podemos ir andando. É logo ali na esquina.

É um dia bem quente de verão. Libby sente o calor do concreto da calçada atravessando a sola de suas alpargatas, o brilho do sol de meio-dia queimando em meio às nuvens finas. Eles caminham por uma rua cheia de restaurantes, todos abertos para a calçada, as mesas postas e posicionadas sobre plataformas especiais, protegidas do sol por diversas barracas retangulares. Mulheres usam óculos escuros enormes e se sentam em grupos de duas ou três para beber vinho. Algumas têm a sua idade, e ela fica encantada ao perceber que elas têm dinheiro para beber vinho num restaurante chique em plena tarde de segunda-feira.

— Então — diz o sr. Royle. — Esta pode ser sua vizinhança, imagino. Se decidir morar na casa.

Ela balança a cabeça e ri de nervoso. Não consegue nem formular uma resposta para aquilo. Tudo parece um absurdo.

Eles passam por pequenas butiques e antiquários cheios de esculturas de bronze de raposas e ursos, vários lustres cintilantes do tamanho de sua banheira. Então chegam à beira do rio, e, antes mesmo de ver, Libby sente um cheiro de cachorro molhado. Barcos enormes deslizam lado a lado; um barco menor abarrotado passa por eles: champanhe num balde de prata, um golden retriever com os pelos ao vento na proa, pegando sol.

— É logo ali — diz o sr. Royle. — Mais um ou dois minutos.

As coxas de Libby roçam uma na outra, e ela queria ter vestido uma bermuda em vez da saia. Ela sente o suor sendo absorvido pelo tecido do sutiã bem no meio, onde as taças se juntam, e dá para perceber que o sr. Royle, de camisa e terno bem ajustados, também está achando o calor insuportável.

— Chegamos — diz ele, virando-se para uma fileira de cinco ou seis casas de tijolos avermelhados, todas de alturas e larguras diferentes.

Libby imediatamente adivinha qual é a dela, antes mesmo de ver o número dezesseis pintado com uma fonte arredondada na janelinha semicircular. A casa tem três andares e quatro janelas amplas. É linda. Mas está, como ela imaginava, toda fechada com tábuas. A saída da chaminé e as calhas estão cheias de ervas daninhas. O lugar está um horror.

Mas um horror tão lindo. Libby respira, meio ofegante.

— É enorme — diz.

— Sim — responde o sr. Royle. — Doze cômodos no total. Sem contar o porão.

A casa fica bem afastada da calçada, depois de um gradil de metal todo enfeitado e um jardim tipo *parterre* coberto de folhagens. Há uma marquise forjada em ferro no caminho até a porta da frente e, à esquerda, um canhão em tamanho real sobre um bloco de concreto.

— Quer que eu faça as honras? — pergunta o sr. Royle, apontando para o cadeado que mantém fechada a tábua diante da porta de entrada.

Libby concorda com a cabeça, e ele abre o cadeado, passando os dedos em volta para levantar a tábua. A madeira sai fazendo um enorme barulho e, atrás, há uma imensa porta preta. Ele esfrega a ponta dos dedos e vasculha as chaves metodicamente até encontrar a que abre a porta.

— Quando foi a última vez que alguém esteve aqui? — pergunta Libby.

— Nossa, acho que uns anos atrás, quando houve um vazamento. Tivemos que chamar encanadores de emergência para consertar, esse tipo de coisa. Bem, aqui estamos.

Eles entram no hall. O calor lá de fora, o zunido do tráfego, os ecos do rio, tudo desaparece. Está frio ali. O chão é de tábuas escuras, empoeiradas e cheias de marcas. A escadaria logo à frente tem um corrimão de madeira escura em formato espiralado, com uma tigela de frutas entalhada no pilar da base da escada. As portas são esculpidas imitando dobras de linho e adornadas com maçanetas de bronze. Metade das paredes é revestida com mais madeira escura, e há ainda um papel de parede vinho bem esfarrapado, com buracos deixados pelas traças. O ar é denso e cheio de partículas de poeira. A única luz que entra vem das janelinhas semicirculares acima das portas de entrada.

Libby sente um calafrio. Tem madeira demais. E luz de menos. Ar de menos. Ela sente como se estivesse dentro de um caixão.

— Posso? — Ela leva a mão a uma das portas.

— Pode fazer o que quiser. A casa é sua.

A porta se abre e dá para um cômodo grande e retangular nos fundos, com quatro janelas com vista para um emaranhando denso de árvores e arbustos. Mais painéis de madeira nas paredes. Persianas de madeira. Mais piso de tábuas.

— Onde isso vai dar? — pergunta ela ao sr. Royle, apontando para uma portinha estreita incrustada no painel da parede.

— Esta é a porta que dá para a escadaria dos funcionários. Ela leva diretamente aos cômodos menores no sótão, e há outra porta disfarçada no hall do primeiro andar. É bem comum nessas casas antigas. Construídas como se fossem gaiolas de hamsters.

Eles percorrem a casa inteira, cômodo a cômodo, andar a andar.

— O que houve com os móveis? E as instalações? — pergunta Libby.

— Já não existem faz muito tempo. A família vendeu tudo para conseguir sobreviver. Dormiam em colchonetes. Faziam as próprias roupas.

— Então eles eram pobres?

— Sim — diz ele. — Acho que, de fato, eram pobres.

Libby balança a cabeça. Não imaginava que seus pais biológicos fossem pobres. É claro que já havia fantasiado sobre eles. Até mesmo crianças que não são adotadas criam pais biológicos de mentira. Seus pais da imaginação eram jovens e sociáveis. A casa deles à beira do rio tinha duas paredes inteiras com um janelão de vidro e uma sacada. Tinham cachorros pequenos, fêmeas, com diamantes nas coleiras. Sua mãe de mentira trabalhava como relações-públicas de moda, e seu pai de mentira era designer. Quando ela ainda estava com eles, a levavam para tomar café, a colocavam na cadeirinha alta, cortavam brioches para ela e brincavam de acariciar os pés um do outro sob a mesa, onde os cachorros se aninhavam também. Tinham morrido num acidente de carro ao voltar de uma festa, provavelmente um acidente envolvendo um carro esportivo.

— Tinha algo mais? — pergunta ela. — Além do bilhete de suicídio?

O sr. Royle nega com a cabeça.

— Bem, nada oficial. Mas tinha uma coisa, sim. Onde você foi encontrada. Algo no berço junto com você. Creio que ainda esteja aqui, no seu antigo quarto. Quer dar uma olhada?

Ela vai atrás do sr. Royle até um cômodo grande no primeiro andar, onde há duas enormes janelas estilo guilhotina com vista para o rio; o ar é denso e parado, os cantos superiores do quarto cheios de teias de aranha e poeira. Há uma pequena abertura do outro lado do cômodo, e ela dá para um quarto menor. Foi construído para servir de closet, com paredes repletas de armários e gavetas com enfeites de pérolas pintadas de branco. No meio do quarto há um berço.

— Foi aqui...?

— Sim. Você foi encontrada aqui. Rindo e dando gritinhos, ao que tudo indica, feliz da vida.

O berço é daqueles que balança, com alças de metal para ser empurrado de um lado a outro. É pintado com uma tinta grossa cor de creme e detalhes com rosas em azul pastel. Há um pequeno emblema de metal na parte da frente com o logotipo de uma loja cara.

O sr. Royle vai até uma prateleira na parede de trás e pega uma caixinha.

— Aqui — diz ele. — Isso estava escondido entre os seus cobertores. Nós imaginamos, nós e a polícia, que tinha sido deixado para você. A polícia guardou como prova por anos, mas depois nos devolveu quando o caso foi abandonado.

— O que é isso?

— Abra e veja.

Ela pega a pequena caixa de papelão e abre. Está cheia de jornais rasgados. Seus dedos encontram algo sólido e suave. Libby o tira da caixa e o objeto fica pendurado entre a ponta de seus dedos. É um pé de coelho preso a uma correntinha dourada. Ela recua um pouco e a corrente se solta de sua mão, caindo no chão de madeira. Ela se abaixa para pegar.

A mulher passa os dedos pelo pé de coelho, sentindo o frio mortal de seus pelos, as pontas afiadas de suas garras. Passa a corrente pela outra mão. Sua mente, que há uma semana só pensava em sapatos novos, uma despedida de solteira, as pontas duplas de seu cabelo, as plantas que precisavam ser regadas, agora se ocupava com pessoas dormindo em colchonetes, coelhos mortos e uma casa enorme e assustadora, completamente vazia a não ser por um berço de balanço cheio de rosas azuis sinistras pintadas de forma estranha nas laterais. Ela coloca o pé de coelho de volta na caixa e a segura, meio sem jeito. Então, lentamente, leva a mão até o colchão dentro do berço, buscando sentir o rastro de seu pequeno corpo adormecido, o fantasma da última pessoa que a colocou ali dentro e a cobriu em segurança com uma manta e um pé de coelho. Mas é claro que não há nada ali. Só uma cama vazia e o cheiro de mofo.

— Qual era meu nome? — pergunta. — Alguém sabia?

— Sim — responde o sr. Royle. — Seu nome estava escrito no bilhete que seus pais deixaram. Era Serenity.

— Serenity?

— É — diz ele. — Um nome bonito, na minha opinião. Talvez um tanto... hippie?

De repente ela se sente sufocada. Quer sair correndo daquele quarto de forma dramática, mas ser dramática não faz muito seu estilo.

Em vez disso, ela diz:

— Podemos ver o jardim agora, por favor? Acho que preciso de ar fresco.

5

Lucy desliga o telefone. Precisa economizar bateria caso Samia tente falar com ela. Vira-se para Marco, que a encara com um olhar curioso.

— Que foi? — pergunta.
— O que era aquela mensagem? No seu celular?
— Que mensagem?
— Acabei de ver. Estava escrito "O bebê tem vinte e cinco anos". O que isso significa?
— Não significa nada.
— Tem que significar *alguma coisa*.
— Não significa nada. É só o bebê de uma amiga. Só um lembrete do aniversário de vinte e cinco anos. Preciso mandar um cartão.
— Que amiga?
— Uma amiga da Inglaterra.
— Mas você não tem nenhuma amiga na Inglaterra.
— É claro que tenho amigas na Inglaterra. Eu cresci lá.
— Bom, e qual é o nome dela?
— Dela quem?
Marco chega a grunhir de frustração.
— O nome da sua *amiga*, óbvio.

— Qual é a importância disso? — ela retruca, ríspida.

— É importante porque você é minha mãe e quero saber coisas sobre você. Tipo, eu não sei nada sobre você.

— Não seja ridículo. Você sabe um monte de coisas sobre mim.

Ele olha estupefato para a mãe, com os olhos arregalados.

— Tipo o quê? Assim, sei que seus pais morreram quando você era bebê. Sei que você cresceu em Londres com sua tia e ela trouxe você para a França, te ensinou a tocar violino e morreu quando você tinha dezoito anos. Então, sim, eu sei a sua *história*. Mas não sei dos detalhes. Por exemplo, em que escola você estudou, quem eram seus amigos, o que você fazia nos fins de semana, histórias engraçadas que aconteceram ou qualquer coisa normal.

— É complicado — diz ela.

— Eu sei que é complicado — responde ele. — Mas já tenho doze anos e você não pode mais me tratar como se eu fosse um bebê. Precisa me contar as coisas.

Lucy olha para o filho. Ele tem razão. Tem doze anos e não está mais interessado em contos de fada. Ele sabe que a vida não é feita só de cinco grandes acontecimentos, mas sim dos momentos que ocorrem entre eles.

Ela suspira.

— Não posso — diz. — Ainda não.

— E quando vai poder?

— Em breve. Se conseguirmos chegar a Londres, eu te conto tudo.

— Nós vamos para lá?

Ela respira fundo e afasta o cabelo da testa.

— Não sei. Não tenho dinheiro. Você e Stella não têm passaporte. O cachorro. É tudo tão...

— Meu pai — interrompe Marco. — Liga para o meu pai.
— De jeito nenhum.
— A gente pode se encontrar em um lugar público. Assim ele não vai tentar nada.
— Marco. A gente não sabe nem onde seu pai está.

Um silêncio estranho se instala. Ela sente que o filho mexe os dedos, inquieto, e enfia o rosto novamente nos pelos do cachorro.

— Eu sei.

Ela se vira bruscamente e o encara.

Marco fecha os olhos, depois volta a abri-los.

— Ele me buscou na escola.
— Quando?

Ele dá de ombros.

— Algumas vezes. Mais perto do fim do ano.
— E você não me contou?
— Ele me disse para não contar.
— Porra, Marco. Porra. — Ela soca o chão. — O que aconteceu? Aonde ele te levou?
— A lugar nenhum. Só caminhamos por aí.
— E?
— E o quê?
— O que ele disse? O que está fazendo?
— Nada. Estava de férias. Com a mulher dele.
— E onde ele está agora?
— Ainda está aqui. Vai ficar aqui o verão inteiro. Na casa.
— Na casa?
— É.
— Meu Deus, Marco! Por que não me contou nada?
— Porque eu sabia que você ia surtar.

— Não estou surtando. Olhe para mim. Não estou nem um pouco surtada. Só sentada aqui nesse chão molhado, debaixo de um viaduto, sem ter onde dormir, enquanto seu pai está a menos de dois quilômetros de distância vivendo com tudo do bom e do melhor. Por que eu surtaria?

— D-desculpa... — ele titubeia. — Você disse que nunca mais queria ver ele de novo.

— Isso foi quando eu não estava dormindo debaixo de um viaduto.

— Então você *quer* ver ele de novo?

— Eu não quero ver *ele*. Mas preciso dar um jeito de sair da merda. E ele é a única opção. No mínimo ele pode pagar o conserto do meu violino.

— Ah, claro, porque aí nós vamos ficar ricos de verdade, né?

Lucy cerra os punhos. O filho sempre chega às conclusões mais desagradáveis e dá um jeito de jogar na cara dela.

— Estamos no meio de julho. Todas as escolas do Reino Unido e da Alemanha estão em férias. Vai ter o dobro de turistas aqui. Não vai demorar muito para a gente juntar dinheiro para ir até o Reino Unido.

— Por que não pede para o meu pai pagar a viagem? Assim podemos ir logo. Quero muito ir para Londres. Quero ir embora daqui. Pede para o meu pai pagar. Por que não?

— Porque não quero que ele saiba para onde vamos. Ninguém pode saber que vamos para lá. Nem a *mémé*. Está bem?

Ele assente.

— Está bem.

Marco encosta o queixo no peito e ela vê os nós de cabelo emaranhado que se formaram na parte de trás da cabeça do filho naquela semana em que estiveram desabrigados. Sente o coração doer, e passa a mão na parte de trás do pescoço magrinho dele, apertando-o com carinho.

— Desculpa, meu amor — diz ela. — Desculpa mesmo por tudo. Amanhã vamos encontrar o seu pai e tudo vai começar a melhorar, eu prometo.

— É — diz ele, irritado. — Mas as coisas nunca vão ser normais, vão?

Não, ela pensa. Não. Provavelmente não.

6

CHELSEA, 1988

Birdie foi a primeira a chegar. Birdie Dunlop-Evers.

Minha mãe a conhecera em algum lugar. Numa festinha. Birdie tocava violino numa banda chamada Original Version, que, imagino, era meio conhecida. Eles fizeram uma música estridente que quase chegou ao topo das paradas e se apresentaram duas vezes no *Top of the Pops*. Não que eu ligasse muito para essas coisas. Nunca gostei muito de música pop e fico meio indignado com esse endeusamento de celebridades.

Ela estava sentada na cozinha tomando chá em uma de nossas canecas marrons. Tive um pequeno sobressalto quando a vi ali. Uma mulher com o cabelo fino e longo que ia até a cintura, calça masculina presa com um cinto, uma camisa listrada e suspensórios, um sobretudo cinza e luvas verdes de meio dedo. Pensei na hora que ela parecia totalmente deslocada na nossa casa. As únicas pessoas que nos visitavam usavam ternos feitos sob medida e saias de cetim bem cortadas; cheiravam a loção pós-barba Christian Dior e perfume L'Air Du Temps.

Birdie olhou para mim quando entrei, os pequenos olhos azuis com sobrancelhas finíssimas acima, a boca firme que não se fechava corretamente sobre a arcada de dentes pequenos, um queixo frágil que parecia ter sido encaixado sob a completa ausência de alegria daquele rosto. Achei que ela fosse abrir um sorriso, mas não foi o que aconteceu.

— Henry — disse minha mãe. — Esta é a Birdie! A moça da banda, de quem falei com você.

— Olá — cumprimentei.

— Olá — respondeu ela.

Eu não conseguia compreendê-la muito bem. Falava como uma diretora de escola, mas parecia uma pedinte.

— A banda de Birdie quer usar a casa para gravar um videoclipe! — disse minha mãe.

Admito que, a essa altura, tive que fingir um pouco de desinteresse. Mantive o rosto impassível, não disse nada e fui direto para a lata de biscoitos em cima da bancada para pegar o lanche que eu sempre fazia ao voltar da escola. Peguei dois da marca Malted Milk e um copo de leite. Só então perguntei:

— Quando?

— Semana que vem — respondeu Birdie. — Tínhamos escolhido outra locação, mas eles tiveram um vazamento ou outro desastre do tipo. *Puf*! Cancelado.

— Então eu disse para ela vir dar uma olhada na nossa casa e ver o que achava — continuou minha mãe.

— E aqui estou.

— E aqui está ela.

Concordei distraidamente com a cabeça. Queria perguntar quando eles viriam e se eu podia faltar a escola para ajudar, mas já naquela época eu era uma pessoa que não demonstrava entusiasmo pelas coisas. Então mergulhei meu biscoito no leite, exatamente do mesmo jeito que eu sempre fazia, só até a metade, onde o desenho da vaca que está em pé encontra a vaca deitada, e mastiguei em silêncio.

— Acho que é maravilhosa — disse Birdie, gesticulando para o entorno. — É até melhor do que o outro lugar, na verdade. É perfeita. Acho que vamos precisar assinar uns papéis. — Ela revirou os olhos. — Sabe como é, seguros e tal. Caso a gente coloque fogo na sua casa. Ou uma das suas cabeças de alce caia em cima de um de nós e nos mate. Essas coisas.

— Sim, sim — disse minha mãe, como se assinasse seguros contra morte acidental causada por cabeças de alce o tempo inteiro. — Faz sentido. E preciso conversar com meu marido primeiro, é claro. Mas sei que ele vai ficar animado. Ele adora a música de vocês.

Eu desconfiei de que isso fosse mentira. Meu pai gostava de canções de rúgbi e ópera-bufa. Mas gostava também de estardalhaço e atenção, e adorava a casa dele, e qualquer pessoa que gostasse daquela casa seria sempre bem-vinda.

Birdie foi embora alguns minutos depois. Vi um montinho de pedaços de pele seca arrancados ao lado da caneca dela, em cima da mesa, e fiquei meio enjoado.

A gravação do clipe durou dois dias e foi bem mais entediante do que eu esperava. Gastaram um tempo enorme ajustando feixes de luz e orientando os membros da banda, todos numa desordem só, repetindo várias vezes os mesmos *takes*. Estavam todos com roupas parecidas, amarronzadas, que davam a impressão de que todo mundo estava fedendo, mas não estava, porque uma moça com uma arara havia trazido aquelas roupas em embalagens plásticas novinhas. No fim do dia, a música estava grudada feito chiclete dentro da minha cabeça. Era uma canção horrível, mas foi a número um das paradas e permaneceu lá por nove longas e insuportáveis semanas. O clipe era exibido em todas as TVs por onde se passava, a *nossa casa*, lá, sendo vista por milhões de pessoas.

O clipe era bom. Isso tenho que admitir. Eu contava até um pouco animado para as pessoas que era a minha casa no vídeo. Mas a animação desapareceu conforme as semanas foram passando, porque bem depois que a equipe de filmagem já tinha ido embora, bem depois de a música já ter saído do topo das paradas, bem depois da música que a banda lançou em seguida já ter saído do topo das paradas, Birdie Dunlop-Evers, com seus olhos brilhantes e dentes pequenos, continuava na nossa casa.

7

Libby trabalha para uma empresa que projeta cozinhas sofisticadas. Ela é a gerente do departamento de vendas, e fica em um *showroom* localizado no centro de St. Albans, perto da catedral. Ela é chefe de dois coordenadores de vendas e dois coordenadores de vendas assistentes, e acima dela há um diretor de vendas assistente, um diretor de vendas sênior e um diretor-executivo. Ela está bem no meio do caminho, aquele caminho que tem sido a razão de sua existência pelos últimos cinco anos. Na cabeça de Libby, ela vem construindo uma ponte em direção à vida que vai começar quando completar trinta anos. Quando tiver trinta anos, vai ser a diretora de vendas, e, se não for, vai sair da empresa e buscar uma promoção em outro lugar. Depois, vai se casar com o cara que vem procurando tanto na internet quanto na vida real, o cara que tem ruguinhas no canto da boca de tanto sorrir, além de um cachorro e/ou um gato. O cara cujo sobrenome interessante vai combinar com seu Jones, que ganha o mesmo ou mais do que ela, que gosta mais de abraços do que de sexo, que tem belos sapatos, uma pele boa, nenhuma tatuagem, uma mãe adorável e pés bonitos. O cara que tem no mínimo um metro e setenta e cinco, mas de preferência um metro e oitenta ou mais. O cara sem bagagem emocional, que tem um carro legal e, quem sabe, um abdômen definido, mas se não tiver barriga já está bom.

Esse homem ainda precisa se materializar, e Libby tem noção de que talvez esteja sendo específica e exigente demais. Mas ainda tem cinco anos para encontrá-lo e se casar com ele, e depois mais cinco anos para ter um bebê, talvez até dois, se realmente gostar da experiência com o primeiro filho. Não está com pressa. Ainda não. Vai continuar deslizando os perfis nos aplicativos para o lado esquerdo, continuar se arrumando toda para sair, continuar aceitando convites para eventos sociais, continuar pensando positivo, continuar magra, continuar com a saúde mental em dia, continuar vivendo.

O tempo ainda está quente quando Libby se levanta para ir trabalhar, e, mesmo às oito da manhã, há um brilho perolado na atmosfera.

Ela passou a noite inteira com a janela do quarto aberta, embora saiba que isso não é muito recomendado para mulheres. Colocou alguns copos enfileirados no parapeito, porque, se algum homem invadisse, pelo menos ouviria o barulho. Mas ainda assim passou a noite se revirando de um lado para o outro, os lençóis todos amarrotados sob seu corpo.

Depois de um breve cochilo, Libby acordou com o sol, a luz entrando por uma pequena brecha nas cortinas e deixando o quarto abafado em questão de minutos. Por um momento parecia que tudo estava normal. E logo não estava mais. Seus pensamentos retornaram abruptamente ao dia anterior. Para a casa escura com portas imitando dobras de linho, a escadaria secreta, o pé de coelho, as rosas azul pastel nas laterais do berço. Aquilo tinha mesmo acontecido? Aquela casa imensa ainda estava lá ou se desfizera agora que ela estava acordada?

Naquela manhã, ela é a segunda a chegar ao trabalho. Dido, a gerente de design, já está sentada à mesa, com o ar-condicionado ligado. A sensação do ar gelado contra sua pele úmida é deliciosa, mas ela sabe que em meia hora vai estar morrendo de frio e desejando ter trazido um casaco.

— Bom dia — cumprimenta Dido, sem desviar os olhos do teclado. — Como foi?

Ela confidenciou a Dido no dia anterior que precisava tirar o dia de folga para ver um advogado para discutir questões a respeito de uma herança. Não contou a ela que era adotada ou que a herança talvez fosse uma casa. Disse que se tratava de um parente mais velho e deu a entender que talvez ganhasse algumas centenas de libras. Dido já tinha ficado bastante animada com a notícia das centenas de libras, e, naquele momento, Libby ficou em dúvida se conseguiria lidar com a reação dela ao contar a verdade. Mas agora que está ali, e estão apenas as duas, e é terça-feira de manhã, e ela só vai encontrar April, sua melhor amiga, no fim de semana, e não tem mais ninguém para contar a novidade, ela pensa que pode ser uma boa ideia contar a Dido. Quem sabe ela, que é doze anos mais velha, tenha algum tipo de conselho sábio ou útil para ajudá-la a decifrar o absurdo daquela situação.

— Eu herdei uma casa — diz Libby, colocando água na máquina de café.

— Ha ha — responde Dido, duvidando.

— Não. É verdade. Fica em Chelsea, na beira do rio.

— Chelsea, em Londres? — pergunta Dido, com a boca aberta.

— Isso.

— Aquela que aparece no *Made in Chelsea*?

— Isso — repete Libby. — Na beira do rio. É gigantesca.

— Está de sacanagem comigo?
Ela nega com a cabeça.
— Não.
— Ai, meu Deus — diz Dido. — Então você é basicamente milionária?
— Acho que sim.
— E está aqui em plena Northbone Kitchens numa terça-feira de manhã como se fosse uma pessoa normal.
— A ficha ainda está caindo.
— Meu Deus, Libby, se eu fosse você já tinha derrubado essa ficha bebendo uma taça de champanhe nos jardins do St. Michael's Manor.
— São vinte para as nove da manhã.
— Bem, bebendo chá, então. E comendo ovos beneditinos. O que você está fazendo aqui, pelo amor de Deus?

Libby sente suas amarras afrouxarem e começarem a se desfazer quando se dá conta de que não precisa estar ali, de que o caminho que trilhava como se sua vida dependesse daquilo tinha se tornado uma estrada de moedas de ouro, e que tudo havia mudado.

— Eu descobri ontem! Ainda não vendi a casa — diz. — Talvez eu não consiga vender.

— Ah, claro, porque ninguém quer uma casa em Chelsea com vista para o Tâmisa.

"Mais ou menos seis ou sete milhões de libras." Foi a estimativa dada pelo advogado ontem quando ela finalmente tomou coragem para perguntar. Menos os custos e honorários do escritório. E ainda haveria alguns impostos de herança a pagar. No fim das contas vão sobrar uns três milhões e meio para você, disse ele. Ou algo assim.

Ele chegou a levantar a mão para cumprimentá-la com um "toca aqui". Com certeza a confundiu com os jovens sobre os quais lê nos jornais. Foi bem constrangedor.

— Precisa de uma reforma — diz Libby a Dido. — E tem uma história por trás daquela casa.

— História?

— É, algumas pessoas morreram lá. Uma história meio sombria. Parentes distantes. — Estava prestes a falar sobre o bebê encontrado no berço, mas parou.

— Mentira!

— Pois é. Bem chocante. Então, por enquanto, vou continuar agindo como se tudo estivesse normal.

— Vai continuar vendendo cozinhas planejadas? Em St. Albans?

— Isso mesmo — concorda Libby, sentindo seu equilíbrio voltar com a ideia de que nada mudaria. — Vou continuar vendendo cozinhas planejadas em St. Albans.

8

No fim das contas, Marco e Lucy passaram a noite na praia. A chuva parou por volta das duas da manhã, e eles juntaram as coisas e caminharam por vinte minutos até a Promenade des Anglais, do outro lado da cidade. Lá, esticaram os tapetes de ioga sobre as pedrinhas molhadas, se aninharam debaixo das cangas e ficaram observando os resquícios de nuvens carregadas de chuva passando pela lua cheia rosada, até que o sol começasse a surgir na linha que dividia o céu e o mar.

Às oito da manhã, Lucy catou todas as moedas perdidas no fundo da mochila e da bolsa e se deu conta de que tinha dinheiro para comprar croissants e um café. Comeram sentados num banco, os dois completamente derrotados por não terem conseguido dormir e pela angústia da noite anterior.

Voltaram a pé até o apartamento de Samia para buscar Stella, e Samia não os convidou para o almoço, ainda que fosse meio-dia e estivesse na cara que haviam dormido na rua. Stella tinha tomado banho e vestia roupas limpas, seu cabelo levemente cacheado penteado e enfeitado com presilhas fofas cor-de-rosa. No caminho de volta para a cidade, Lucy percebeu que provavelmente parecia que ela e Marco a tinham sequestrado.

— Posso ficar com ela por mais uma noite — tinha dito Samia, com a mão no ombro de Stella. Lucy viu Stella estremecer de leve ao toque da mulher, de modo quase imperceptível, uma sacudida sutil de cabeça.

— Você está sendo muito generosa, mas encontrei um lugar onde podemos dormir hoje à noite. — Ela sentiu os olhos de Marco a fuzilarem por cima do ombro diante daquela mentira. — Mas eu agradeço muito, muito. De verdade.

Samia inclinou a cabeça de leve e estreitou os olhos, fazendo uma avaliação silenciosa da situação de Lucy. Ela parou e ficou esperando alguma declaração que condenasse sua aparência, a forma como cuidava dos filhos, sua culpa na fuga do precioso filho de Samia. Em vez disso, ela caminhou devagar até a mesa próxima ao corredor e pegou uma pequena carteira de dentro da bolsa. Procurou ali dentro uma nota de vinte euros e a entregou a Lucy.

— É tudo que eu tenho — disse. — Não tem mais nada.

Lucy pegou a nota e se inclinou para abraçar Samia.

— Obrigada — disse. — Deus te abençoe.

Agora, ela, as crianças e o cachorro estão andando pela Promenade des Anglais sob o sol inclemente da tarde com uma mala repleta de roupas limpas vindas da lavanderia e a barriga cheia de pão, queijo e Coca-Cola. Vão na direção de um dos muitos clubes que se estendem pela orla das praias de Nice: o Beach Club Bleu et Blanc.

Lucy já tinha feito uma refeição ali, no passado. Tinha sentado a uma daquelas mesas com o pai de Marco, em meio a porções generosas de frutos do mar, uma taça de champanhe ou vinho branco, enquanto se refrescava com pequenas lufadas de água fria borrifadas por umas bombinhas. Eles não a reconheceriam agora, aqueles velhos garçons cansados com suas camisas polo azuis e brancas que não combinavam muito. Doze anos atrás, ela fora um colírio para os olhos.

Uma mulher está parada na entrada no restaurante. Ela é loira de um jeito que apenas as mulheres no sul da França são, algo a ver com o contraste entre o cabelo cor de baunilha e a pele mais escura, curtida de sol. Ela olha para Lucy com indiferença, nota o estado dela, de Marco e do cachorro, depois volta o olhar para a tela do computador. Lucy finge estar esperando alguém que está na praia, com a mão em concha acima dos olhos, como se procurasse a pessoa ao longe, até que a mulher se distrai com um grupo de cinco pessoas que chega para almoçar.

— Agora — cochicha. — Agora.

Ela pega o cachorro no colo e empurra Stella à sua frente. O coração está acelerado enquanto caminha pela plataforma de madeira atrás do restaurante, da forma mais casual possível, na direção do vestiário. Não desvia o olhar.

— Continua andando — sussurra para Stella quando ela para, sem motivo, no meio do caminho. Eles finalmente chegam à penumbra úmida do vestiário.

"Uso exclusivo dos sócios do Beach Club Bleu et Blanc", dizem vários avisos fixados nas paredes de madeira. O piso de concreto está úmido e cheio de areia; o ar cheira a mofo. Lucy guia Stella para o lado direito. Se conseguirem passar pelas portas de madeira vaivém que dão nos chuveiros sem ninguém ver, vai dar tudo certo.

E então eles conseguem entrar. Os chuveiros estão vazios. Ela e Marco tiram as roupas pela primeira vez em quase oito dias. Ela joga a calcinha no lixo. Nunca mais quer usá-la novamente. Pega o xampu e o condicionador na mochila, um sabonete, uma toalha. Leva o cachorro com ela e passa xampu em seus pelos, sob o rabo, no pescoço, atrás das orelhas. Ele fica quieto, paradinho, como se soubesse da necessidade daquele ritual. Ela então entrega o cachorro a Stella, que está esperando do lado de fora. Ele se sacode e Stella dá uma risada, cheia de respingos de água que vêm dos pelos do animal. Lucy fica parada sob a água morna, deixando-a correr pela cabeça, olhos e orelhas, debaixo dos braços, entre as pernas e dedos, e sente o inferno da semana anterior começar a se dissipar junto com a poeira, a lama e o sal. Passa xampu no cabelo, esfregando com os dedos por toda a extensão dos fios. Então entrega o frasco para Marco por baixo da cabine. Fica olhando a espuma que cai dos dois, ali na interseção entre as cabines, aquela cor cinza e triste.

— Passa bastante na parte do cabelo atrás do pescoço, Marco — diz ela. — Está tudo embolado ali. E no sovaco. Passa bastante no sovaco.

Depois, enrolados nas toalhas, eles se sentam lado a lado no banco de madeira. Veem as pessoas passando do outro lado pelas pequenas brechas da madeira, veem frestas do céu de um azul intenso, sentem o cheiro de madeira banhada pelo sol e de alho frito. Lucy respira fundo. Ela se sente quase livre e leve, mas não exatamente pronta para fazer o que vem a seguir.

Eles vestem as roupas limpas, passam desodorante, Lucy espalha hidratante no rosto e entrega o protetor solar às crianças. Ela tem um pequeno frasco de perfume no fundo do nécessaire, e o passa atrás das orelhas e no decote. Faz um coque com o cabelo úmido e o prende com uma presilha de plástico. Olha para si mesma no espelho. Quase quarenta anos de idade. Sem-teto. Solteira. Sem um tostão no bolso. Nem é a pessoa que diz ser. Até seu nome é falso. Ela é um fantasma. Um fantasma de carne e osso.

Ela aplica um pouco de rímel, passa um gloss nos lábios, ajeita o pingente do colar de ouro para que fique no decote queimado de sol. Olha para os filhos: eles estão lindos. O cachorro está bonitinho. Todo mundo está cheiroso. Eles comeram. É o melhor dia dos últimos tempos.

— Está bem — diz ela para Marco, enquanto coloca as roupas sujas na mochila e a fecha. — Vamos lá visitar o seu pai.

9

CHELSEA, 1988

Eu estava vigiando da escada, então já o tinha visto. Um homem de cabelo escuro cacheado usando um chapéu de aba larga, um casaco de lã e coturnos por cima da calça de tweed. Malas velhas que pareciam objetos cenográficos de filmes antigos, além de uma gaiola para gatos feita de vime e amarrada com uma tira de couro gasta. Ao seu lado, Birdie, usando um vestido que mais parecia uma camisola.

— Querido! — Ouvi minha mãe chamar meu pai. — Venha conhecer o Justin!

Fiquei olhando meu pai vir da sala de estar. Estava com um charuto preso entre os dentes e vestia um suéter verde de pelinhos.

— Então — disse ele, apertando a mão do rapaz com um pouco mais de força do que o necessário. — Você é o namorado de Birdie?

— Companheiro — interrompeu Birdie. — Justin é meu companheiro.

Meu pai olhou para ela com uma expressão que sempre fazia quando achava que alguém estava tentando fazê-lo de idiota, como se estivesse considerando partir para cima da pessoa. Mas a expressão logo sumiu, e eu o vi abrir um sorriso.

— Ah, sim — disse. — Claro. É como dizem hoje em dia, não é?

Birdie tinha dito à minha mãe que ela e seu *companheiro* precisavam de um lugar para ficar por alguns dias. O senhorio os expulsara porque tinham adotado um gato — quem faz a idiotice de pegar um gato sem ler as cláusulas do contrato de aluguel primeiro? Eu não tinha nem onze anos, nunca tinha morado de aluguel, e já sabia disso — e Birdie não sabia mais a quem recorrer. Hoje em dia, já adulto e com quarenta e um anos, costumo usar essa frase para convencer as pessoas a fazerem o que quero: "Não sabia mais a quem recorrer." A pessoa que você está tentando manipular fica sem saída. A única opção é se render e concordar. Foi exatamente isso que minha mãe fez.

— Mas temos tantos quartos em casa — disse ela quando reclamei daquele combinado. — E é só por alguns dias.

Na minha opinião, minha mãe só queria ter uma popstar morando lá em casa.

Minha irmã passou por mim na escada e parou num sobressalto ao ver a cestinha do gato no hall de entrada.

— Qual é o nome dele? — perguntou, se ajoelhando para olhar dentro da caixa.

— É uma menina. O nome dela é Suki — respondeu Birdie.

— Suki — repetiu ela, colocando os nós dos dedos entre as grades. A gata se esfregou na mão dela e ronronou alto.

O homem chamado Justin pegou sua mala cenográfica e disse:

— Onde devemos colocar as coisas, Martina?

— Temos um quarto lindo para vocês no último andar. Crianças, levem os convidados até o quarto amarelo, por favor?

Minha irmã foi na frente. Ela era de longe a mais sociável de nós dois. Eu achava os adultos meio assustadores, mas ela parecia até gostar bastante deles. Estava usando um pijama verde. Eu vestia um roupão xadrez e pantufas azuis. Eram quase nove da noite e já estávamos nos preparando para dormir.

— Ah! — exclamou Birdie quando minha irmã abriu a porta secreta no painel de madeira que dava acesso à escadaria para o último andar. — Aonde está nos levando?

— É a escadaria dos fundos — respondeu minha irmã. — Que dá no quarto amarelo.

— Está falando da entrada dos funcionários? — perguntou Birdie, a voz chorosa.

— Sim! — Minha irmã respondeu animada, porque, embora só tivesse um ano e meio a menos que eu, era muito nova para entender que nem todo mundo achava uma aventura dormir em quartos secretos no topo de escadarias secretas; algumas pessoas poderiam ficar ofendidas e achar que mereciam quartos maiores e mais adequados.

No fim da escadaria secreta havia uma porta de madeira que dava para um corredor longo e estreito, onde as paredes eram meio tortas e irregulares, e as tábuas do chão um tanto empenadas e bambas, então a sensação era um pouco a de caminhar num trem em movimento. O quarto amarelo era o melhor dos quatro que ficavam no último andar. Tinha três janelas no teto e uma cama bem grande coberta com um edredom amarelo, combinando com o papel de parede da mesma cor, estilo romântico, e com os abajures modernos com cúpulas de vidro azul. Nossa mãe tinha arrumado um vaso com tulipas vermelhas e amarelas. Fiquei olhando para o rosto de Birdie enquanto ela avaliava aquilo tudo, e um leve movimento relutante de seu queixo parecia dizer: "Está bem, acho que serve."

Nós os deixamos lá e eu fui atrás da minha irmã pela escadaria, passando pela sala de estar, até chegar à cozinha.

Meu pai estava abrindo um vinho. Minha mãe preparava uma salada vestindo um avental de babados.

— Quanto tempo esse pessoal vai ficar aqui? — Não consegui me segurar. Vi uma expressão séria passar rapidamente pelo rosto do meu pai, pelo meu atrevimento.

— Ah. Pouco tempo. — Minha mãe pôs a rolha de volta na garrafa de vinagre de vinho tinto e a colocou a seu lado, com um sorriso bondoso.

— Podemos ficar acordados? — minha irmã perguntou, sem conseguir ver a situação como um todo, sem enxergar um palmo à frente do próprio nariz.

— Hoje, não — respondeu minha mãe. — Talvez amanhã, que já vai ser fim de semana.

— E aí eles vão embora? — perguntei, arriscando cruzar a linha que marcava o nível de paciência que meu pai tinha comigo. — Depois do fim de semana?

Virei de costas ao sentir o olhar da minha mãe para além dos meus ombros. Birdie estava na soleira da porta com a gata nos braços. Era marrom e branca, e seu rosto parecia o de uma rainha egípcia. Birdie olhou para mim e disse:

— Não vamos ficar muito tempo, garotinho. Só até Justin e eu encontrarmos um lugar.

— Meu nome é Henry — respondi, completamente estarrecido que uma pessoa adulta tinha me chamado de "garotinho" dentro da minha própria casa.

— Henry — repetiu Birdie, me lançando um olhar severo. — Sim, é claro.

Minha irmã não tirava os olhos da gata.

— Quer pegar ela no colo? — Birdie ofereceu.

Ela concordou com a cabeça e a gata foi até os seus braços, onde imediatamente começou a girar e se debater como um elástico que se desenrola, então depois fugiu, deixando-a com um arranhão horrível e vermelho na parte interna no braço. Os olhos da minha irmã se encheram de lágrimas e ela abriu um sorriso corajoso.

— Está tudo bem — disse ela enquanto minha mãe se desesperava, segurando o braço arranhado com um pano úmido.

— Henry, vá pegar a pomada antisséptica, por favor. Está no armário do banheiro.

Dei uma olhada para Birdie ao passar por ela. Queria deixar claro que eu sabia que ela não tinha tomado cuidado ao passar a gata para minha irmã. Ela me encarou de volta, os olhos tão pequenos que eu mal conseguia distinguir a cor deles.

Eu era um garoto estranho. Entendo isso hoje em dia. Desde então, conheci outros garotos como eu: intensos, retraídos, observadores, que não sorriem com facilidade. Imagino que Birdie também tenha sido uma garotinha bem estranha. Talvez ela se reconhecesse em mim. Mas já naquela época eu percebia que ela me odiava. Era óbvio. E o sentimento era bastante recíproco.

Passei por Justin enquanto caminhava pelo corredor. Ele segurava uma caixa surrada de chocolates Black Magic e parecia estar perdido.

— Seus pais estão para lá? — perguntou, apontando sem muita convicção na direção da cozinha.

— Sim, na cozinha. Passando daquele arco.

— *Merci beaucoup* — respondeu. Embora eu só tivesse dez anos, já dava para perceber que ele estava sendo pedante.

Fomos colocados para dormir pouco depois disso, minha irmã com um curativo na parte interna do braço, eu com o início de um desconforto no estômago. Eu era esse tipo de criança: sentia todas as emoções no meu corpo.

Um pouco mais tarde, dava para ouvi-los se movendo no andar de cima. Coloquei o travesseiro sobre a cabeça e voltei a dormir.

A caixa de Black Magic estava fechada sobre a mesa da cozinha na manhã seguinte, quando desci bem cedo. Estava tentado a rasgar o papel e abri-la. Um pequeno ato de rebeldia que me faria sentir bem na hora, mas muito, muito mal a longo prazo. Senti um movimento atrás de mim e vi a gata se esgueirando pela porta para entrar no cômodo. Pensei no arranhão no braço da minha irmã e me lembrei da explicação impaciente de Birdie: "Foi um acidente, ela não estava segurando direito, Suki jamais arranharia de propósito."

Um surto de raiva percorreu meu corpo ao me lembrar disso e afugentei a gata dali com um assobio alto.

Foi quase um alívio ir para a escola naquele dia e me sentir normal por algumas horas. O último semestre do primário tinha acabado de começar. Eu ia completar onze anos no mês seguinte, era um dos mais novos da minha turma, e então iria para uma escola maior, mais perto de casa, sem precisar vestir um uniforme com a calça abaixo do joelho. Estava muito ansioso por isso naquela época. Eu já era bem maior que aquela escola e as crianças com quem cresci. Dava para ver que eu era diferente. Completamente diferente. Não tinha ninguém parecido comigo lá, e ficava imaginando como seria quando fosse para uma escola grande, cheia de gente como eu. Tudo seria melhor na escola grande. Só precisava aguentar mais dez semanas, depois um longo e tedioso verão, e então o jogo ia começar a virar.

Eu não tinha a mais vaga ideia de como minha vida mudaria no fim daquele verão, e de como todas as coisas pelas quais eu ansiava de repente se tornariam sonhos distantes.

10

Libby se senta à mesa, na cozinha de casa. A porta dos fundos está aberta para o quintal, onde já não bate o sol do fim da tarde, mas está úmido demais para se sentar. Ela tem um copo cheio de gelo e Coca-Cola Zero a seu lado e está descalça, tirou as sandálias assim que entrou em casa. A mulher abre o notebook rosa-metálico e clica no ícone do navegador. Ela quase se espanta ao ver que a última coisa que buscou, quatro dias atrás, antes da chegada da carta que virou tudo de cabeça para baixo: aulas de salsa ali pelo bairro. Mal consegue se lembrar do que estava pensando. Provavelmente em conhecer homens, ela imagina.

Libby abre uma nova aba e digita, devagar e ansiosamente, as palavras *Martina e Henry Lamb*.

Imediatamente encontra o link de uma matéria de 2015 no *Guardian*. Dá um clique. O título é: "O misterioso caso de Serenity Lamb e o pé de coelho."

Serenity Lamb era eu, *sou* eu, ela pensa. Eu sou Serenity Lamb. E também sou Libby Jones. Libby Jones vende cozinhas planejadas em St. Albans e quer fazer aulas de salsa. Serenity Lamb está deitada num berço pintado dentro de um quarto de madeira em Chelsea, com um pé de coelho escondido em seu cobertor.

Ela tem dificuldade de encontrar o ponto em comum, onde uma se torna a outra. Quando sua mãe adotiva a pegou nos braços pela primeira vez, imagina. Mas ela ainda não tinha consciência naquela época. Não tinha a compreensão da transição de Serenity para Libby, de como os filamentos de sua identidade se desenrolavam.

Ela toma um gole da Coca-Cola e começa a ler.

11

A casa em Antibes tem cor de rosas mortas: um vermelho esmaecido e pálido, com persianas pintadas de um azul intenso. É a casa onde Lucy morou, muito, muito tempo atrás, quando era casada com o pai de Marco. Já se passaram dez anos depois do divórcio, e pronunciar o nome dele ainda é difícil para ela. A sensação em sua língua, em sua boca, a deixa enjoada. Mas aqui está ela, diante da casa dele, que se chama Michael. Michael Rimmer.

Há uma Maserati vermelha estacionada na entrada, certamente alugada, porque Michael é muitas coisas, mas *rico do jeito que ele pensa que merece ser* não é uma delas. Ela vê o olhar de Marco indo na direção do carro. Nota sua expressão de puro desejo, seu deslumbre, a respiração suspensa.

— Não é dele — sussurra ela. — É alugado.

— Como você sabe?

— Sabendo, está bem?

Ela aperta a mão de Stella, tranquilizando-a. A menina nunca conheceu o pai de Marco, mas sabe muito bem o que Lucy pensa sobre ele. Eles se aproximam da porta e Lucy toca a campainha. Uma empregada lhes atende, vestindo um avental branco e luvas de látex. Ela sorri.

— *Bonjour, madame* — diz.

— O sr. Rimmer está? — pergunta Lucy, com seu melhor sotaque inglês.

— *Oui* — responde a empregada. — Ele está no jardim. Aguarde um minuto. — Ela pega um Nokia preto no bolso do avental, tira uma das luvas e começa a discar um número. Olha para ela. — Quem devo dizer que chegou?

— Lucy — responde. — E Marco.

— Sr. Rimmer, tem uma senhora aqui chamada Lucy e um menino chamado Marco. — Ela concorda com a cabeça. — Ok. Sim. Ok. Ok. — Desliga e põe o telefone de volta no bolso. — O sr. Rimmer me disse para levar vocês até ele. Venham comigo.

Lucy vai atrás da pequena mulher pelo corredor. Enquanto caminha, desvia o olhar do início da escada, onde ela acabou com um braço quebrado e uma costela fraturada depois que Michael a empurrou quando estava grávida de quatro meses de Marco. Desvia também da parede do corredor contra a qual Michael bateu sua cabeça sem parar por causa de um dia ruim no trabalho — ou ao menos foi essa a explicação que ele deu uma hora depois para tentar impedi-la de ir embora, porque ele a amava muito, porque *não podia viver sem ela*. Ah, a ironia. Afinal, aqui está ele, casado com outra pessoa e vivinho da silva.

Lucy sente as mãos tremerem quando se aproximam da entrada dos fundos, aquela que conhece tão bem, as enormes portas duplas de madeira que se abrem para o esplendor tropical do jardim, onde mariposas-colibri pousam sobre as flores e bananeiras crescem nas áreas sombreadas, onde uma pequena fonte goteja em meio a um canteiro florido e um retângulo cintilante de água azul-celeste fica no canto mais ao sul, banhado pelo sol da tarde. E lá está ele. Lá está Michael Rimmer. Sentado a uma das mesas à beira da piscina, um fone de ouvido sem fio numa orelha, o notebook aberto à sua frente, dois telefones e uma garrafinha de cerveja que trai a imagem do homem de negócios ocupado que ele está tentando passar.

— Lucy! — diz ele, radiante, ao se levantar, encolhendo a barriga bronzeada para disfarçar o fato de que, aos quarenta e oito anos, não tem mais o corpo esculpido do homem de trinta e oito que ela deixou para trás dez anos antes. Ele tira o fone do ouvido e vai na direção dela. — Lucy! — diz novamente, com ainda mais entusiasmo, os braços abertos.

Lucy se retrai.

— Michael — responde, cautelosa, se afastando.

Ele então direciona os braços abertos para Marco, dando um abraço apertado no menino.

— Contou para ela então, não é?

Marco concorda com a cabeça. Michael lança a ele um olhar debochado.

— E quem é essa? — pergunta Michael, virando-se para Stella, agarrada às pernas de Lucy.

— Essa é Stella — responde a mulher. — Minha filha.

— Caramba! — diz Michael. — Que menininha linda. Prazer em conhecer você, Stella. — Ele oferece a mão para ela apertar e Lucy se segura para não puxar Stella.

— E esse? — indaga, olhando para o cachorro.

— Esse é Fitzgerald. Ou Fitz, o apelido dele.

— Como o escritor?

— Sim, como o escritor.

Ela sente uma pequena corrente de adrenalina: a memória das sessões de perguntas e respostas às quais ele a submetia para provar que ela era burra e inculta, que não o merecia, que tinha sorte de tê-lo. Mas algo dentro dela, lá do fundo, pequeno e resistente, lhe dizia que ele estava errado e a lembrava que um dia ela daria um jeito de escapar, sem olhar para trás. E agora ali está ela, nervosa, respondendo às perguntas dele, prestes a lhe pedir dinheiro, quase na mesma posição em que tudo começou.

— Bem, olá, Fitz — diz ele, fazendo carinho sob a mandíbula do cachorro. — Você é muito fofinho. — Ele então dá um passo para trás para avaliar Lucy e sua pequena família. É o mesmo olhar que usava para avaliá-la enquanto considerava lhe dar um castigo. Aquele instante que poderia terminar tanto com uma risada e um abraço quanto com um dedo quebrado e uma queimadura.

— Bem, bem, olhe só para vocês. São todos muito fofos. Querem alguma coisa? Um suco? — Ele olha para Lucy. — Eles podem tomar suco?

Ela assente com a cabeça e Michael olha para a empregada que está na sombra, na varanda dos fundos.

— Joy! Traz uns sucos para as crianças. Obrigado! E você, Lucy? Vinho? Cerveja?

Lucy não toma um drinque há semanas. Está sedenta por uma cerveja. Mas não pode. Precisa se manter completamente alerta pela próxima meia hora. Ela faz que não com a cabeça.

— Não, obrigada. Aceito um suco também.

— Três sucos, Joy. Obrigado. Eu vou querer outra cerveja. Ah, e umas batatinhas. Aquelas, não sei o nome... Sabe, com as ondinhas? Ótimo.

Ele volta o olhar para Lucy, ainda fazendo o tipo deslumbrado e simpático.

— Sentem, sentem.

Michael reorganiza as cadeiras e todos se sentam.

— Então — diz ele. — Lucy Lou, como anda sua vida?

Ela dá de ombros e sorri.

— Sabe como é. Vivendo. Ficando mais velha. Mais sabida.

— E ficou aqui esse tempo todo?

— Isso.

— Nunca voltou para o Reino Unido?

— Não.

— E sua filha... E o pai dela? Você está casada?

— Não — diz novamente. — Moramos juntos por alguns anos. Então ele foi para a Argélia "visitar a família" uns três anos atrás e nunca mais ouvimos falar dele.

Michael estremece, como se o desaparecimento do pai de Stella fosse uma violência física contra ela. É tão irônico que não dá para aguentar.

— Complicado — diz ele. — Isso é complicado. Então você é uma mãe solteira?

— Sim, sou. Isso mesmo.

Joy volta trazendo uma bandeja com uma jarra de suco de laranja gelado, três copos sobre descansos de papel, batatinhas em tigelas pequenas, guardanapos e canudos. Michael serve o suco e passa os copos um a um, depois oferece a eles as batatinhas. As crianças atacam com vontade.

— Vão com calma — diz ela.

— Tudo bem — diz Michael. — Tenho muitos pacotes dessas batatas. Então, onde estão morando?

— Por aí.

— E você ainda...? — Ele faz o gesto de tocar violino.

Ela dá um sorriso irônico.

— Bom, eu estava tocando. Sim. Até um babaca inglês bêbado decidir roubar meu violino no meio de uma apresentação, me fazer correr atrás dele e dos amigos durante meia hora, e depois jogá-lo na parede. Agora está no conserto. Na verdade, já está consertado. Mas... — Ela sente a boca seca, em pânico. — Não tenho dinheiro para pagar.

Ele lança o olhar de "ai, coitadinha" para ela, o mesmo que usava depois de machucá-la.

— Quanto é? — diz ele, já pegando a carteira no bolso de trás.

— Cento e dez euros — responde ela, a voz levemente trêmula.

Ela o encara enquanto ele pega as notas, as dobra no meio e entrega para ela.

— Aqui — diz ele. — E um pouco mais. De repente para cortar o cabelo do meu garoto. — Ele passa a mão no cabelo de Marco. — E talvez o seu também.

E quando Michael olha para o cabelo dela, lá está ele, aquele olhar terrível e sombrio de decepção. *Você entregou os pontos. Não está nem tentando. Como posso te amar quando. Você. Não. Faz. Esforço. Nenhum. Porra?*

Ela pega as notas dobradas da mão dele e sente Michael segurá-las com um pouco mais de força e puxá-las bem de leve, quase imperceptivelmente, em uma alusão àquele velho jogo horroroso de controle e poder que havia entre eles. Ele sorri e solta as notas. Ela coloca o dinheiro na bolsa e diz:

— Obrigada. Fico muito grata. Te devolvo daqui a algumas semanas, prometo.

— Não — diz ele, recostando na cadeira e esticando um pouco as pernas, com um sorriso meio sinistro. — Não quero que me devolva. Mas...

Um arrepio sobe pela espinha de Lucy.

— Me promete uma coisa?

O sorriso dela congela.

— Adoraria ver você. Digo, te ver mais. Você e Marco. E você também, é claro. — Seu sorriso debochado se vira para Stella, para quem ele dá uma piscadinha. — Vou ficar aqui o verão inteiro. Até meados de setembro. Estou entre um trabalho e outro. Sabe como é.

— E sua mulher, ela...?

— Rachel teve que voltar. Tem *negócios importantes para resolver no Reino Unido.* — Ele fala isso com um tom de desdém na voz.

Rachel pode ser neurocirurgiã ou trabalhar com política, não importa. Ela pode ter a vida de centenas ou milhares de pessoas sob sua responsabilidade, mas, na visão de Michael, qualquer coisa que faça uma mulher deixar de prestar atenção nele, por um minuto sequer, só pode ser uma idiotice. Mesmo quando essa coisa é um bebê.

— Ah — diz ela. — Que pena.

— Na verdade, não — responde ele. — Eu precisava de um pouco de espaço. Porque adivinha o que estou fazendo...?

Lucy balança a cabeça e sorri.

— Estou escrevendo um livro. Na verdade, minhas *memórias*. Ou uma mistura das duas coisas, talvez. Algo meio autobiográfico. Ainda não sei direito.

Nossa, ele parece tão satisfeito consigo mesmo, pensa Lucy, como se quisesse que ela respondesse: "Nossa, Michael, que incrível, você é tão inteligente." Em vez disso, ela só tem vontade de rir na cara dele e dizer: "Você, escrevendo um livro? Está de brincadeira?"

— Que legal — diz ela. — Incrível.

— É, sim. Mas tenho muito tempo livre também, como eu deveria ter imaginado. Então seria legal ver vocês mais vezes. Passar um tempo juntos. Usar a piscina.

Lucy segue o olhar dele em direção à piscina. Ela sente a respiração ficar difícil, os pulmões expandindo e retraindo, o coração acelerado ao se lembrar de sua cabeça debaixo daquela água límpida, a pressão das mãos dele empurrando-a, empurrando-a até seus pulmões quase explodirem. E então de repente ele a deixou flutuar até a superfície, engasgando, ofegante, enquanto ele saía da piscina, se enrolava numa toalha e voltava para a casa sem olhar para trás.

— Eu podia ter matado você — ele havia dito depois. — Se eu quisesse. Sabe disso, não sabe? Eu podia ter matado você.

— E por que não matou? — perguntara ela.

— Porque não queria ter esse trabalho.

— Bem, quem sabe — responde ela agora. — Embora a gente também esteja bem ocupado neste verão.

— Claro — diz ele, condescendente. — Tenho certeza de que estão.

— Sabe — diz ela, se virando para dar uma olhada na casa. — Sempre achei que você tivesse vendido esta casa. Já vi outras pessoas morando aqui ao longo dos anos.

— Aluguel de temporada — diz ele. E ela consegue ouvir a vergonha em sua voz, na ideia de que o incrível, rico e bem-sucedido Michael Rimmer tivesse que se rebaixar a alugar sua casa em Antibes para estranhos. — Parecia um desperdício deixá-la aqui vazia por tanto tempo, quando outras pessoas poderiam aproveitar.

Ela concorda com a cabeça. Deixa ele contar aquela mentirinha patética. Ele odeia "outras pessoas". Com certeza deve desinfetar cada centímetro da casa antes de voltar ali.

— Bem — diz ela, se virando para as crianças com um sorriso. — Acho que está na hora de irmos andando.

— Não — protesta Michael. — Fiquem mais um pouco! Por que não? Posso pegar uma bebida para a gente. As crianças podem entrar na piscina. Vai ser divertido.

— A loja fecha daqui a pouco — diz ela, tentando não parecer nervosa. — Preciso muito pegar o violino agora para trabalhar à noite. Mas obrigada. Muito obrigada. Como é que se diz, crianças?

Eles agradecem e Michael fica encantado.

— Lindas crianças — elogia. — Lindas mesmo.

Ele os acompanha até a porta. Parece prestes a abraçar Lucy, mas ela rapidamente se abaixa para ajeitar a coleira do cachorro. Michael fica olhando da entrada, atrás daquele carro ridículo, ainda com um sorriso nos lábios.

Por um momento Lucy acha que vai vomitar. Ela para e respira fundo. E então, quando estão prestes a virar a esquina, o cachorro de repente se agacha e faz uma pilha de cocô ao lado do muro da casa de Michael, bem onde está batendo o sol da tarde. Lucy abre a bolsa para pegar o saco plástico e recolher o cocô, mas então para. Em uma hora, debaixo daquele sol, aquela merda estaria mais do que podre. Seria a primeira coisa que ele veria quando saísse de casa. Quem sabe ele até pisasse em cima.

Ela deixa lá.

12

Libby estava planejando ir ao churrasco de uma amiga no sábado. Estava ansiosa por aquilo. Sua amiga April dissera que tinha convidado "um cara gatinho do trabalho. Acho que você vai adorar. O nome dele é Danny".

Mas quando o sábado chega, mais um dia quente com o céu completamente limpo, em que Libby sente o calor das vidraças das janelas ao abri-las, ela não está pensando em Danny ou na famosa salada de cuscuz picante de April, ou no brilho laranja do Aperol Spritz em sua mão, ou em seus pés dentro da piscina de borracha. Não está pensando em nada que não seja o misterioso caso de Serenity Lamb e o pé de coelho.

Ela envia uma mensagem para April.

Me desculpaaaaa. Tenha um dia incrível. Se a festa ainda estiver rolando mais tarde, me avisa, que de repente dou um pulo aí para a saideira.

Então ela toma um banho, veste um macaquinho de estampa tropical e sandálias douradas de couro, passa protetor solar nos braços e nos ombros, coloca os óculos escuros na cabeça, confere se as chaves da casa estão na bolsa e pega um trem para Londres.

*

Libby coloca a chave no cadeado que fecha a tábua de madeira e a vira. O cadeado se abre, e então ela coloca a outra chave na porta. De certa forma espera que alguém cutuque seu ombro, pergunte o que está fazendo ali, se tem autorização para abrir aquela porta com aquelas chaves.

Ela então entra na casa. Sua casa. E está sozinha.

Libby fecha a porta e todo o barulho do tráfego da rua cessa imediatamente; sente um calafrio no pescoço.

Por um momento ela fica completamente imóvel.

Imagina a polícia ali, onde ela está. Eles usam aqueles capacetes antigos. Ela sabe como se vestem porque viu fotos deles na matéria do *Guardian*. Policiais Ali Shah e John Robbin. Estavam investigando uma denúncia anônima de um "vizinho preocupado" que ligou para a delegacia. O vizinho preocupado nunca foi identificado.

Ela segue os passos de Shah e Robbin até a cozinha. Imagina que o cheiro comece a ficar mais forte ali.

O policial Shah se lembra de ter ouvido o zumbido de moscas. Disse ter pensado que alguém pudesse ter deixado um barbeador ligado, ou uma escova de dentes elétrica. Os corpos, eles disseram, estavam em estágio inicial de decomposição, ainda bem reconhecíveis como uma mulher atraente de trinta e poucos anos e cabelo escuro, e um homem mais velho de cabelo grisalho. Estavam de mãos dadas. Ao lado deles havia o corpo de outro homem. De uns quarenta e poucos anos. Alto. Cabelo escuro. Todos vestiam roupas pretas: a mulher com uma túnica e calça legging, os homens com uma espécie de manto. As roupas tinham sido feitas à mão. Depois encontraram uma máquina de costura no quarto dos fundos e restos de tecido preto numa lixeira.

Tirando as moscas que zuniam, a casa estava no mais completo silêncio. A polícia disse que não teria pensado em procurar por uma criança não fosse a menção a ela no bilhete deixado sobre a mesa de jantar. Quase que não viram o closet ao lado do quarto principal, mas então ouviram um barulho, algo como um "ooh", dissera o policial Shah.

Um "ooh".

Libby sobe devagar a escada até o quarto. Espia o closet pelo canto da porta.

E era ali que ela estava! Fofinha como se nada tivesse acontecido! Foram essas as palavras do policial Robbin: *Fofinha como se nada tivesse acontecido!*

Ela sente um formigamento na pele ao ver o berço pintado. Mas encara o desconforto e olha para o berço até não sentir mais nada. Depois de um tempo, sente-se preparada para colocar a mão sobre o móvel. Imagina os dois jovens policiais olhando por cima do berço. Imagina ela mesma, vestida com seu macacão branquíssimo, o cabelo já completamente tomado pelos cachos estilo Shirley Temple mesmo aos dez meses de idade, os pés chutando de felicidade ao ver dois rostos simpáticos olhando para ela.

— Ela tentou se levantar — dissera Robbin. — Estava empurrando as laterais do berço, desesperada para ser tirada dali. Não sabíamos o que fazer. Ela era uma evidência. Devíamos tocar na bebê? Devíamos chamar reforço? Ficamos sem saber como agir.

Tudo indica que eles decidiram não pegá-la no colo. O policial Shah cantou algumas canções para ela enquanto aguardavam instruções. Libby queria se lembrar daquilo; que músicas ele teria cantado para ela, esse jovem policial? Será que ele tinha gostado de fazer isso? Ou se sentiu constrangido? De acordo com a matéria, ele teve cinco filhos depois desse episódio; quando encontrou Serenity Lamb no berço, no entanto, ainda não tinha experiência com bebês.

Um time especialista em análise de cena de crime logo chegou à casa, incluindo a detetive que levaria a bebê. Seu nome era Felicity Measures. Tinha quarenta e um anos. Agora, tem sessenta e cinco, se aposentou há pouco tempo e mora com seu terceiro marido no Algarve.

— Ela era a bebê mais fofa — Felicity havia relatado para a matéria do *Guardian*. — Cachinhos dourados, bem alimentada e bem cuidada. Muito sorridente e carinhosa. Incompatível com o cenário onde foi deixada, que era uma coisa meio gótica, na verdade. É, isso, era bem gótico.

Libby empurra o berço, que faz um rangido ridículo, revelando a idade avançada. Para quem foi comprado?, ela se pergunta. Será que foi para ela? Ou para outras gerações de bebês antes dela? Porque sabe que há outros personagens na história. Não apenas Martina, Henry Lamb e o homem misterioso. Não apenas os filhos desaparecidos. Os vizinhos falavam não de duas, mas de "diversas" crianças, e de outras pessoas "que iam e vinham". A casa estava cheia de manchas de sangue e DNA impossíveis de rastrear, como fibras, fios de cabelo, bilhetes e anotações estranhas nas paredes, passagens secretas e um jardim cheio de ervas medicinais, algumas delas que inclusive parecem ter sido usadas no suposto pacto suicida de seus pais.

"Estamos nos libertando destes corpos danificados, deste mundo desprezível, da dor e da decepção. Nossa filha se chama Serenity Lamb. Ela tem dez meses. Por favor, certifiquem-se de que ela vá ficar com boas pessoas. Paz, para sempre, HL, ML, DT", era o que dizia a nota ao lado dos corpos.

Libby sai do quarto e anda lentamente pela casa, buscando algumas das coisas estranhas encontradas após as mortes. Segundo a reportagem, a pessoa que estava na casa na noite dos suicídios tinha ido embora correndo, deixando para trás portas de armários abertas, comida na geladeira, livros abertos no chão, pedaços de papel arrancados das paredes, onde ainda estavam as fitas adesivas.

Ela encontra uma das tiras de fita na parede da cozinha, amarela e dura. Tira o pequeno rasgo de papel dela e fica olhando por um instante, na palma da mão. O que haveria naqueles papéis que os fugitivos daquele navio naufragado não queriam que os outros vissem?

Há uma geladeira na cozinha rústica, enorme, enferrujada e em estilo americano, creme e bege, provavelmente não muito popular no Reino Unido nos anos 1980, ela imagina. Abre a geladeira e dá uma olhada lá dentro. Manchas de mofo, duas bandejas de gelo de plástico quebradas e nada mais. Nos armários da cozinha encontra latas esmaltadas vazias e um pacote de farinha tão velho que já virou pedra. Há um conjunto de xícaras brancas, um bule cromado, potinhos antigos de ervas e temperos, um suporte para torradas e uma bandeja grande pintada de preto. Ela raspa a tinta preta e vê a cor prata por baixo. Se pergunta por que alguém pintaria uma bandeja prateada de preto.

E então ela congela. Ouviu algum barulho. Algum movimento vindo do andar de cima. Coloca a bandeja de volta no armário e fica parada no início da escada. Então ouve o barulho novamente, uma espécie de *batida* leve. Seu coração acelera. Ela sobe devagar até o topo da escada. E ouve aquele barulho de novo. E de novo. E então alguém pigarreia, o que faz seu coração acelerar ainda mais.

É o sr. Royle, pensa, só pode ser o sr. Royle, o advogado. Não tem como ser outra pessoa. Ela trancou a porta ao entrar. Com certeza.

— Olá? — Chama. — Olá, sr. Royle!

Mas só há silêncio. Um silêncio repentino e deliberado.

— Olá? — chama novamente.

O silêncio pesa sobre a casa como se fosse um urso estirado sobre o telhado. Ela parece ouvir a pulsação de alguém.

Libby para e pensa em todos os outros mistérios revelados pela reportagem: as crianças que fugiram da casa, a pessoa que ficou para cuidar dela. Pensa nos rabiscos nas paredes e na tira de tecido pendurada no radiador, nos arranhões entalhados nas paredes, no bilhete estranho deixado pelos pais, nas rosas azuis pintadas no berço, nas folhas de papel arrancadas das paredes, nas manchas de sangue e nas fechaduras do lado de fora dos quartos das crianças.

E então volta a se lembrar do gramado gostoso de sua amiga April, do cuscuz picante, do laranja intenso do Aperol Spritz, dos pés se refrescando em uma piscina geladinha. Pensa no gatinho do Danny e nos bebês que eles talvez tenham quando ela tiver trinta anos. Ou até antes. É, por que não antes? Por que ficar adiando? Ela pode vender essa casa com seu legado sombrio e apavorante, com sua geladeira mofada e seu jardim morto, com seu morador do sótão, seus ruídos e pigarreios. Pode vender a casa agora, ser rica, se casar com Danny e ter filhos com ele. Ela não se importa mais com o que aconteceu ali. Não quer nem saber.

Ela procura as chaves na bolsa, tranca a porta da frente e o cadeado e se sente aliviada ao alcançar a calçada escaldante. Pega o celular de dentro da bolsa.

Guarda um pouco de cuscuz para mim. Chego aí em uma hora.

13

Lucy gira o violino de um lado para o outro sob a luz fraca da loja de conserto de instrumentos musicais.

Ela o coloca sob o queixo e toca três oitavas rapidamente. Depois toca uma escala maior e um arpejo, para verificar a qualidade do som, se está desafinado ou se há chiados.

A mulher abre um sorriso largo para o *monsieur* Vincent.

— Está incrível! — diz ela, em francês. — Melhor do que estava antes.

Sente um alívio no peito. Não tinha se dado conta, em meio à experiência aterrorizante de dormir na praia ou debaixo de viadutos, de como havia sido difícil ficar separada de seu violino e de quanta raiva vinha nutrindo por aqueles bêbados idiotas que o quebraram. Mais do que isso, não tinha percebido o quanto sentia falta de tocá-lo.

Ela conta as notas de vinte euros sobre o balcão e *monsieur* Vincent escreve as informações no recibo, o arranca do bloco e lhe entrega. Ele então pega dois pirulitos do mostruário e oferece a cada uma das crianças.

— Cuide da sua mãe — diz a Marco. — E da sua irmã também.

*

Fora da loja, começa a esfriar naquele fim de tarde, e Lucy desembrulha o papel celofane do pirulito de Stella e lhe entrega. Eles caminham na direção do centro turístico, as crianças chupando seus pirulitos, o cachorro farejando a calçada quente em busca de ossos de galinha jogados fora ou sorvetes que caíram no chão. Lucy ainda está sem fome. O encontro com Michael tirou todo seu apetite.

As pessoas que jantam cedo acabaram de chegar: turistas mais velhos ou com crianças pequenas. Esse é um público mais difícil de agradar do que os que chegam mais tarde. O público do fim da noite já bebeu um pouco mais. Eles não têm vergonha de se aproximar da moça de saia esvoaçante e blusa de alça, de braços fortes e bronzeados, seios grandes, piercing no nariz e tornozeleira, com duas crianças lindas que parecem cansadas, sentadas num tapete de ioga atrás dela, o cachorro Jack Russel amarfanhado com a cabeça sobre as patas. Eles não se distraem com os bebês irritantes que já passaram da hora de dormir. E nem ficam imaginando, cheios de cinismo, se ela vai comprar drogas e bebida, se as crianças e o cachorro estão ali só de fachada, se ela bate neles quando voltam para casa sem ter conseguido muito dinheiro. Ela já ouviu de tudo ao longo desses anos. Já foi acusada de tudo. E construiu uma armadura contra isso.

Lucy pega o chapéu na mochila, aquele que Marco costumava chamar de "chapéu do dinheiro", e agora chama de "chapéu da esmola". Ele odeia o chapéu.

Ela o coloca no chão, à sua frente, e abre o estojo do violino. Dá uma olhada para trás para ver as crianças. Marco trouxe um livro para ler. Stella está colorindo. Marco olha para ela, impaciente.

— Quanto tempo vamos ter que ficar aqui?

Ele já está todo cheio dessa arrogância de adolescente e só dali a meses vai fazer treze anos.

— Até eu conseguir dinheiro para passarmos uma semana no Blue House.

— E quanto é?

— Quinze euros por noite.

— Não sei por que não pediu mais dinheiro para o meu pai. Ele podia ter dado mais. Podia ter dado mais cem. Fácil.

— Marco. Você sabe por quê. Agora, por favor, me deixe fazer isso aqui.

Marco arqueia uma das sobrancelhas, irritado; depois, volta o olhar para o livro.

Lucy põe o violino sob o queixo, aponta o pé direito para a frente, fecha os olhos, respira fundo e toca.

É uma noite boa; a tempestade da noite anterior acalmou os ânimos, não está mais tão quente e as pessoas estão mais relaxadas. Muita gente para e assiste a Lucy tocar seu violino. Fazem parte do seu repertório músicas do The Pogues e do Dexys Midnight Runners; só ao tocar "Come On Eileen" ela calcula ter ganhado uns quinze euros naquele chapéu. As pessoas dançam e sorriem. Um casal de uns trinta anos lhe dá uma nota de dez euros porque acabaram de ficar noivos. Uma mulher mais velha lhe dá cinco porque o pai tocava violino e aquilo a lembrou de uma infância feliz. Às nove da noite, Lucy já havia tocado em três locais diferentes e recebido quase setenta euros.

Ela reúne as crianças, o cachorro, as bolsas. Stella mal consegue manter os olhos abertos, e Lucy sente saudade da época do carrinho de bebê, quando simplesmente podia colocar a menina ali no fim da noite e depois levá-la direto para a cama. Mas agora precisa acordá-la, forçá-la a caminhar e tentar não perder a paciência quando ela choraminga dizendo que está muito cansada.

O Blue House fica a dez minutos de distância a pé, no caminho da subida para Castle Park. É uma casa estreita e longa, originalmente pintada de azul-bebê, que já foi um imóvel elegante, construído ali para ter a vista do Mediterrâneo. Hoje, parte da pintura descascou, está cinzento e castigado pelas intempéries, com janelas quebradas e matinhos crescendo sobre os canos. Um homem chamado Giuseppe comprou a casa nos anos 1960, deixou tudo apodrecer e depois a vendeu para um senhorio que a encheu de andarilhos, uma família por quarto, com banheiros compartilhados, baratas, nenhuma comodidade e pagamento só em dinheiro. O senhorio deixou que Giuseppe alugasse um conjugado no primeiro andar da casa por um valor irrisório, desde que ele fizesse a manutenção e gerenciasse os hóspedes.

Giuseppe adora Lucy. "Se eu tivesse tido uma filha", ele sempre diz, "ela seria igual a você. Eu juro".

Depois que seu violino foi quebrado, Lucy não pagou o aluguel por algumas semanas e ficou só esperando a hora em que o senhorio a expulsaria. Foi quando outro inquilino lhe disse que Giuseppe vinha pagando seu aluguel. Ela arrumou as malas naquele mesmo dia e foi embora sem se despedir.

Lucy sente um nervosismo agora que estão se aproximando da esquina do Blue House; começa a entrar em pânico. E se Giuseppe não tiver um quarto para ela? E se estiver com raiva por ela ter ido embora sem se despedir e resolver bater a porta na sua cara? E se não estiver mais lá? Se tiver morrido? E se a casa tiver pegado fogo?

Mas ele abre a porta, dá uma espiada pela fresta deixada pela corrente e sorri, exibindo aquela fileira de dentes amarelados em meio à farta barba grisalha. Ele vê o estojo do violino e abre ainda mais o sorriso.

— Minha garota — diz ele, tirando a corrente para abrir a porta. — Minhas crianças. Meu cachorro! Entrem!

O cachorro enlouquece de felicidade, pula nos braços de Giuseppe e quase o joga no chão. Stella se agarra em suas pernas e Marco se encosta em Giuseppe e o deixa beijar sua cabeça.

— Tenho setenta euros — diz ela. — O suficiente para algumas noites.

— Você está com seu violino. Pode ficar quanto tempo quiser. Está muito magra. Vocês todos estão muito magros. Só tenho pão. E um pouco de presunto. Não é presunto do bom, mas tenho manteiga boa, então...

Eles seguem Giuseppe até o apartamento dele, no térreo. O cachorro imediatamente pula no sofá e se aninha, olhando para Lucy como se dissesse "finalmente". Giuseppe entra na cozinha minúscula e volta com pão, presunto e três garrafinhas de vidro de refrigerante sabor laranja. Lucy se senta ao lado do cachorro, faz carinho em seu pescoço e solta um suspiro de alívio, sentindo seus músculos relaxarem e voltarem ao normal. Ela então põe a mão na mochila e pega o celular. A bateria acabou em algum momento durante a noite. Lucy encontra o carregador e pede a Giuseppe:

— Tudo bem se eu carregar meu celular?

— Claro, minha querida. Tem uma tomada livre aqui.

Ela o conecta na tomada e pressiona o botão de ligar, esperando que o aparelho volte à vida.

A notificação continua lá.

O bebê tem vinte e cinco anos.

Ela se senta com as crianças diante da mesinha de centro e fica olhando enquanto eles comem o pão com presunto. As humilhações da semana anterior começam a esmaecer, como pegadas na areia. Seus filhos estão seguros. Eles têm comida. Ela está com seu violino. Tem uma cama para dormir. Tem dinheiro na bolsa.

Giuseppe também fica olhando as crianças comerem. Olha para ela e sorri.

— Estava tão preocupado com vocês. Onde estavam?
— Ah — diz ela, despreocupada. — Na casa de uma amiga.
— Na... — começa Marco.

Ela o cutuca com o cotovelo e se volta para Giuseppe.

— Um passarinho me contou o que você andava fazendo, seu sem-vergonha. E eu não podia aceitar. Simplesmente não podia. E sabia que se dissesse a você, ia dar um jeito de me convencer a ficar. Então tive que fugir e, para falar a verdade, nos saímos bem. Nós ficamos muito bem. Sério, olha para a gente! Estamos todos bem. — Ela pega o cachorro no colo e o abraça.

— E você conseguiu recuperar o violino?
— Sim, recuperei. Então... Tem um quarto sobrando? Não precisa ser o nosso quarto de sempre. Pode ser qualquer um. Qualquer um mesmo.
— Tem um quarto, sim. Mas fica nos fundos, então não tem vista. E é um pouco escuro. E o chuveiro está quebrado, só tem torneira. Pode ficar lá por doze euros a diária.
— Sim — responde Lucy. — Sim, por favor! — Ela tira o cachorro do colo, se levanta e dá um abraço em Giuseppe. Ele tem um cheiro que lembra algo velho e empoeirado, um pouco sujo, mas ela não liga. — Obrigada. Muito obrigada.

Naquela noite, os três dormem numa pequena cama de casal num quarto escuro nos fundos da casa, onde o som de pneus cantando no asfalto do lado de fora compete com o ranger do ventilador de plástico capenga do outro lado do quarto e com uma mosca presa em algum lugar entre a cortina e a janela. Stella está com a mão no rosto de Lucy, Marco está resmungando enquanto dorme e o cachorro ronca. Mas Lucy dorme profundamente e por longas horas pela primeira vez em mais de uma semana.

14

CHELSEA, 1988

Aquele dia, 8 de setembro de 1988, deveria ter sido meu segundo dia na escola grande, mas a essa altura você já deve ter percebido que não cheguei a ir para essa tão aguardada escola naquele ano, onde eu conheceria minhas almas gêmeas, meus amigos da vida inteira, a minha turma. Durante aquele verão, eu não parava de perguntar para minha mãe "Quando vamos à loja comprar meu uniforme?", e ela me respondia "Vamos esperar até o fim das férias, caso você tenha um pico de crescimento". E então o fim das férias se aproximava e nós ainda não tínhamos ido até lá.

Nem tínhamos ido à Alemanha. Normalmente passávamos uma ou duas semanas com a minha avó em sua casa grande e arejada na Floresta Negra, com piscina suspensa e folhas macias de pinheiro no chão, sob os pés. Mas, pelo visto, naquele verão não tínhamos dinheiro, e eu fiquei pensando que, se não podíamos pagar uma viagem até a Alemanha, como é que íamos conseguir pagar as mensalidades da escola?

No início de setembro, meus pais começaram a fazer inscrições em escolas estaduais e a colocar nossos nomes em listas de espera. Eles nunca disseram com todas as letras que estávamos com problemas financeiros, mas era bem óbvio. Fiquei com dor de estômago por dias, com medo de sofrer bullying numa escola mais popular.

Ah, tantas preocupações bobas e insignificantes. Tantas angústias sem importância. Fico pensando em mim aos onze anos: um garoto meio esquisito, de altura mediana, magro, os olhos azuis da minha mãe, o cabelo acobreado do meu pai, joelhos protuberantes como batatas num espeto, os lábios finos sempre numa expressão de crítica, com uma atitude um tanto arrogante, um garoto mimado convencido de que os capítulos da sua vida já estavam escritos e apenas se desenrolariam do jeito que deveria ser; penso nesse menino e quero dar um tapa naquela cara idiota dele, prepotente e ingênua.

Justin estava agachado no jardim, mexendo nas plantas que cultivava ali.

— Ervas medicinais; como plantar, cultivar e usar — explicou para mim com sua entonação quase letárgica. — As grandes empresas farmacêuticas estão corrompendo o planeta. Daqui a vinte anos vamos ser uma nação de viciados em drogas prescritas, e o sistema de saúde vai quebrar tentando sustentar o vício de uma população doente. Quero voltar no tempo e usar o que a terra nos dá para tratar as doenças do dia a dia. Ninguém precisa de oito tipos de substâncias químicas diferentes para curar uma dor de cabeça. Sua mãe disse que quer parar de tomar comprimidos e começar a usar minhas infusões.

Fiquei olhando para ele. Nós éramos uma família de entusiastas de comprimidos. Comprimidos para rinite alérgica, comprimidos para resfriados, comprimidos para as dores do crescimento, dores de estômago, dores de cabeça e ressacas. Minha mãe até tinha uns comprimidos para curar o que ela chamava de "sentimentos tristes". Meu pai tinha comprimidos para o coração e outros para evitar a queda de cabelo. Comprimidos por todos os lados. E agora, aparentemente, começaríamos a cultivar ervas e a confeccionar nossos próprios remédios. Era inacreditável.

Meu pai teve um AVC naquelas férias de verão. Começou a mancar, passou a ter um pouco de dificuldade para falar e, de certa forma, não era mais ele mesmo, mas é complicado dizer exatamente como. Vê-lo debilitado daquele jeito fez com que eu me sentisse desprotegido, por mais estranho que parecesse, como se agora existisse uma brecha, mesmo que pequena, nas defesas da família.

O médico dele, um homem completamente insensível de idade indeterminada chamado dr. Broughton, que morava e tinha um consultório numa casa de seis andares ali perto, veio visitá-lo quando meu pai voltou do hospital, onde dormiu por uma noite. Ele e meu pai fumavam charutos no jardim e conversavam sobre o prognóstico.

— Henry, eu diria que o que você precisa é dos serviços de um ótimo fisioterapeuta. Infelizmente, todos os fisioterapeutas que conheço são uma merda.

Os dois riram, e meu pai disse:

— Eu não tenho mais certeza, não tenho mais certeza de nada. Mas claro que eu tentaria, com prazer. Tentaria qualquer coisa, na verdade, para voltar a ser eu mesmo.

Birdie estava cuidando do jardim de Justin. Estava quente e ela usava uma camisa de musseline que deixava seus mamilos nitidamente visíveis. Ela tirou o chapéu da cabeça e colocou-se diante do meu pai e do médico.

— Conheço uma pessoa — disse ela, com as mãos nos quadris. — Conheço uma pessoa ótima. Ele faz milagres. Usa energia. Consegue mover o *chi* pelo corpo das pessoas. Sei de gente que ele curou com problemas de coluna e enxaquecas. Vou pedir a ele para fazer uma visita.

Ouvi meu pai começar a se recusar, mas Birdie disse:

— Não. Sério, Henry. É o mínimo que posso fazer. O mínimo mesmo. Vou ligar para ele agora. O nome dele é David. David Thomsen.

Naquela manhã, eu estava na cozinha com a minha mãe, observando-a preparar bolinhos de queijo, quando a campainha tocou. Minha mãe limpou as mãos no avental e, nervosa, ajeitou as pontas do cabelo artificialmente cacheado.

— Ah, devem ser os Thomsen.

— Quem são os Thomsen? — perguntei, sem me lembrar da sugestão de Birdie na semana anterior.

— Amigos — disse ela, animada. — Amigos de Birdie e Justin. Ele é fisioterapeuta. Vai trabalhar com seu pai, tentar colocá-lo em forma de novo. E a mulher é professora. Ela vai dar aulas em casa para vocês dois por um tempinho. Não é legal?

Não tive nem chance de pedir para minha mãe desenvolver melhor essa apresentação rápida, e um pouco atordoante, porque ela já foi abrindo a porta.

Com meu queixo levemente caído, fiquei olhando a tropa entrar.

Primeiro foi uma garota de uns nove ou dez anos. Cabelo preto na altura dos ombros, macaquinho jeans, joelhos ralados, uma mancha de chocolate na bochecha, um ar de energia reprimida. O nome dela, aparentemente, era Clemency.

Depois, veio um garoto da minha idade, talvez um pouco mais velho, loiro, alto, cílios escuros que iam até as bordas das maçãs do rosto perfeitas, as mãos nos bolsos de uma bermuda azul casual, uma franja que era afastada dos olhos sem muito esforço, mas com bastante altivez. O nome dele era Phineas. Phin, o apelido, como nos disseram.

A mãe veio em seguida. Pálida, grandalhona, sem peito, o cabelo longo e loiro e um jeito um tanto ansioso. Essa, eu descobriria em breve, era Sally Thomsen.

E atrás de todos eles, alto, de ombros largos, esguio e bronzeado, com cabelo curto e escuro, olhos azuis intensos e dentes perfeitos, estava o pai. David Thomsen. Ele segurou a minha mão com força entre as suas.

— Prazer em conhecer você, rapaz — disse, numa voz baixa e suave.

Depois, largou minha mão e jogou os braços para o alto.

Sorriu para cada um de nós e disse:

— Prazer em conhecer todos vocês.

David insistiu em levar todos nós para jantar naquela noite. Era uma quinta-feira, ainda fazia um pouco de calor. Passei boa parte daquela noite dando alguns retoques na aparência, não apenas do jeito que fazia sempre, usando roupas limpas e alinhadas, o cabelo bem penteado, mas de uma maneira mais vaidosa; aquele garoto chamado Phineas me parecia fascinante, não só porque era muito bonito, mas também pelo seu jeito de se vestir. Junto com a bermuda azul, ele usava uma camisa polo vermelha com listras brancas no colarinho e um tênis Adidas branquíssimo, com meias na altura dos tornozelos. Revirei meu armário naquela noite buscando algo igualmente descontraído.

Todas as minhas meias iam até a panturrilha; só minha irmã tinha meias que iam até o tornozelo. Todas as minhas bermudas eram de lá e todas as minhas camisas, de botão. Cheguei a considerar por um momento o meu uniforme de educação física, mas logo descartei a ideia quando me dei conta de que ele ainda estava embolado na minha bolsa de educação física desde a última aula. No fim das contas, escolhi uma camiseta azul, calça jeans e meu tênis com sola de borracha. Tentei fazer a mecha de cabelo próxima da testa cair por cima da sobrancelha, para ficar igual a Phineas, mas ela se recusava a sair do lugar. Fiquei me olhando no espelho durante vinte segundos antes de sair do quarto, com ódio do horror que era minha cara idiota, do tédio da minha camiseta, do corte infeliz da minha calça jeans infantil. Soltei um ruído meio entalado na garganta, chutei a parede e desci as escadas.

Phin estava lá, no corredor, sentado em uma das duas enormes cadeiras de madeira que ficavam de cada lado da escada. Estava lendo um livro. Fiquei olhando para ele de trás do corrimão antes de finalmente aparecer. Ele era mesmo a coisa mais linda que eu já tinha visto na vida. Senti minhas bochechas corarem enquanto observava com atenção cada um de seus traços: o contorno delicado da boca que parecia ter sido moldada com a mais macia das argilas, como se o toque de um dedo fosse capaz de deixar uma marca. Sua pele era como uma camurça repuxada sobre as maçãs do rosto, que inclusive pareciam poder rasgá-la. Até mesmo um bigodinho em potencial ele tinha.

Phin afastou a franja do rosto mais uma vez e olhou com indiferença na minha direção enquanto eu descia as escadas, voltando seu olhar para o livro imediatamente. Queria perguntar o que ele estava lendo, mas não perguntei. Estava me sentindo desajeitado, sem saber muito bem como me expressar e o que fazer. Mas os outros logo chegaram: primeiro minha mãe e meu pai, depois a garota chamada Clemency, que estava conversando com a minha irmã, as duas já enturmadas. Depois Sally, seguida de Justin e Birdie, e então, por fim, praticamente envolto num círculo de luz no topo da escada, David Thomsen.

O que posso contar a vocês sobre David Thomsen a partir da minha perspectiva naquela época, de um garoto? Bem, posso contar que ele era muito bonito. Não a beleza suave e quase feminina de seu filho, mas um tipo mais tradicional. Tinha uma barba por fazer que parecia pintada em seu rosto, sobrancelhas grossas e definidas, uma energia animal, potente, poderosa. Fazia qualquer pessoa ao seu lado parecer inferior, ainda que não fosse. Posso contar que ele me fascinava e me aterrorizava em igual medida. E posso contar que minha mãe agia de modo estranho na presença dele, mas não como se estivesse flertando. Na verdade, era até de um jeito mais comedido, como se não confiasse em si mesma ao lado dele. David era ao mesmo tempo ostensivo e pé no chão, frio e caloroso. Eu o odiava, mas, ainda assim, conseguia entender por que os outros o amavam. Mas tudo isso ainda estava por vir. Tudo começou naquele primeiro jantar, naquela primeira noite, em que todos exibiam sua melhor versão.

Nós nos sentamos meio apertados ao redor de uma mesa grande no Chelsea Kitchen, que, na verdade, era para oito pessoas. As crianças foram todas colocadas num canto, o que significava que fiquei bem do lado de Phineas. Estava tão eletrizado pela proximidade, meus nervos tão à flor da pele, meu corpo tão pronto e ansioso por algo que eu ainda era muito novo para entender, que minha única opção foi virar de costas para ele.

Dei uma olhada para o outro lado da mesa, na direção do meu pai, que estava sentado na cabeceira.

Ao olhar para ele, senti algo dentro de mim despencar, como um elevador caindo em direção ao poço. Não entendi muito bem o que estava sentindo, mas posso dizer agora que aquilo que experimentei ali foi um terrível presságio. Eu tinha visto meu pai encolher de repente ao lado de David Thomsen, que era excepcionalmente alto, e tinha visto que seu lugar na cabeceira da mesa, antes tão definido e inquestionável, era frágil. Mesmo sem o estrago que o AVC causara, todo mundo naquela mesa era mais esperto do que ele, até eu. Sua roupa estava toda errada, o paletó apertado demais, o lenço rosa-escuro no bolso em conflito com o ruivo de seu cabelo. Eu vi que ele se mexia, desconfortável, na cadeira. Vi que as conversas aconteciam acima de sua cabeça, como nuvens num dia de ventania. Eu o vi estudar o cardápio por mais tempo do que o necessário. Vi David Thomsen se inclinar sobre a mesa em direção à minha mãe para salientar alguma coisa, e depois recostar de volta para observar sua reação.

Eu vi tudo isso, percebi tudo isso, e em algum nível subliminar, apesar de extremamente desconfortável, já sabia que uma disputa por poder havia começado bem debaixo do meu nariz, e que ali, antes mesmo de ser dada a largada, meu pai já estava perdendo.

15

Na segunda-feira de manhã, Libby chega ao trabalho vinte minutos atrasada.

Dido olha para ela, surpresa. Libby nunca se atrasa.

— Já ia ligar para você — diz ela. — Está tudo bem?

Libby assente, pega o celular na bolsa, depois o batom e o casaco, coloca a bolsa debaixo da mesa, solta o cabelo, prende de novo, puxa a cadeira e se senta com dificuldade.

— Desculpa — diz ela, finalmente. — Não dormi essa noite.

— Eu ia dizer isso — responde Dido. — Está com uma cara horrível. Foi o calor?

Ela faz que sim. Mas não foi o calor. Foi o que estava dando voltas em sua cabeça.

— Bem, vou pegar um café forte para você.

Normalmente Libby diria não, não, pode deixar que eu mesma pego. Mas hoje suas pernas estão tão pesadas, e a cabeça tão zonza, que ela concorda e agradece. Fica olhando enquanto Dido faz o café. Ela se sente mais tranquila observando o brilho de seu cabelo pintado de preto, a maneira como está parada com uma das mãos no bolso do vestido preto em estilo túnica, os pés pequenos bem separados em tênis robustos de veludo verde-escuro.

— Aqui está — diz Dido, colocando o copo na mesa de Libby. — Espero que faça efeito.

Libby conhece Dido há cinco anos. Sabe de tudo a seu respeito. Sabe que a mãe dela era uma poeta famosa, o pai, editor de um jornal famoso, que ela cresceu numa das casas mais célebres de St. Albans e recebeu educação em casa com uma tutora. Sabe que seu irmão mais novo morreu quando tinha vinte anos e que ela não faz sexo há onze. Sabe que ela mora num pequeno chalé nas margens do terreno dos pais e que ainda tem o cavalo em que costumava montar quando era adolescente, chamado Spangles. Sabe que a casa célebre foi deixada no testamento dos pais, não para ela, e sim para o Fundo Nacional para Locais de Interesse Histórico ou Beleza Natural, e ela não se importa.

Sabe que Dido gosta de chá inglês, de Benedict Cumberbatch, cavalos, chocolate gianduia, água de coco, *Doctor Who*, protetores caros de colchão, perfume Jo Malone Orange Blossom, comidas refogadas, fast-food do Nando's e massagens faciais. Mas nunca esteve na casa de Dido, nem conheceu sua família ou seus amigos. Nunca encontrou Dido fora do horário de trabalho, a não ser pela festa anual de Natal num hotel chique ou bebendo um drinque ou outro no *happy hour*. Ela não sabe quem Dido *é de verdade*.

Mas olha para a colega de trabalho agora e de repente fica óbvio que ela é justamente a pessoa de quem Libby precisa neste exato momento. No sábado, estivera no jardim de April flertando de leve com Danny — que nem era tão gato assim, tinha o rosto de um menino de oito anos e mãos pequenas — e procurando por alguém para conversar sobre todas as loucuras que estavam acontecendo em sua vida, sobre a casa, a matéria do jornal, os pais mortos e a pessoa tossindo no sótão. Mas ela só via gente como ela, gente normal, com vidas normais, pessoas que ainda moravam com os pais ou em apartamentos minúsculos divididos com amigos e companheiros, pessoas com dívidas estudantis, empregos medíocres, sonhos medíocres, bronzeados falsos, cachorrinhos, dentes brancos, cabelos limpos. Ela se sentiu presa entre dois lugares completamente distintos, foi embora antes das onze da noite e, ao chegar em casa, ligou o notebook para continuar a pesquisa sobre o que acontecera a Serenity Lamb.

Mas aquilo só lhe rendeu ainda mais perguntas, e ela finalmente desligou o computador às duas da manhã e foi para a cama, mas seu sono não foi nada tranquilo, os sonhos povoados de cenas repetidas e encontros misteriosos.

— Preciso de uns conselhos — diz ela para Dido. — Sobre o negócio de Chelsea.

— Ah, claro — responde Dido, passando a mão no disco prateado gigante pendurado em seu colar. — Que tipo de conselho?

— Bem, na verdade só preciso mesmo conversar sobre isso. Sabe, sobre... *casas*. Acho que você entende de casas.

— Olha, eu entendo de *uma* casa. Não casas em geral. Mas, claro, por que não? Vamos jantar juntas.

— Quando?

— Hoje?

— Sim — responde Libby. — Sim, por favor.

O chalé de Dido é lindo. Tem janelas envidraçadas dos dois lados da porta, pequenas rosas cor-de-rosa plantadas ao longo da entrada e, do lado de fora, está seu Fiat Spider preto reluzente com teto solar. O carro e o chalé se completam, e Libby não se aguenta: pega o celular na bolsa e tira uma foto para postar no

Instagram. Dido a recebe na porta usando uma calça wide com estampa floral e um top preto. O cabelo está preso pelos óculos escuros vermelhos na cabeça, e ela está descalça. Libby só a vê usando sapatos pesados para trabalhar, então é uma surpresa encontrar aqueles pezinhos pequenos, brancos e com as unhas perfeitamente pintadas de cor-de-rosa.

— Aqui é uma gracinha — diz ela, entrando pela pequena porta num corredor branco com piso de cerâmica. — Muito lindo.

A casa de Dido é cheia daquilo que Libby presume serem relíquias e heranças; nada veio de lojas de móveis baratas. As paredes estão cheias de quadros abstratos, e Libby se lembra de Dido ter mencionado que a mãe também era artista. Dido as conduz através de portas francesas, enormes e envidraçadas, até os fundos, e as duas se sentam num jardinzinho perfeito, em cadeiras de vime antigas estilo Lloyd Loom estofadas com almofadas florais. Libby se dá conta, ali nos fundos daquela bela casa, de que talvez Dido nem precise trabalhar. Talvez seu emprego projetando cozinhas sofisticadas seja apenas um hobby bacana.

Dido traz uma tigela de salada de quinoa e abacate, outra com batata cozida, um pedaço de pão integral e duas taças de champanhe para o Prosecco que Libby trouxe.

— Há quanto tempo você mora aqui? — pergunta Libby, passando manteiga no pão.

— Desde os vinte e três anos, quando voltei de Hong Kong. Era o chalé da minha mãe. Ela o deixou para mim. Meu irmão, claro, era quem ia herdar a casa, mas então, bem, as coisas mudaram...

Libby abre um sorriso amarelo. "A casa." "O chalé." Aquilo tudo fazia parte de outro mundo.

— Muito triste — diz.

— É — concorda Dido. — Mas a casa é uma maldição. Fico feliz que não tenha nada a ver comigo.

Libby assente. Há uma semana ela não teria a menor ideia de como casas lindas e enormes poderiam ser uma maldição, mas agora está mais perto de compreender.

— Bem, então me conta sobre a *sua* casa. Conta tudo.

Libby toma um gole do Prosecco, coloca a taça sobre a mesa e recosta na cadeira.

— Encontrei uma matéria — começa. — No *Guardian*. Sobre a casa. Sobre meus pais. Sobre mim.

— Sobre você?

— É — diz Libby, esfregando os cotovelos. — É tudo meio bizarro. Eu fui adotada quando era bebê, com pouco menos de um ano, sabe? A casa em Chelsea era dos meus pais biológicos. E, segundo essa matéria, eu nasci no meio de uma seita.

A palavra soa péssima. Libby vinha tentando não usá-la, nem mesmo pensar nela. É tão diferente da fantasia patética na qual ela passou a vida inteira mergulhada. Ela vê Dido ficar toda alvoroçada com a história.

— O quê?

— Uma seita. Segundo a matéria, havia uma espécie de seita na casa, em Chelsea. Um monte de gente morava lá. Levavam uma vida muito austera. Dormiam no chão. Usavam túnicas que eles mesmos costuravam. E, apesar de tudo isso... — Ela pega a matéria impressa de dentro da bolsa. — Olha, esses são minha mãe e meu pai, seis anos antes de eu nascer, num baile de caridade. Olha isso.

Dido pega a matéria e dá uma olhada.

— Nossa — diz. — Bem glamorosos.

— Exatamente! Minha mãe era uma socialite. Era dona de uma empresa de relações-públicas de moda. Já tinha sido noiva de um príncipe austríaco. Ela era deslumbrante.

Ver o rosto da mãe foi uma experiência incrível. Havia algo de Priscilla Presley nela, o cabelo pintado de preto e os olhos azuis penetrantes. Sua mãe fazia jus a todas as suas fantasias de criança, até mesmo o trabalho como relações públicas. O pai... bem, ele se vestia muito bem, mas era menor do que ela imaginara. Menor até do que a mãe, o queixo levantado com certa arrogância, mas mantinha ao mesmo tempo uma expressão estranhamente defensiva no olhar para o fotógrafo, como se antecipasse algum tipo de problema. Seu braço envolvia a cintura de Martina Lamb, apenas as pontas dos dedos visíveis; ela segurava um xale de seda ao redor dos ombros com os dedos cheios de anéis, e o vestido marcava bem a silhueta dos quadris. De acordo com a matéria, aquela fora a última foto tirada do "casal da alta sociedade" antes de desaparecem da vista de todos, até serem encontrados mortos no chão da cozinha sete anos depois.

— Eu tinha um irmão e uma irmã — diz ela, sentindo novamente o choque empurrar aquelas palavras para fora de sua boca, bem rápido, sem deixar brechas.

Dido olha para ela.

— Caramba — diz. — O que houve com eles?

— Ninguém sabe. O advogado acha que talvez estejam mortos.

E aí está. O mais pesado de todos os fardos que ela vem carregando há dias. A frase fica suspensa entre elas como um machado.

— Meu Deus — diz Dido. — Isso é... Assim, como é possível?

Ela dá de ombros.

— A polícia apareceu depois da ligação de um vizinho. Encontraram meus pais e outro homem mortos na cozinha. Eles tinham se suicidado, algum tipo de pacto. E lá estava eu, com dez meses de idade, saudável e bem cuidada num berço no primeiro andar. Mas nenhum sinal do meu irmão e da minha irmã.

Dido recosta na cadeira, boquiaberta. Não diz nada por um momento.

— Está bem. — Ela se inclina para a frente e apoia a cabeça nas mãos. — Então tinha uma seita. E seus pais fizeram um pacto de suicídio com um cara qualquer.

Libby concorda com a cabeça.

— Eles se envenenaram com plantas que cultivavam no jardim.

Dido fica de queixo caído mais uma vez.

— Claro — diz, irônica. — Claro que fizeram isso. Cacete. E depois?

— Havia outras pessoas morando na casa. Talvez outra família com filhos. Mas quando a polícia chegou lá, não tinha mais ninguém. Só os corpos e eu. Todas as crianças simplesmente... *desapareceram*. Nunca mais se ouviu falar nelas.

Dido estremece e põe a mão no peito.

— Incluindo os seus irmãos?

— Sim — responde ela. — Há anos eles mal eram vistos. Os vizinhos presumiram que tinham ido para um colégio interno. Mas nenhuma escola nunca confirmou que os recebeu como alunos. E um deles deve ter ficado em casa depois que meus pais morreram, porque parece que alguém ficou cuidando de mim durante alguns dias. Minha fralda estava limpa. E quando me tiraram do berço, encontraram isso. — Ela tira o pé de coelho da bolsa e entrega a Dido. — Estava escondido no meu cobertor.

— Para dar sorte — diz Dido.

— Imagino que sim — responde Libby.

— E o outro cara que morreu? — pergunta Dido. — Quem era?

— Ninguém sabe. Não tinha nenhum documento que o identificasse, só as suas iniciais no bilhete de suicídio. A teoria é que era um andarilho. Um cigano, talvez. O que provavelmente explicaria isso aí. — Ela aponta para o pé de coelho na mão de Dido.

— Ciganos. — Dido saboreia a palavra ao dizer. — Meu Deus.

— E a casa é muito esquisita. É escura. Eu fui lá no sábado de manhã e ouvi alguma coisa. No último andar.

— Que tipo de coisa?

— Alguém. Alguém se mexendo. Alguém tossindo.

— Tem certeza de que não eram os vizinhos?

— Acho que poderia ter sido. Mas o som parecia mesmo vir do último andar da casa. E agora estou morrendo de medo de voltar. Acho que deveria simplesmente colocar à venda, me livrar disso e seguir a vida. Mas...

— Seus irmãos...?

— Meu irmão e minha irmã. A verdade. Minha história. Está tudo ligado àquela casa, e, se eu vender, talvez nunca descubra o que de fato aconteceu.

Dido fica olhando para a matéria de jornal por um momento. Depois se vira para Libby.

— É isso — diz ela, batendo na parte de cima da matéria com o dedo. — Ele. O jornalista. — Ela semicerra os olhos para ler a assinatura. — Miller Roe. Ele é o cara que pode ajudar você. Precisa entrar em contato com ele. Imagina o quanto ele vai ficar surpreso ao receber um e-mail seu depois de meses investigando o caso. A própria Serenity Lamb. Com pé de coelho e tudo.

As duas ficam em silêncio por um momento e voltam os olhares para o pé de coelho, pousado sobre a mesa do jardim e banhado pela luz fraca do início da noite.

Libby pega a reportagem das mãos de Dido e encontra a assinatura. "Miller Roe." Um nome diferente. Fácil de encontrar no Google. Ela pega o celular de dentro da bolsa e, em um minuto, já encontrou seu endereço de e-mail do *Guardian*. Ela vira o aparelho para mostrar a Dido.

Dido concorda com a cabeça.

— Muito bem — diz ela. Então ergue a taça de Prosecco na direção de Libby. — A Serenity Lamb e a Miller Roe. Que um traga à tona a verdade sobre o outro.

16

Na manhã seguinte, às cinco e meia Lucy já está acordada. Ela desliza com cuidado para fora da cama e o cachorro dá um salto, indo atrás dela até a pequena cozinha, as patas batendo no piso de linóleo. Giuseppe deixara saquinhos de chá, café solúvel e uma sacola plástica com pãezinhos de chocolate em cima da bancada. Há também uma garrafa de leite na geladeira. Lucy coloca uma chaleira com água para ferver e se senta na cadeira de plástico no canto do cômodo, observando a janela com a cortina fechada. Depois de um tempo, se levanta e abre a cortina, depois senta novamente e olha para o prédio do outro lado, as janelas escuras refletindo a cor alaranjada do amanhecer, a parede cinza transformada em cor-de-rosa por um breve momento. O céu está límpido e azul, cheio de pássaros voando em círculos. O tráfego ainda não começou, e o único barulho é o ressoar contínuo da água prestes a ferver, o chiado do fogo sob a chaleira.

Lucy olha o celular. Nada. O cachorro a está encarando, visivelmente querendo alguma coisa. Ela abre a porta do apartamento, e, em seguida, em silêncio, a dos fundos, que leva à rua, incentivando o cachorro a sair. Ele passa por ela, levanta a pata por um instante e depois corre de volta para dentro.

No apartamento, Lucy pega a mochila e abre o zíper de um bolso interno. Seu passaporte está lá. Ela o abre. Como tinha imaginado, expirou há três anos. A última vez que o usou foi quando Marco tinha dois anos, e ela e Michael o levaram a Nova York para conhecer os avós paternos. Eles se separaram pouco depois daquilo, e o passaporte nunca mais foi usado.

Foi Michael quem conseguira o passaporte para ela. Ele estava planejando a lua de mel deles nas Maldivas.

— Me dá seu passaporte, amor — dissera ele. — Preciso das informações.

— Não tenho passaporte — ela havia respondido.

— Bom, vai ter que renovar o mais rápido possível, senão nada de lua de mel.

Ela soltou um suspiro e o encarou.

— Olha, eu não tenho um passaporte. Nunca tive um.

Ele parou e a encarou por um instante com os lábios entreabertos, quase dava para ver as engrenagens trabalhando em sua mente.

— Mas...

— Eu vim para a França de carro, como passageira. Quando era bem mais nova. Ninguém nunca pediu meu passaporte.

— Carro de quem?

— Não sei. Um carro qualquer.

— Tipo, no carro de um estranho?

— Não exatamente. Não.

— O que você tinha em mente? Se pedissem seu passaporte, o que você ia fazer?

— Não sei.

— Então como você viveu até hoje? Assim...

— Bom, do jeito que eu estava quando você me conheceu — respondeu ela, curta e grossa. — Tocando violino por uns trocados. Pagando hospedagens por noite.

— Desde que você era criança?

— Desde que eu era criança.

Ela confiava nele naquela época, o americano alto e gentil com um sorriso arrebatador. Naquele tempo, ele fora seu herói, o homem que vinha vê-la tocar toda noite durante quase um mês, que dissera que ela era a violinista mais linda que já vira, que a levara para sua casa elegante e cor-de-rosa, lhe dera toalhas felpudas para se enxugar depois de meia hora tomando banho num box com mosaico dourado, que escovara seu cabelo molhado e a fizera estremecer com o toque dos dedos em seus ombros nus, que entregara suas roupas encardidas para a empregada lavar, passar e devolvê-las dobradas como um origami sobre a colcha de sua cama na suíte de hóspedes. Naquele tempo, ele era todo gentilezas, admiração e toques suaves. É claro que ela confiara nele.

Então ela contou tudo a ele, a história completa, e ele a olhou com seus olhos castanhos brilhantes dizendo:

— Está tudo bem, você está segura agora. Você está segura agora.

E então ele lhe conseguiu um passaporte. Ela não tinha a menor ideia de como ele arranjara aquilo e com quem. As informações ali não eram totalmente corretas: não era o seu sobrenome, não era sua data nem seu local de nascimento. Mas era um bom passaporte, um que a levou até as Maldivas e a trouxe de volta, que a levou a Barbados e a trouxe de volta, a Itália, a Espanha e a Nova York e de volta, sem nunca suscitar perguntas.

E agora o documento estava expirado, e ela não tinha meios de conseguir outro nem de voltar para a Inglaterra. Sem contar que as crianças também não tinham documento, nem o cachorro tinha um passaporte animal.

Ela fecha o documento e respira fundo. Tem duas maneiras de contornar esse problema: uma delas é arriscada e ilegal, e a outra é apenas bastante perigosa. A única outra alternativa é não ir.

Ao pensar nisso, as imagens de sua fuga da Inglaterra há vinte e quatro anos invadem sua mente. Ela relembra aqueles últimos momentos, como já fez milhares de vezes: o clique da porta se fechando atrás dela pela última vez, o sussurro repetindo sem parar "Eu volto logo, prometo a você, prometo a você, prometo a você" em meio a sua respiração entrecortada enquanto corria pela Cheyne Walk na escuridão da madrugada, ofegante, o coração acelerado, seu pesadelo ao mesmo tempo terminando e começando.

17

CHELSEA, 1988

Levou quase duas semanas até que Phineas Thomsen se dignasse a falar comigo. Ou talvez tenha sido o contrário, quem sabe. Tenho certeza de que ele tem sua própria versão dos fatos. Mas, na minha lembrança (e isso é, claro, totalmente *minha* lembrança), foi ele.

Eu estava, como sempre, na cozinha com a minha mãe, ouvindo a conversa dela com as mulheres que agora aparentemente moravam na nossa casa. A essa altura eu já tinha descoberto, intuitivamente, que a única maneira de entender o que estava acontecendo no mundo era ouvir o que diziam as mulheres. Qualquer pessoa que decida ignorar uma conversa entre mulheres está equivocada, não importa a circunstância.

Naquela época, Birdie e Justin já moravam conosco há quase cinco meses, os Thomsen, há cerca de duas semanas. A conversa na cozinha naquele dia especificamente era a mesma que acontecia mais ou menos num ciclo de quarenta e oito horas: a questão exasperante sobre onde Sally e David iam morar. Eu ainda acreditava, igual a um idiota, na falácia de que Sally e David só ficariam por um tempinho. A todo momento surgia uma possibilidade no horizonte, que era discutida exaustivamente, e aquela sensação tentadora de que Sally e David se mudariam ficava no ar, até que, *bum*, a "possibilidade" revelava ter um obstáculo incontornável e eles voltavam à estaca zero. Naquele momento, a "possibilidade" era uma casa flutuante em Chiswick. Pertencia a uma paciente de David que estava prestes a fazer um mochilão por um ano e precisava de alguém para cuidar de seus dragões-barbudos.

— Mas só tem um quarto — dizia Sally para minha mãe e para Birdie. — E é minúsculo. Claro que eu e David poderíamos dormir na cabine, mas é bem apertado por causa dos viveiros.

— Meu Deus — disse Birdie, arrancando cada vez mais pele seca em volta das unhas, as lascas caindo sobre a gata. — São quantos?

— Viveiros?

— Sei lá. É.

— Não tenho ideia. Acho que uns seis. Teríamos que achar um jeito de empilhá-los.

— Mas e as crianças? — perguntou minha mãe. — Eles vão querer dividir o quarto? E ainda mais uma cama de casal. Phin já é quase adolescente...

— Ah, não, seria só por um tempo. Só até encontrarmos alguma coisa definitiva.

Olhei para cima. Normalmente era essa a hora em que o plano degringolava. O momento em que ficava claro que, na verdade, aquele era um plano idiota. Sally dizia, inabalável, "Ah, não é definitivo", e minha mãe dizia "Bem, isso é uma bobagem, temos tanto espaço aqui. Não se sinta pressionada a resolver nada às pressas". E Sally ficava mais relaxada, sorrindo e tocando o braço da minha mãe enquanto dizia: "Não quero abusar da sua hospitalidade." E minha adorável mãe dizia, com seu lindo sotaque alemão: "Imagina, Sally. Imagina. Leve o tempo que precisar. Alguma coisa vai aparecer. Um lugar perfeito."

E foi assim que aconteceu, naquela tarde do fim de setembro. O plano da casa flutuante foi debatido e rejeitado em meros oito minutos, o que talvez tenha sido um tempo recorde.

Eu estava dividido, é preciso dizer, a respeito da presença dos Thomsen. Por um lado, eles estavam entulhando a minha casa. Não com objetos em si, mas com eles mesmos, seus corpos humanos, seus barulhos, seus cheiros, sua presença diferente. Minha irmã e Clemency se juntaram para formar uma dupla sertaneja ruim: Barulhenta e Mais Barulhenta. Andavam pela casa desde a manhã até a noite envolvidas em brincadeiras estranhas de faz de conta que sempre pareciam exigir o máximo de barulho possível. E não era só isso: Birdie estava ensinando as duas a tocar violino, o que era totalmente torturante.

E, é claro, havia David Thomsen, cuja presença carismática impregnava cada canto da nossa casa. Além do quarto no último andar, ele também tinha dado um jeito de reivindicar nossa sala de estar, onde ficava o bar do meu pai, como uma espécie de sala de exercícios, onde certa vez, por uma fresta da porta, eu o vira tentando levantar o corpo inteiro do chão usando apenas a ponta dos dedos.

Do outro lado de tudo isso estava Phin. Phin, que se recusava até mesmo a olhar para mim, imagine falar comigo; Phin, que agia como se eu nem estivesse ali. E quanto mais ele me ignorava, mais vontade eu tinha de morrer diante daquela recusa em me enxergar.

E então, naquele dia, enfim aconteceu. Eu tinha saído da cozinha depois que ficara estabelecido que Sally e David continuariam conosco, e quase esbarrei em Phin, que vinha na direção oposta. Ele usava um suéter desbotado com algo escrito e uma calça jeans com rasgos nos joelhos. Parou quando me viu e, pela primeira vez, seus olhos encontraram os meus. Eu perdi o fôlego. Revirei meus pensamentos embaralhados de ponta a cabeça em busca de algo para dizer, mas não encontrei nada. Dei um passo para a esquerda; ele deu um passo para a direita dele. Pedi desculpas e me movi para a direita. Pensei que ele ia passar por mim em silêncio, mas então ele disse:

— Sabe que viemos para ficar, não é?

— Oi?

— Ignore qualquer coisa que meus pais falarem sobre se mudar. Não vamos a lugar nenhum. Acabamos ficando naquela casa em Brittany por dois anos, sabe? Só tínhamos ido passar um feriado. — Ele parou e arqueou uma das sobrancelhas.

Obviamente era para eu ter dado alguma resposta, mas estava em choque. Nunca tinha ficado tão perto de alguém lindo daquele jeito. Seu hálito cheirava a hortelã.

Ele me encarou, e vi a decepção perpassar seu rosto, ou talvez nem fosse decepção, mas resignação, como se estivesse apenas confirmando o que já achava de mim, que eu era chato e inútil, pouco digno de atenção.

— Por que vocês não têm uma casa? — perguntei, finalmente. Ele deu de ombros.

— Porque meu pai é muito pão-duro para pagar aluguel.

— Nunca tiveram uma casa só para vocês?

— Sim, uma vez. Ele vendeu para a gente viajar.

— E a escola?

— O que tem a escola?

— Quando você vai para a escola?

— Não vou para a escola desde os seis anos. Minha mãe me ensina.

— Nossa. E amigos?

Ele olhou para mim com desconfiança.

— Não sente falta de ter amigos? — perguntei.

Ele apertou os olhos.

— Não — respondeu, sem mais. — Nem um pouco.

Phin lançou um olhar como se estivesse prestes a ir embora. Eu não queria que ele fosse. Queria sentir seu hálito de hortelã e saber mais sobre ele. Meus olhos se voltaram para o livro que segurava.

— O que você está lendo? — perguntei.

Ele olhou para baixo e virou o livro de cabeça para cima. Era *O homem dos dados*, de Luke Rhinehart, um romance do qual eu nunca tinha ouvido falar naquela época, mas que desde então já li umas trinta vezes.

— É bom?

— Todos os livros são bons — disse ele.

— Não é verdade — rebati. — Já li uns livros bem ruins.

Eu estava pensando especificamente em *Anne de Green Gables*, que tínhamos sido forçados a ler no semestre anterior e que era o livro mais irritante e idiota que eu já tinha visto.

— Não eram livros ruins — contestou Phin, pacientemente. — Eram livros que você não gostou. Não é a mesma coisa. Os únicos livros ruins são aqueles tão mal escritos que ninguém publica. Qualquer livro publicado vai ser um "livro bom" para alguém.

Concordei com a cabeça. Seu raciocínio era perfeito.

— Estou quase terminando — disse ele, olhando para o livro em sua mão. — Pode pegar emprestado depois de mim. Você quer?

Assenti novamente.

— Está bem. Obrigado.

Então ele foi embora. Mas eu continuei parado onde estava, a cabeça latejando, as mãos úmidas, o coração preenchido com algo novo e extraordinário.

18

Miller Roe se levanta quando vê Libby se aproximar. Ela o reconhece da foto na internet, embora ele tenha deixado a barba crescer e ganhado alguns quilos desde que tirou a foto que ilustra suas reportagens. Ele já comeu metade de um sanduíche com muitos ingredientes misturados e está com uma mancha de molho amarelo na barba. Miller limpa os dedos num guardanapo antes de estender a mão para Libby apertar.

— Libby, nossa, é um prazer conhecer você. Um grande prazer. — Ele tem um sotaque londrino e olhos azul-escuros. Sua mão é enorme em comparação com a dela. — Senta aqui. Quer alguma coisa? Os sanduíches daqui são ótimos.

Ela dá uma olhada para aquele sanduíche todo desconjuntado e responde:

— Acabei de tomar café da manhã.

— Quer café ou chá?

— Um cappuccino está ótimo. Obrigada.

Ela fica olhando para ele, parado diante do balcão numa cafeteria badalada em West End Lane, onde ele tinha sugerido que se encontrassem, já que estava no meio do caminho entre St. Albans e South Norwood. Ele veste uma calça jeans de cintura baixa, uma camiseta desbotada, um casaco verde e botas de caminhada. Tem uma barriga volumosa e cabelo castanho cheio. Parece meio exagerado ao olhar para ele, tipo um urso, mas não é de todo mal.

Ele traz o cappuccino e o coloca na mesa diante dela.

— Muito obrigado por ter vindo me encontrar. Foi tudo bem no caminho?

Ele empurra o sanduíche para o lado, como se não tivesse mais intenção de comer.

— Tudo tranquilo. Foram quinze minutos direto para cá.

— De St. Albans, né?

— Isso.

— É um lugar agradável, St. Albans.

— É — concorda ela. — Eu gosto.

— Então — diz ele, faz uma pausa e olha com intensidade para ela. — Quer dizer que você é o bebê.

Ela ri, meio nervosa.

— Parece que sim.

— E você herdou a casa?

— Herdei, sim.

— Nossa — diz ele. — Uma mudança de vida.

— Completamente — concorda ela.

— Você já foi ver?

— A casa?

— Isso.

— Sim, algumas vezes.

— Caramba. — Ele se reclina para trás na cadeira. — Tentei muito que alguém me deixasse entrar naquela casa. Estava quase oferecendo meu primogênito para o cara do escritório de advogados. Uma noite eu cheguei até a tentar invadir.

— Então você nunca chegou a ver?

— Não, não vi nada. — Ele ri com sarcasmo. — Dei uma espiada pelas janelas; até joguei um charme para os vizinhos para me deixarem olhar pela janela deles. Mas nunca cheguei a entrar. Como ela é?

— É sombria — diz ela. — Muitas paredes de madeira. Esquisita.

— E você vai vender, imagino?

— Vou vender, sim. Mas... — Ela passa os dedos na borda do copo de café, como se quisesse desenhar suas próximas palavras. — Queria saber o que aconteceu lá primeiro.

Miller Roe solta uma espécie de grunhido e passa a mão pela barba, limpando a mancha amarela.

— Nossa, eu também. Dois anos da minha vida, foi o tempo que aquela matéria levou. Dois anos obsessivos, insanos e perturbadores da minha vida. Destruiu meu casamento e ainda assim não encontrei nenhuma das respostas que eu buscava. Nem cheguei perto.

Ele sorri para ela. Libby acha que o homem tem um rosto bonito. Tenta adivinhar a idade dele, mas não consegue. Pode ser qualquer coisa entre vinte e cinco e quarenta.

Ela enfia a mão na bolsa, pega as chaves de Cheyne Walk e coloca na mesa diante dele.

O olhar de Miller se volta para as chaves e ela vê uma onda de ansiedade passar em seu rosto. Ele estende as mãos sobre a mesa.

— Ai, meu Deus. Posso?

— Claro. Vá em frente.

Ele examina cada uma das chaves, alisa as correntes.

— Um Jag? — diz ele, olhando para ela.

— Pelo visto, sim.

— Sabe, o seu pai, Henry Lamb, era bem *bon vivant*, destemido. Saía desembestado para caçar nos fins de semana e farrear no Annabel's durante a semana.

— Eu sei — responde ela, simpática. — Li sua matéria.

— Ah, sim, claro que leu.

Os dois ficam em silêncio por um momento. Miller dá uma mordida no sanduíche. Libby bebe um gole do café.

— Então, o que fazemos agora? — pergunta ele.

— Quero encontrar meu irmão e minha irmã.

— Eles nunca tentaram entrar em contato com você?

— Não, nunca. Qual é a sua teoria?

— Eu tenho um milhão de teorias. Mas a grande questão é: eles sabem que a casa estava neste fundo para você? E, se sim, será que eles saberiam que você a herdou?

Libby solta um suspiro.

— Não sei. O advogado disse que o testamento foi feito anos antes, quando meu irmão nasceu. Era para ele herdar quando fizesse vinte e cinco anos, mas ele nunca apareceu para reivindicar. Depois, para a irmã dele, mas ela também nunca apareceu. E, claro, os advogados não tinham como entrar em contato com nenhum deles. Mas, sim, acho que talvez eles saibam que acabaria vindo para mim. Isso se... — Ela ia dizer "se estiverem vivos", mas parou de falar. — E o cara, o homem que morreu com meus pais. Na matéria você disse que seguiu várias pistas falsas. Nunca conseguiu descobrir quem era?

— Não, é muito frustrante. — Miller passa a mão na barba. — Mas surgiu um nome... Acabei tendo que desistir da busca por ele. Mas o nome nunca mais saiu da minha cabeça: David Thomsen.

Libby olha para ele com uma expressão curiosa.

— Havia iniciais no bilhete de suicídio, lembra? ML, HL e DT. Então perguntei à polícia sobre nomes de pessoas desaparecidas com as iniciais DT. David Thomsen foi um dos trinta e oito que eles descobriram. Trinta e oito desaparecidos com as iniciais DT. Dez deles tinham mais ou menos a idade estimada do corpo encontrado. Fui eliminando um a um. Mas esse cara me deixou fascinado. Não sei. Algo na história dele me parecia verdadeiro. Um cara de quarenta e dois anos de Hampshire. Teve uma infância normal, mas não havia registro dele em lugar nenhum desde que voltara ao Reino Unido vindo da França, em 1988, com uma esposa chamada Sally e dois filhos, Phineas e Clemency. Os quatro chegaram de balsa em Portsmouth, vindos de Saint-Malo em... — Ele abre um caderno por um momento. — Setembro de 1988. E não há absolutamente nenhum rastro deles a partir desse ponto. Nenhuma ficha médica, impostos, registros escolares, visita a hospitais, nada, nada. Os familiares os descreveram como "desgarrados". Parece que havia muito atrito e rancor entre eles, uma briga enorme por causa de uma herança ou algo assim, então ninguém os procurou durante anos. Até que a mãe de David Thomsen, pouco antes de morrer, decidiu que queria se reconciliar e registrou o filho e a família como desaparecidos. A polícia fez umas buscas apenas por formalidade, não encontrou nenhum sinal de David ou Sally Thomsen, depois a mãe de David morreu e ninguém nunca mais perguntou sobre os dois. Só eu, três anos atrás. — Miller respira fundo. — Eu tentei muito encontrá-los. Phineas. Clemency. São nomes diferentes. Se eles estivessem por aí, teria sido fácil de encontrar. Mas nada. Nenhum rastro. E eu precisava entregar a matéria, precisava receber o pagamento, e tive que desistir. — Ele balança a cabeça. — Entende agora? Entende por que fiquei dois anos envolvido nisso, por que essa história quase me matou? Por que minha mulher me deixou? Eu virei um zumbi. Só falava disso, só pensava nisso.

Ele suspira e passa os dedos pelo molho de chaves.

— Mas, sim. Vamos nessa. Vamos descobrir o que aconteceu com essa gente toda. Vamos descobrir o que aconteceu com você. — Ele estende a mão para que ela a aperte. — Estamos juntos nessa, Serenity Lamb?

— Sim — diz Libby, apertando a mão dele. — Estamos.

Libby sai do café da manhã com Miller Roe e vai direto para o *showroom*. São apenas nove e meia, e Dido nem percebe seu atraso. Quando se dá conta, olha na direção de Libby novamente e diz, num sussurro cheio de empolgação:

— Ai, meu Deus! O jornalista! Como foi?

— Incrível — responde Libby. — Vamos nos encontrar lá na casa hoje à noite. Começar a investigação.

— Só você e ele? — pergunta Dido, fazendo uma careta.

— Sim.

— Hum. Tem certeza de que isso é uma boa ideia?

— O quê? Por quê?

— Não sei. Talvez ele não seja o que parece. — Dido estreita os olhos na direção dela. — Acho que eu deveria ir também.

Libby pisca os olhos lentamente e sorri.

— Era só ter pedido.

— Não sei o que está querendo dizer — reclama Dido, voltando-se para o computador. — Só quero proteger você.

— Está bem — diz Libby, ainda sorrindo. — Você pode me "proteger". Vou encontrá-lo às sete. Temos que pegar o trem às 6h11. Está bem?

— Está bem — concorda Dido, o olhar fixo na tela no computador. — Combinado. Ah, e aliás. — Ela olha para cima, de repente. — Eu li absolutamente todos os romances da Agatha Christie. Duas vezes. Então talvez eu possa ajudar.

19

Lucy deixa as crianças dormindo e escreve um bilhete para Marco dizendo: "Fui dar um jeito nos nossos passaportes. Volto em algumas horas. Dê alguma coisa para sua irmã comer. O cachorro está com Giuseppe."

Ela sai de casa às oito da manhã e caminha até a Gare de Nice, do outro lado da cidade. Para um pouco e senta num banco, deixando o sol ameno da manhã aquecer sua pele. Às 8h45, pega um trem para Antibes.

Pouco depois das nove, está diante da casa de Michael. Há um enxame de varejeiras em cima do cocô de Fitz, da manhã de ontem. Ela dá um meio-sorriso. Depois, bem lentamente, com uma ligeira ânsia de vômito, toca a campainha de Michael.

A empregada atende. Ela sorri ao reconhecer Lucy e diz:

— Bom dia para você! Você é a mulher do Michael! De ontem! A mãe do filho de Michael. Eu não sabia que Michael tinha um filho! — Ela põe a mão no peito e parece feliz de verdade. — Menino lindo. Vem, vem.

A casa está em silêncio. Lucy pergunta:

— O Michael está aí?

— Sim, sim, está tomando banho. Você espera ele na varanda. Está bem?

Joy a acompanha até a varanda e lhe diz para sentar, insistindo em lhe trazer um café com biscoitinhos, mesmo depois de Lucy dizer que só quer água. Michael não merece essa mulher, ela pensa. Michael não merece nada.

Ela enfia a mão na bolsa e pega o passaporte, além da pequena carteira com fotos de Stella e Marco. Bebe o café, mas não come os biscoitos, pois está enjoada. Há um abelharuco colorido parado em cima de uma árvore, inspecionando o jardim em busca de comida. Ela quebra um pedacinho do biscoito e o coloca no chão, mas ele não percebe e sai voando. O estômago de Lucy não para de se revirar. São nove e meia.

Então ele finalmente chega, imaculado, vestindo uma camiseta branca e uma bermuda verde, o cabelo ralo ainda molhado do banho e os pés descalços.

— Ora, ora, meu Deus — diz ele, encostando suas bochechas nas dela. — Duas vezes em dois dias. Deve ser meu aniversário, só pode. Está sem as crianças?

— Deixei os dois dormindo. Ficamos acordados até tarde ontem.

— Da próxima vez, então. — Ele lança seu sorrisão para ela e cruza as pernas. — Então, a que devo esta honra?

— Bem. — Ela pousa os dedos em cima do passaporte e os olhos dele acompanham o movimento. — Preciso ir para casa. Minha amiga está doente. Talvez esteja morrendo. Quero vê-la antes que... caso... você sabe. — Uma lágrima escorre de seu olho esquerdo e cai perfeitamente na capa do passaporte. Ela limpa o rosto. Não tinha planejado chorar, mas acabou acontecendo.

— Ah, querida. — Michael segura as mãos dela entre as suas. Ela sorri de leve e tenta parecer grata pelo gesto.

— Que notícia horrível. O que é? Câncer?

Ela concorda com a cabeça.

— De ovário. — Lucy solta a mão da dele e leva à boca para conter um soluço. — Quero ir na semana que vem, mas meu passaporte expirou. E as crianças nem têm passaporte. Eu sinto muito em pedir isso a você, e você já foi tão generoso ontem com o dinheiro para o violino. Eu não pediria se tivesse outra alternativa. Mas você ainda conhece aquelas pessoas? As que me arrumaram o passaporte?

Ela passa os dedos sob os olhos e então olha para ele de forma patética, mas ainda assim sedutora, pelo menos é o que ela espera.

— Poxa, na verdade não. Não. Mas, olha, eu vou tentar. — Ele pega o passaporte. — Deixa comigo.

— Aqui, eu trouxe fotos. E, caramba, sei que deve parecer uma loucura, mas preciso de um para o cachorro. Ele está com algumas vacinas atrasadas e não posso ir do jeito normal. E também nem sei quanto tempo levaria e...

— Você vai levar o cachorro? Para ver uma amiga que está morrendo?

— Não tenho muita opção.

— Bom, eu posso ficar com ele?

Ela tenta não parecer chocada com a ideia de ter seu amado cachorro vivendo ali com aquele monstro.

— Mas o que você vai fazer com um cachorro?

— Ah, sei lá. Brincar com ele? Levar para passear? Dar comida para ele?

— Precisa de mais do que isso. Tem que acordar cedo de manhã e levá-lo para fazer as necessidades. E catar o cocô.

Michael revira os olhos e diz:

— Joy adora cachorros. Ela vai adorar ter um aqui. E eu também.

É claro, pensa Lucy, Michael tem alguém para catar o cocô do cachorro.

— É que... eu prefiro levá-lo comigo. As crianças são muito apegadas a ele, e eu também.

— Vou ver o que consigo fazer — responde ele. — Acho que o passaporte do cachorro talvez esteja além do que posso arranjar. Mas vou tentar.

— Meu Deus — diz ela, os olhos cheios de gratidão. — Muito obrigada, Michael. Não consigo nem explicar o quanto estou aliviada. Recebi a mensagem sobre a minha amiga ontem à noite e não consegui dormir, fiquei preocupada sem saber como eu iria até lá. Obrigada.

— Bem, eu não fiz nada ainda.

— Eu sei — responde ela. — Sei que não fez. Mas ainda assim, estou muito agradecida.

Ela percebe quando a expressão dele muda de amável para assustadora.

— Muito, muito agradecida?

Ela força um sorriso. Sabe onde isso vai dar; veio preparada para isso.

— Muito, muito, muito agradecida.

— Ah. — Ele recosta na cadeira e sorri. — Gosto de ouvir isso.

Ela retribui o sorriso e passa a mão no cabelo.

Os olhos dele se viram na direção das janelas fechadas no segundo andar, a suíte principal, local de muitos estupros maritais. Eles então se voltam para ela, que reprime um calafrio.

— Talvez num outro dia — diz ela.

Ele arqueia uma das sobrancelhas e desliza o braço para o encosto da cadeira ao lado.

— Está me provocando?

— É possível — responde ela.

— Gosto do seu jeito.

Ela sorri. Depois, se inclina para a frente e pega a alça da bolsa.

— Mas agora preciso voltar para os meus filhos, que estão dormindo.

Ambos se levantam.

— Quando você acha... — pergunta ela, hesitante.

— Vou começar a ver isso agora mesmo. Me dá seu número e eu ligo para você quando tiver novidades.

— Não tenho um celular no momento.

Ele faz uma cara feia.

— Mas você não acabou de falar que recebeu uma mensagem ontem à noite sobre a sua amiga?

Se dormir na praia por uma semana tem algum lado bom é o de ensinar alguém a pensar rápido.

— Ah, isso foi pelo telefone fixo, lá no albergue. Alguém anotou a mensagem pra mim num papel.

— Está bem, como vou encontrar você então? Ligo para o albergue?

— Não — diz ela, tranquila. — Me dá o seu número. Ligo para você de um telefone público. Posso ligar na sexta-feira?

Ele anota o número e entrega a ela.

— Está bem, me liga na sexta. E aqui... — Ele põe a mão no bolso e tira um punhado de notas. Separa algumas de vinte e lhe entrega. — Compre um celular. Pelo amor de Deus.

Ela pega as notas e agradece. Não tem mais nada a perder agora. Vendeu sua alma por um passaporte.

20

CHELSEA, 1989

Muitos meses se passaram. Phineas fez treze anos e desenvolveu um pomo de adão e um pequeno bigode loiro. Eu ganhei dois centímetros de altura e finalmente deixei o cabelo crescer o suficiente para ter uma franja. Minha irmã e Clemency ficaram ainda mais grudadas, de maneira obsessiva, conversando numa língua secreta e passando horas e horas numa tenda feita de lençóis e cadeiras viradas no quarto vazio do sótão. A banda de Birdie lançou uma música horrível que ficou no quadragésimo oitavo lugar nas paradas e ela largou o grupo num rompante de irritação, mas ninguém da imprensa musical pareceu ter notado ou se importado, então ela começou a trabalhar dando aulas de violino na sala de música.

Enquanto isso, Justin transformou o jardim do meu pai numa empresa, vendendo suas ervas medicinais em anúncios secretos nos jornais; Sally dava aulas para todos nós durante quatro horas por dia na mesa da cozinha, enquanto David dava suas aulas de terapias alternativas três vezes por semana no pátio de uma igreja em World's End, voltando para casa com os bolsos cheios de dinheiro.

Phin fora absolutamente certeiro em sua previsão meses antes.

Os Thomsen não iam a lugar nenhum.

*

Ao relembrar aqueles anos na casa de Cheyne Walk com os Thomsen, posso ver exatamente quais foram os pontos de virada, os pivôs de cada mudança no caminho, os momentos em que o enredo da história tomou outro rumo de maneira tão aterrorizante. Eu me lembro do jantar no Chelsea Kitchen e de ver meu pai já perdendo uma disputa de poder que ele estava fraco demais até para perceber que tinha começado. E eu me lembro da minha mãe se reprimindo na presença de David, escondendo sua personalidade deslumbrante com medo de que ele a desejasse. Eu me lembro de quando tudo começou, mas não tenho a menor ideia de como fomos daquela primeira noite até o ponto de, nove meses depois, ter estranhos ocupando cada canto da nossa casa, e os meus pais terem permitido.

Meu pai fingia interesse em tudo que estava acontecendo. Ele ficava por ali no jardim com Justin, dissimulando um fascínio por suas fileiras de ervas e plantas; todas as noites, às sete horas, colocava dois dedinhos de uísque em dois copos grandes e se sentava com David na cozinha, onde tinham conversas tensas sobre política e questões mundiais, seus olhos levemente arregalados pelo esforço de aparentar que sabia do que estava falando. (Todas as opiniões do meu pai eram taxativas, preto no branco; as coisas estavam certas ou erradas, eram boas ou más: sua visão de mundo não comportava nuances. Era constrangedor.) De vez em quando, ele se sentava para assistir a nossas aulas na cozinha e parecia absolutamente impressionado pela nossa inteligência. Eu não conseguia compreender o que tinha acontecido com meu pai. Era como se Henry Lamb tivesse ido embora da casa e deixado apenas o corpo para trás.

Eu queria desesperadamente conversar com ele sobre tudo que estava acontecendo, sobre como meu mundo tinha sido virado de cabeça para baixo, mas temia que aquilo talvez arrancasse a última viga que ainda mantinha de pé a sua noção da própria importância. Ele parecia tão vulnerável, tão destruído. No começo do verão, eu o vi um dia, mais ou menos na hora do almoço, colocando o gorro e o casaco e examinando a carteira na porta de entrada. Nossa aula do dia já tinha acabado e eu estava entediado.

— Aonde você vai? — perguntei.

— Para o meu clube — ele respondeu.

Ah, o clube dele. Um monte de salas esfumaçadas numa rua lateral perto da Piccadilly. Eu já tinha ido lá uma vez quando minha mãe estava fora e a babá não apareceu. Em vez de ficar preso em casa tendo que entreter duas crianças pequenas e sem graça, ele nos colocara no banco de trás de um táxi e nos levara ao clube. Lucy e eu nos sentamos num canto com limonadas e amendoins enquanto meu pai fumava charutos e bebia uísque com homens que eu nunca vira antes. Eu tinha ficado encantado com aquilo, não queria ir embora, rezava para nossas babás nunca mais aparecerem.

— Posso ir também?

Ele olhou para mim sem entender, como se eu tivesse perguntado sobre alguma questão complicada de matemática.

— Por favor. Vou ficar quieto. Não falo nada.

Ele olhou para o topo da escada, como se a solução para seu dilema fosse aparecer no andar de cima.

— Já acabou a aula?

— Já.

— Está bem.

Ele me esperou vestir o casaco, depois saímos para a rua juntos e chamamos um táxi.

No clube, ele não encontrou ninguém conhecido, e, enquanto esperávamos nossas bebidas chegarem, olhou para mim e disse:

— E então, como você está?

— Confuso — comecei.

— Confuso?

— Sim, sobre o caminho que nossas vidas estão tomando.

Contive a respiração. Era exatamente esse tipo de abordagem atrevida que em outras épocas o faria fechar a cara, se virar para minha mãe e lhe perguntar de forma ameaçadora se ela achava que esse tipo de comportamento era aceitável, e se era esse tipo de educação que estavam dando para os filhos.

Mas ele me olhou com os olhos azuis marejados e disse simplesmente:

— Eu sei.

Seus olhos se afastaram dos meus imediatamente.

— Você está confuso também?

— Não, filho, não. Não estou confuso. Sei exatamente o que está acontecendo.

Não entendi se ele quis dizer que sabia e estava no controle da situação, ou se sabia e não podia fazer nada para impedir.

— Então... o quê? O que está acontecendo?

Nossas bebidas chegaram: uma limonada sobre um descanso branco de papel para mim, um uísque e água para o meu pai. Ele não tinha respondido a minha pergunta e achei que talvez não fosse responder. Mas então ele soltou um suspiro.

— Filho, às vezes na vida você encontra uma bifurcação no caminho. Sua mãe e eu encontramos uma. Ela queria ir por um lado, eu queria ir pelo outro. Ela ganhou.

Minhas sobrancelhas se arquearam.

— Então a mamãe quer todas essas pessoas lá em casa? Ela realmente quer essas pessoas?

— Quer essas pessoas? — perguntou ele, de cara fechada, como se a minha pergunta fosse ridícula, mas claramente não era.

— Ela quer morar com todas essas pessoas?

— Meu Deus, eu não sei. Não sei mais o que a sua mãe quer. E, olha, vou dar um conselho a você. Nunca se case com uma mulher. Elas parecem boas, mas te destroem.

Nada daquilo estava fazendo sentido. O que é que casar com mulheres — algo que eu não tinha a menor intenção de fazer na vida, mas ao mesmo tempo achava que não havia saída para isso; afinal, se não me casasse com uma mulher, ia me casar com quem? — tinha a ver com aquele pessoal no andar de cima?

Fiquei olhando para ele, esperando que dissesse algo mais esclarecedor e astuto. Mas meu pai não tinha a inteligência emocional necessária e, aliás, depois do AVC, nem o vocabulário para ser esclarecedor ou astuto. Ele tirou um charuto do bolso do casaco e passou um tempo preparando-o para fumar.

— Você não gosta deles, então? — perguntou, finalmente.

— Não — respondi. — Não gosto. Eles vão embora algum dia?

— Bom, se estivesse nas minhas mãos...

— Mas é a sua casa. Com certeza está nas suas mãos.

Tomei fôlego, com medo de ter ido longe demais.

Mas ele apenas respirou fundo.

— É de se imaginar que sim, não é?

A estupidez dele estava me irritando. Eu queria gritar.

— Você não pode simplesmente dizer para eles irem embora? Dizer que quer sua casa de volta? Que queremos voltar a frequentar a escola? Que não queremos mais eles aqui?

— Não — respondeu meu pai. — Não posso.

— Mas por quê?

Minha voz tinha subido uma oitava e eu sentia meu pai recuando.

— Eu já te falei — respondeu, irritado. — É a sua mãe. Ela precisa deles. Precisa *dele*.

— Dele? David?

— É, David. Pelo jeito ele a faz se sentir melhor a respeito de sua existência inútil. Aparentemente ele dá "significado" à vida dela. Agora — resmungou, abrindo o jornal. — Você disse que não ia falar. Que tal cumprir sua palavra?

21

Miller Roe está parado do lado de fora da casa em Cheyne Walk, olhando para o telefone. Parece ainda mais desgrenhado do que estava naquela manhã na cafeteria em West End Lane. Ele se ajeita ao ver Libby e Dido se aproximando e sorri.

— Miller, esta é Dido, minha colega — Libby apresenta, e logo emenda: — Minha *amiga*. Dido, esse é Miller Roe.

Eles apertam as mãos e todos se viram para olhar a casa. As janelas reluzem, douradas, sob o sol do fim da tarde.

— Libby Jones, Jesus amado. Você é dona de uma mansão de verdade.

Libby sorri e abre o cadeado. Ela não se sente muito dona de nada quando eles entram no hall, olhando ao redor. Ainda fica esperando o advogado aparecer, andando com autoridade à frente deles.

— Entendo o que você tinha dito sobre a quantidade de madeira — diz Miller. — Essa casa era cheia de cabeças de animais e facas de caça. Dizem que havia, inclusive, tronos de verdade, exatamente aqui... — Ele aponta os locais, de cada lado da escadaria. — Dele e dela — diz ele, com ironia.

— Quem contou a você sobre esses tronos? — pergunta Dido.

— Velhos amigos de Henry e Martina que vinham aqui para os enormes jantares que eles ofereciam nos anos 1970 e início dos 1980. Quando Henry e Martina pertenciam à alta sociedade. Quando seus filhos eram pequenos. Era tudo muito glamoroso, pelo visto.

— Então, todos esses amigos — continua Dido. — Onde estavam quando as coisas ficaram estranhas?

— Ah, não, não eram exatamente amigos. Eram pais dos amiguinhos de escola das crianças, vizinhos que iam e vinham, viajantes que andavam por aí. Ninguém que realmente se importasse com eles. Só pessoas que se lembravam deles.

— E de seus tronos — completa Libby.

— É — sorri Miller. — De seus tronos.

— E eles não tinham família? — pergunta Dido. — Onde estão?

— Bem, Henry não tinha família. Era filho único e os pais tinham morrido. Martina não tinha relação com o pai, e a mãe se casou de novo e morava na Alemanha com a nova família. Aparentemente, ela tentava vir visitar a filha e Martina sempre a impedia. Ela até mandou um dos filhos pra cá, em 1992; ele veio e bateu na porta diariamente por cinco dias, mas ninguém abriu. Ele disse ter ouvido barulhos, visto cortinas se mexendo. A linha de telefone não funcionava. A mãe remoía a culpa de não ter insistido mais em tentar ver a filha. Nunca superou isso. Posso...? — Ele se vira para a esquerda, na direção da cozinha.

Libby e Dido o acompanham.

— Então, aqui era onde as crianças tinham aula — diz ele. — As gavetas estavam cheias de papéis e livros didáticos.

— Quem dava aula para eles?

— Não sabemos. Não devia ser Henry Lamb. Ele não conseguiu passar em nenhuma das provas de vestibular e largou os estudos. Inglês nem era a língua-mãe de Martina, então também é difícil que tenha sido ela. Provavelmente foi um dos "outros" misteriosos. E provavelmente uma mulher.

— O que houve com os livros? — pergunta Libby.

— Não faço ideia — diz Miller. — Talvez ainda estejam aqui?

Libby olha para a enorme mesa de madeira no meio do cômodo, com duas gavetas de cada lado. Toma fôlego e abre uma a uma. As gavetas estão vazias. Ela solta um suspiro.

— Evidências para a polícia — diz Miller. — Eles devem ter destruído.

— O que mais eles coletaram como evidência? — pergunta Dido.

— As roupas. Lençóis. Todos os apetrechos farmacêuticos, garrafas, bandejas e o que mais fosse. Sabão. Lenços. Toalhas. Fibras, claro, esse tipo de coisa. Mas na verdade não havia mais nada. Nenhum quadro na parede, nenhum brinquedo, nenhum sapato.

— Nenhum sapato? — repete Dido.

Libby assente. Foi um dos detalhes mais chocantes da matéria de Miller no *Guardian*: uma casa cheia de gente e nenhum par de sapatos.

Dido olha em volta.

— Essa cozinha tem cara de ter sido o auge das cozinhas sofisticadas nos anos 1970.

— Não é? — concorda Miller. — E da melhor qualidade também. Quase tudo que havia na casa, antes de eles venderem, tinha sido comprado na Harrods. O arquivista do departamento de vendas deles me deixou olhar as notas fiscais da época em que Henry comprou a casa. Eletrodomésticos, camas, luminarias, sofás, roupas, entregas semanais de flores, cortes de cabelo, artigos de banheiro, toalhas, comida, tudo.

— Inclusive o meu berço.

— Sim, inclusive o seu berço. Foi comprado, se não me engano, em 1977, quando o pequeno Henry era recém-nascido.

— Então fui o terceiro bebê a dormir ali?

— É, acho que sim.

Eles vão em direção ao pequeno cômodo na parte da frente da casa e Dido diz:

— Qual é sua teoria? O que acha que aconteceu aqui?

— Resumindo: gente estranha se muda para a casa de uma família rica. Coisas estranhas acontecem e todo mundo morre, a não ser uns adolescentes, que nunca mais são vistos. E, é claro, o bebê, Serenity. E parece que mais alguém morou aqui em algum momento. Alguém que cultivou o jardim. Eu passei um mês inteiro localizando cada farmacêutico do Reino Unido e do exterior que pudesse estar morando em Londres naquela época. Nada, nenhum rastro.

O cômodo onde estão tem paredes e piso de madeira. Há uma lareira de pedra enorme de um lado e o que já foi um bar de mogno do outro.

— Eles encontraram uns equipamentos aqui — diz Miller, sério. — A princípio, a polícia achou que eram instrumentos de tortura, mas aparentemente eram aparelhos de calistenia, usados para fazer exercícios físicos em casa. Duas das vítimas do suicídio tinham o corpo bem magro e muito musculoso. Este com certeza era o lugar onde faziam as atividades físicas. Provavelmente para compensar os efeitos negativos de não sair de casa. Então, novamente, passei um mês correndo atrás de todos os professores de calistenia que encontrei, para ver se alguém tinha informações sobre a prática de calistenia em Chelsea nos anos 1980 e 1990. E, de novo, nada. — Ele suspira e se vira para Libby. — Você encontrou a escadaria secreta? Para o sótão?

— Sim, o advogado me mostrou quando viemos aqui.

— E viu as fechaduras? Nas portas dos quartos das crianças?

Libby sente um tremor pelo corpo.

— Não tinha lido sua matéria ainda — diz ela. — Então não percebi. E da última vez que vim aqui... — Ela para. — Da última vez escutei alguém lá em cima, eu acho, me apavorei e fui embora.

— Vamos lá dar uma olhada?

Ela concorda com a cabeça.

— Vamos.

— Tem uma escadaria secreta dessas na casa dos meus pais — diz Dido, segurando o corrimão enquanto sobem pela escada estreita. — Sempre ficava com medinho quando era criança. Achava que um fantasma poderia trancar as portas dos dois lados e eu ficaria presa lá dentro para sempre.

Depois de ouvir isso, Libby aperta o passo e sai meio ofegante no sótão, no topo da escada.

— Você está bem? — pergunta Miller, gentil.

— Aham — murmura ela. — Vou ficar.

Ele coloca a mão na orelha.

— Está ouvindo isso?

— O quê?

— Esse rangido.

Ela concorda com a cabeça, os olhos arregalados.

— É isso que casas antigas fazem quando fica muito quente ou muito frio. Elas reclamam. Foi isso que você ouviu no outro dia, a casa reclamando.

Ela pensa em perguntar a ele se casas também pigarreiam quando estão com calor, mas desiste.

Miller pega o telefone no bolso, liga a câmera e começa a filmar enquanto anda.

— Meu Deus — sussurra ele. — É aqui. É aqui.

Ele aponta a câmera para a porta do primeiro quarto do lado esquerdo.

— Olha — diz.

Ela e Dido olham. Há uma fechadura instalada na parte externa do quarto. Elas o seguem até a outra porta. Outra fechadura. E mais outras.

— Todos os quatro quartos podiam ser trancados pelo lado de fora. A polícia acha que é aqui que as crianças dormiam. Foi aqui que encontraram alguns rastros de sangue e marcas nas paredes. Vejam só, até o banheiro tem uma tranca do lado de fora. Vamos entrar?

Ele está segurando a maçaneta de um dos quartos.

Quando ela leu a matéria de Miller pela primeira vez, pulou os parágrafos sobre os quartos do sótão, sem estômago para lidar com o que aquilo sugeria. Agora ela só quer se livrar disso logo.

É um quarto de bom tamanho, pintado de branco com alguns detalhes amarelos nos rodapés, pisos de tábua corrida, cortinas brancas surradas nas janelas, colchonetes finos nos cantos, e nada mais. O quarto seguinte é igual. E o outro. Libby prende a respiração quando chegam ao último cômodo, convencida de que haverá um homem atrás da porta. Mas não tem ninguém ali, apenas mais um quarto vazio, branco, com cortinas brancas e tábuas corridas. Estão prestes a fechar a porta quando Miller para, aponta a câmera para o canto mais distante do quarto e foca no colchonete.

— O quê?

Ao se aproximar do colchonete, ele o afasta um pouco da parede e aproxima a câmera de algo que está escondido ali.

— O que é isso?

Ele pega e mostra primeiro para a câmera, depois para ele mesmo.

— É uma meia.

— Uma meia?

— Sim, uma meia masculina.

É uma meia azul e vermelha, uma estranha explosão de cores no meio da brancura daqueles quartos do sótão.

— Isso é estranho — diz Libby.

— É mais do que estranho — diz Miller. — É impossível. Porque olha aqui — diz ele, virando a meia do avesso e mostrando para Libby e Dido.

A meia tem o logotipo da Gap.

— O quê? — diz Dido. — Não entendi.

— Esse é o logo *atual* da Gap — diz ele. — Eles usam esse logotipo há poucos anos. — Seu olhar encontra o de Libby. — Esta meia é nova.

22

Às cinco da tarde de sexta-feira, Lucy liga para Michael de um telefone público nas redondezas. Ele atende na hora.

— Suspeitei que fosse você — diz ele, e ela consegue ouvir o sorriso lascivo camuflado em sua voz.

— Como você está? — pergunta ela, animada.

— Ah, estou ótimo, e você?

— Estou ótima também.

— Você já comprou um celular? Esse número é fixo, não?

— Um conhecido vai arrumar um pra mim — ela mente com tranquilidade. — Um aparelho usado. Devo pegar amanhã.

— Que bom, que bom — diz Michael. — E como sei que essa não é uma ligação para falar de amenidades, imagino que queira saber como me saí com seu *pedido*.

Ela dá uma risadinha.

— Gostaria bastante de saber.

— Bem — continua ele —, você vai me amar demais agora, Lucy Lou, porque consegui o pacote completo. Passaportes para você, para o Marco, para sua filha e até para o cachorro. Na verdade, paguei tão caro pelos passaportes que o do cachorro foi brinde.

Ela sente aquela ânsia de vômito de sempre na boca do estômago. Não quer nem pensar em quanto dinheiro Michael gastou nos passaportes e quanto dela ele vai exigir em troca. A mulher força uma risada e diz:

— Que gentil da parte deles!

— Gentil é o cacete — diz ele. E continua: — Então, quer vir aqui? Para buscar?

— Claro — diz ela. — Claro. Mas não hoje. Talvez amanhã ou domingo?

— Venha no domingo — responde ele. — Venha almoçar. Domingo é o dia de folga da Joy, então vamos ter a casa só para nós.

Ela sente que está prestes a vomitar.

— Que horas? — consegue perguntar, tentando manter o tom descontraído.

— Por volta de uma hora. Vou colocar uns filés na churrasqueira. Você pode fazer aquele negócio que preparava antigamente, como é mesmo? Com pão e tomates?

— Panzanella.

— Isso mesmo. Nossa, você fazia isso tão bem.

— Ah, obrigada. Espero que ainda tenha a mão boa para fazer.

— É. Sua mão boa. Eu sinto muita, muita falta da sua mão boa.

Lucy ri. Ela se despede, diz que o encontra no domingo, uma da tarde. Então encerra a chamada e corre até o banheiro para vomitar.

23

CHELSEA, 1990

Numa tarde, no verão de 1990, quando eu tinha acabado de fazer treze anos, dei de cara com a minha mãe no corredor da escada. Ela estava colocando pilhas de roupa de cama limpa no armário. Houve uma época em que nossas roupas eram semanalmente levadas por uma pequena van com letreiro dourado na lateral e devolvida dias depois em pilhas imaculadas presas com um laço ou penduradas em cabides de madeira e cobertas por um plástico.

— O que aconteceu com o serviço de lavanderia?

— Que serviço de lavanderia?

O cabelo dela tinha crescido. Não o cortava há dois anos, pelo menos que eu soubesse, desde que os outros vieram morar com a gente. Birdie tinha o cabelo longo, Sally também. Minha mãe costumava usar o cabelo na altura do ombro. Agora, já estava no meio das costas e partido ao meio. Eu ficava imaginando se ela estava tentando imitar as outras mulheres, do mesmo jeito que eu fazia com Phin.

— Não lembra? Aquele senhor que vinha com a van branca buscar a roupa suja, tão franzino que você achava que ele não iria conseguir carregar tudo?

O olhar da minha mãe se virou bem devagar para a esquerda, como se estivesse se lembrando de um sonho, e ela disse:

— Ah, é verdade. Tinha me esquecido dele.

— E por que ele não vem mais?

Ela esfregou a ponta dos dedos uma na outra, e olhei para ela, assustado. Eu sabia o que aquele gesto significava, e era algo de que eu já vinha desconfiando, mas aquela foi a primeira vez que tive a confirmação. Nós estávamos pobres.

— Mas o que aconteceu com todo o dinheiro do papai?

— Shhhh.

— Mas eu não entendo.

— Shhhh! — sibilou novamente.

Ela então me puxou gentilmente pelo braço até seu quarto e me fez sentar na cama. Segurou minha mão e olhou para mim com toda a seriedade. Percebi que não estava usando maquiagem nos olhos e me perguntei quando tinha parado de se arrumar como costumava fazer. Tantas coisas foram mudando aos pouquinhos naquele longo período que às vezes era difícil identificar as novidades.

— Você precisa me prometer, prometer de verdade — disse ela — que não vai falar com ninguém sobre isso. Nem com a sua irmã. Nem com as outras crianças. Nem com os adultos. Com ninguém, está bem?

Assenti com determinação.

— E só vou te contar porque confio em você. Porque você é sensato. Então não me decepcione, está bem?

Assenti, ainda mais resoluto.

— O dinheiro do seu pai acabou há muito tempo.

Engoli em seco.

— O quê? Tipo, todo o dinheiro?

— Basicamente.

— Então estamos vivendo do quê?

— Seu pai andou vendendo alguns patrimônios e ações. Ainda há algumas contas de poupança. Se conseguirmos viver com trinta libras por semana, vamos ficar bem por alguns anos pelo menos.

— Trinta libras por semana? — Arregalei os olhos. Minha mãe costumava gastar trinta libras por semana só com flores. — Mas isso é impossível!

— Não é. David se sentou conosco e organizou tudo.

— David? Mas o que o David entende de dinheiro? Ele nem tem uma casa!

— Shhh. — Ela põe o dedo sobre os lábios e olha, vigilante, para a porta do quarto. — Você vai ter que confiar na gente, Henry. Nós somos os adultos aqui, e você vai ter que confiar. Birdie está ganhando dinheiro com as aulas de violino, e David, com as aulas de ginástica. Justin está ganhando muito dinheiro.

— É, mas eles não estão dando nada para a gente, estão?

— Bem, estão. Todo mundo está contribuindo. Estamos dando um jeito.

E é nesse momento que me dou conta. Fica muito claro.

— A gente virou uma comuna? — perguntei, horrorizado.

Minha mãe riu, como se aquela fosse uma hipótese absurda.

— Não! É claro que não.

— Por que meu pai não vende a casa? — perguntei. — Podemos ir viver em um apartamento. Seria legal. E teríamos muito dinheiro.

— Mas isso não tem a ver só com dinheiro, você sabe, não sabe?

— E tem a ver com o que, então?

Ela solta um suspiro, devagar, e massageia minha mão com os dedos.

— Bem, tem a ver comigo, eu acho. Como eu me sinto, como eu estive triste por muito tempo e como tudo isso... — Ela faz um gesto amplo para o quarto, suas cortinas imponentes e seu lustre brilhante. — ... não me faz feliz, nem um pouco. E então David apareceu e me mostrou outra maneira de viver, menos egoísta. Nós temos *coisas demais*, Henry. Consegue perceber isso? Demais mesmo. E quando você tem coisas demais, elas te oprimem. Agora o dinheiro está quase no fim, e é um bom momento para mudar, para pensar sobre o que comemos, usamos, o que gastamos e o que fazemos com os nossos dias. Nós precisamos oferecer algo ao mundo, não continuar tirando dele. Sabe, o David... — A voz dela fica aguda como uma colher batendo numa taça quando diz o nome dele. — ... ele doa quase todo o dinheiro que tem para a caridade. E agora, seguindo suas orientações, estamos fazendo o mesmo. Doar para quem precisa faz bem à alma. E a vida que tínhamos antes era uma vida de desperdícios. Muito errada. Consegue entender? Mas agora, com David aqui para nos guiar, estamos começando a corrigir isso.

Eu me permito um momento para absorver o significado de tudo que ela disse.

— Então eles vão ficar aqui — digo, depois de um tempo — para sempre?

— Sim — responde ela, com um sorriso estreito. — Sim, espero que sim.

— E nós estamos pobres?

— Não, não estamos pobres, querido. Estamos livres dos fardos. Estamos livres.

24

Libby, Miller e Dido vasculham a casa de cima a baixo em busca de uma possível brecha por onde o misterioso homem da meia possa ter invadido. Há uma porta grande e envidraçada nos fundos da casa, que se abre para os degraus de pedra que levam ao jardim. Está aparafusada por dentro e, ao tentar abrir, percebe-se que também está trancada. Há glicínias brotando nas frestas entre a porta e o batente, um indício de que ela não foi aberta nas últimas semanas, talvez nem nos últimos anos.

Eles empurram os caixilhos das janelas, mas estão todas trancadas. Olham nos lugares mais recônditos tentando encontrar portas secretas, mas não há nenhuma.

Tentam todas as opções do chaveiro de Libby, uma a uma, até finalmente conseguirem destrancar a porta envidraçada. Mas ainda assim a porta não se mexe.

Miller dá uma olhada para baixo pelo vidro, para a parte de fora da porta.

— Está fechada pelo lado de fora com um cadeado — diz ele. — Tem alguma chave pequena aí nesse chaveiro?

Libby encontra a menor chave do molho e entrega o chaveiro a ele.

— E se eu quebrasse o vidro?

— Quebrar? Com o quê?

Ele lhe mostra o cotovelo.

Ela faz uma careta.

— Vá em frente.

Miller usa a cortina de chita esfarrapada para amenizar o impacto. O vidro se quebra em dois pedaços perfeitos. Ele passa mão pelo buraco e abre o cadeado com a chavinha. Finalmente a porta se abre, arruinando as glicínias.

— Era aqui — diz Miller, caminhando pela grama. — Era aqui que eles cultivavam os remédios.

— Os remédios que mataram os pais de Libby? — pergunta Dido.

— Isso. *Atropa belladonna*. Ou beladona mortal. A polícia encontrou um arbusto enorme dessa planta.

Eles caminham até o fundo do jardim, sombreado e fresco sob a copa de uma grande acácia. Há um banco curvado ali, para acompanhar a sombra da árvore, de frente para os fundos da casa. Mesmo no verão mais quente de Londres nos últimos vinte anos, o banco está úmido e mofado. Libby passa os dedos suavemente sobre o apoio do braço. Imagina Martina Lamb sentada ali numa manhã de sol, uma xícara de chá bem no lugar onde estão os dedos de Libby, olhando os passarinhos voarem no céu. Imagina sua outra mão na barriga de grávida, sorrindo ao sentir o bebê chutar e se mexer.

E então a imagina um ano depois tomando veneno no jantar, depois se deitando no chão da cozinha e morrendo sem qualquer motivo, deixando o bebê sozinho no andar de cima.

Libby recolhe a mão e se vira de repente para observar a casa.

Dali, conseguem ver as quatro janelas grandes que se estendem na parte de trás da sala de estar. Conseguem ver outras quatro janelas menores em cima, duas em cada quarto dos fundos, além de uma ainda menor no meio, no topo da escada. Acima delas há oito janelas estreitas com beirais, duas para cada quarto do sótão, e uma janela redonda e pequena no meio, onde fica o banheiro. Depois um teto reto, três chaminés e o céu azul ao fundo.

— Olha! — diz Dido, na ponta dos pés e apontando freneticamente. — Olha! É uma escada aquilo ali? Uma escada de incêndio?

— Onde?

— Ali! Olha! Escondida atrás da chaminé vermelha. Olha só.

Libby consegue ver, é um feixe de metal. Ela desvia o olhar para baixo, até uma borda de tijolos, depois um pouco acima dos beirais, depois para um cano de esgoto ligado a outra leva de tijolos do lado da casa, uma leve interrupção ao longo do muro adjacente do jardim, depois para baixo numa espécie de *bunker* de concreto, depois para o jardim.

Ela gira ao redor. Atrás há uma folhagem densa, margeada por uma velha parede de tijolos. Libby trilha um caminho aberto em meio à folhagem, os pés encontrando os espaços limpos, sem folhas. As plantas estão entremeadas de teias de aranha que se agarram às suas roupas e ao seu cabelo. Mas ela continua em frente. Sente que deve seguir esse rumo, está dentro dela, ela sabe o que está procurando. E lá está ele, um portão desgastado de madeira, pintado de verde-escuro, com as dobradiças quebradas, que dá nos fundos do jardim da casa de trás.

Miller e Dido ficam parados atrás dela, espiando sobre seu ombro pelo portão de madeira. Ela empurra o portão com toda a força e dá uma olhada no jardim do vizinho.

Está imundo e malcuidado. Tem um relógio de sol desmantelado no meio da grama e alguns caminhos de cascalho empoeirados. Não há nenhum móvel, nem brinquedos de criança. E mais à frente, na lateral da casa, uma trilha que parece levar diretamente à rua.

— Já entendi — diz ela, tocando no cadeado que foi cortado com um alicate. — Olha ali. Quem estiver dormindo na casa está entrando por esse portão, passando pelo jardim e por aquela coisa de concreto ali... — Ela os conduz de volta ao jardim. — ...sobe a parede do jardim, o cano de esgoto até aquela plataforma, estão vendo ali em cima? Depois vai até o telhado para a escada por aquela borda. Só precisamos entender onde a escada vai dar.

Ela olha para Miller. Ele a encara de volta.

— Eu não sou muito ágil — diz ele.

Ela olha para Dido, que enche as bochechas de ar e diz:

— Ah, pelo amor de Deus.

Eles voltam para dentro da casa e sobem até os quartos no sótão. E ali está: um pequeno alçapão de madeira no teto do corredor. Miller coloca Libby nos ombros e ela empurra o alçapão.

— O que está vendo?

— Um túnel empoeirado. E outra porta. Me levanta um pouco mais.

Miller solta um grunhido e a ergue. Ela se segura numa tábua de madeira e faz força para subir. O calor é intenso ali em cima, e ela sente as roupas grudarem em seu corpo com o suor. Libby engatinha pelo túnel, empurra o outro alçapão de madeira e é imediatamente atingida pela luz do sol. Ela está numa parte plana do telhado, onde há algumas plantas mortas em vasos e duas cadeiras de plástico.

Libby põe as mãos nos quadris e analisa a vista ali de cima: na frente está a área verde banhada pelo sol do Embankment

Gardens, ao fundo, o fluxo escuro do rio. Atrás dela há um entrelaçado de ruas estreitas que vão até a King's Road; um bar ao ar livre cheio de clientes, uma profusão de jardins e carros estacionados.

— O que está vendo? — Ela ouve Dido perguntar lá de baixo.
— Estou vendo tudo — responde. — Tudo mesmo.

25

Marco estreita os olhos na direção de Lucy.

— Por que a gente não pode ir? Não entendo.

Lucy solta um suspiro, ajeita o delineado com a ajuda do espelhinho que tem nas mãos e diz:

— Porque sim, está bem? Ele me fez um enorme favor e me pediu para ir sozinha, então eu vou sozinha.

— Mas e se ele te machucar?

Lucy para, hesitante.

— Ele não vai me machucar, ok? Nós tivemos um casamento conturbado, mas esse relacionamento não existe mais. A vida continua. As pessoas mudam.

Ela não consegue encarar o filho enquanto mente para ele. Com certeza ele veria o medo estampado em seus olhos. Saberia o que ela está prestes a fazer. E não teria ideia da razão pela qual ela está prestes a fazer aquilo, porque não tinha ideia de como fora sua infância e do que ela escapara há vinte e quatro anos.

— Você precisa de um código — diz Marco, com autoridade. — Vou ligar para você e, se estiver com medo, você diz: "Como está o Fitz?" Combinado?

Ela assente e sorri.

— Combinado.

Ela o abraça e beija sua cabeça, atrás da orelha. Ele deixa.

Stella e Marco estão na cozinha quando ela sai, alguns minutos depois.

— Está linda, mamãe — diz Stella.

Lucy sente uma pontada no estômago.

— Obrigada, meu amor — diz. — Volto em umas quatro horas. Vamos ter passaportes e começar a planejar nossa viagem para Londres.

Ela dá um sorriso largo, mostrando todos os dentes. Stella abraça sua perna. Lucy se solta dela em seguida e, sem olhar para trás, deixa o prédio.

O cocô de Fitz ainda está lá. Agora, o dobro de moscas varejeiras paira sobre ele. De alguma maneira estranha, aquilo a tranquiliza.

Michael abre a porta; está com os óculos escuros na cabeça e usa um short largo com uma camiseta branca. Ele pega a sacola da mão dela, os tomates, pães e anchovas que comprou no trajeto e se inclina para beijá-la na bochecha. Lucy sente o cheiro de cerveja em seu hálito.

— Olha como você está linda — diz ele. — Caramba! Entre, entre.

Ela o segue até a cozinha. Há dois filés em cima da bancada e uma garrafa de vinho em um balde de alumínio. Ele está ouvindo Ed Sheeran no sistema de som da casa e parece estar bastante animado.

— Vou pegar uma bebida para você. O que vai querer? Gim-tônica? Bloody Mary? Vinho? Cerveja?

— Vou tomar uma cerveja — responde. — Obrigada.

Ele lhe entrega uma Peroni e ela dá um gole. Devia ter tomado um café da manhã reforçado, pensa, sentindo aquele primeiro gole ir direto para a cabeça.

— Saúde — diz ele, estendendo a garrafa para ela.

— Saúde — Lucy repete.

Há uma tigela com os salgadinhos favoritos dele no balcão, e ela pega um punhado deles. Precisa estar sóbria o suficiente para se manter no controle, mas bêbada o suficiente para cumprir o que foi fazer ali.

— Então — diz ela, pegando uma tábua de cortar numa gaveta e uma faca na outra, além dos tomates na sacola. — Como vai a escrita?

— Nossa, nem me pergunte — diz ele, revirando os olhos. — Não foi uma *semana produtiva*, vamos dizer assim.

— Acho que é assim mesmo, né? É uma coisa psicológica.

— Hum — diz ele, lhe entregando uma travessa. — Por um lado, sim. Mas, por outro, todos os bons escritores simplesmente sentam e escrevem. É como desistir de sair pra correr porque está chovendo. É só uma desculpa. Preciso me esforçar mais.

Ele sorri para ela e por um segundo até parece uma pessoa despretensiosa, quase real. E, por um momento, ela acha que talvez aquele dia não termine como ela imaginou, talvez eles simplesmente almocem, conversem, e então ele lhe entregue os passaportes e ela vá embora apenas com um abraço na porta da casa.

— Faz sentido — diz ela, sentindo a faca ultra-afiada de Michael deslizar pelos tomates como se fossem pedaços de manteiga. — Imagino que seja um trabalho como qualquer outro. Você precisa fazer o que tem que ser feito.

— Exatamente, exatamente.

Ele entorna o restante da cerveja e joga a garrafa na lata de lixo reciclável. Pega outra da geladeira, e mais uma para Lucy. Ela balança a cabeça, recusando, e mostra a ele sua garrafa ainda quase cheia.

— Bebe logo isso aí — diz ele. — Tenho um Sancerre ótimo gelando para você, seu favorito.

— Desculpa — diz ela, levando a garrafa à boca. — Eu estou andando na linha, não bebo há muito tempo.

— Ah, é?

— Não porque eu queira — responde. — Só não ando com muito dinheiro ultimamente.

— Bem, então vamos chamar isso de Operação para Lucy Perder a Linha, pode ser? Vamos logo, bebe isso.

E aí está, aquela linha tênue entre a simpatia e a iminência de um comportamento agressivo. Não é um simples pedido, é uma ordem. Ela sorri e entorna metade da garrafa.

Ele a olha com atenção.

— Boa garota — diz ele. — Boa garota. Agora o resto.

Ela sorri com a cara meio fechada e vira o restante, quase engasgando com a bebida, que desce muito rápido.

Ele fica radiante na frente dela, como uma espécie de tubarão, e diz:

— Ah, boa garota. *Boa garota.*

Ele recolhe a garrafa vazia e se vira para pegar duas taças de vinho no armário.

— Vamos? — diz Michael, apontando para o jardim.

— Deixa só eu terminar isso aqui. — Ela mostra os tomates que ainda precisam ser cortados.

— Termina depois — ordena ele. — Vamos beber antes.

Lucy vai atrás dele em direção ao pátio, segurando a tigela de salgadinhos e sua bolsa.

Ele serve duas taças cheias de vinho e empurra uma na direção dela. Os dois brindam novamente, e ele então a deixa paralisada com o olhar.

— Então, Lucy Lou, me conte, me conte tudo. O que você andou fazendo nos últimos dez anos?

— Ha! — Ela solta uma risada estridente. — Por onde quer que eu comece?

— Que tal falando do homem que lhe deu sua filha?

O estômago de Lucy revira. No minuto em que Michael olhou para Stella, Lucy soube que ele ficaria pensando nela transando com outro homem.

— Ah, na verdade não tem muito a dizer. Foi um desastre. Mas pelo menos eu tive Stella, então, sabe como é...

Ele se inclina em sua direção, os olhos castanho-claros fixos nela. Ele está sorrindo, mas os olhos, não.

— Não. Não sei, na verdade. Quem ele era? Onde vocês se conheceram?

Ela pensa nos passaportes que estão em algum lugar da casa. Não pode se dar ao luxo de deixá-lo irritado. Não pode dizer a ele que o pai de Stella foi o amor da sua vida, o homem mais lindo que ela já viu, que era um pianista talentosíssimo cuja música a fazia chorar, que tinha partido o coração dela e que até hoje, três anos depois da última vez que o vira, ela ainda não o tinha superado.

— Ele era um babaca — diz. Então faz uma pausa e bebe um longo gole do vinho. — Era um cara bonito, um marginalzinho, sem nada na cabeça. Eu tinha pena dele. Ele não me merecia, e certamente não merecia Stella.

Ela fala as palavras com muita convicção, porque está olhando bem nos olhos de Michael e, embora ele não saiba, a descrição é sobre ele.

Aquilo parece tê-lo deixado satisfeito por um momento. Seu sorriso suaviza e ele parece uma pessoa de verdade novamente.

— E onde esse idiota está agora?

— Ele fugiu. Voltou para a Argélia. Deixou a mãe arrasada. Ela acha que a culpa é minha. — Ela dá de ombros. — Mas na verdade ele com certeza ia fazê-la sofrer de algum jeito. Sempre fazia todo mundo sofrer. Era esse tipo de cara.

Ele se inclina na direção dela novamente.

— Você amava ele?

Ela faz um gesto de deboche.

— Nossa — diz ela, ainda pensando em Michael. — *Não*.

Ele balança a cabeça, como se validando o que ela acabou de dizer.

— E teve alguma outra pessoa? Ao longo desses anos?

Ela faz que não com a cabeça. É outra mentira, mas essa é mais fácil de contar.

— Não, ninguém. Vivo vendendo o almoço pra pagar o jantar, e com duas crianças. Mesmo que tivesse conhecido alguém, não teria dado certo. Em termos práticos. — Ela dá de ombros.

— É, eu entendo. E, você sabe, Lucy. — Ele olha para ela com sinceridade. — Sabe que eu teria ajudado você a qualquer hora que quisesse. Era só me pedir.

Ela faz que não com a cabeça, emanando um ar de tristeza.

— É, eu sei — diz ele. — Você é muito orgulhosa.

Isso tudo está tão distante da verdade que é quase engraçado, mas ela concorda.

— Você me conhece tão bem — diz, e Michael ri.

— De muitas maneiras, nós fomos a pior combinação possível. Meu Deus, você lembra o que a gente fazia? Cara, a gente era *muito louco*! Mas, por outro lado, nossa, a gente era foda para caralho, não era?

Lucy se esforça para sorrir e assentir, mas não consegue se forçar a concordar com ele.

— Talvez a gente devesse ter tentado mais — diz ele, enchendo novamente seu copo e o dela também, ainda que Lucy só tenha bebido dois goles.

— Às vezes a vida simplesmente acontece — diz ela, de modo inexpressivo.

— É verdade, Lucy — concorda ele, como se ela tivesse dito algo muito profundo. Ele bebe um bom gole de vinho e diz: — Me conta tudo sobre o meu garoto. Ele é inteligente? Gosta de esportes?

"Ele é gentil?", ela pergunta a si mesma em silêncio. "Ele é bom? Ele cuida bem de sua irmãzinha? Ele me mantém com os pés no chão? Ele cheira bem? Ele canta bem? Ele desenha os mais lindos retratos das pessoas? Ele merece mais do que essa vida de merda que eu tenho dado a ele?"

— Ele é bem inteligente — responde ela. — Está na média em matemática e ciências, mas é excelente em línguas e artes. E não, não gosta de esportes. Nem um pouco.

Ela olha fixamente para ele, esperando aquele vestígio de decepção em seu olhar. Mas ele parece pragmático.

— Não dá para ganhar todas — diz. — E, caramba, ele é muito bonito. Já está se interessando por garotas?

— Ele só tem doze anos — diz Lucy, meio ríspida.

— Já tem idade para isso — responde ele. — Meu Deus, você não acha que ele pode ser gay, acha?

Ela tem vontade de jogar o vinho na cara de Michael e ir embora. Em vez disso, argumenta:

— Quem sabe? Não há nenhum sinal disso. Mas, como eu disse, ele ainda não está interessado nesse tipo de coisa. Enfim — diz ela, mudando de assunto. — Preciso voltar para a Panzanella. Para dar tempo de marinar antes de comermos.

Ela se levanta. Ele faz o mesmo e completa:

— E eu preciso acender a churrasqueira.

Ela se vira em direção à cozinha, mas, antes que possa ir, Michael segura Lucy pela mão e a vira de frente para ele. Ela vê que os olhos dele já estão meio turvos, que já está perdendo o foco, e ainda é uma e meia. Ele coloca as mãos nos quadris dela e a puxa para perto. Então tira o cabelo da mulher de trás da orelha, se inclina e fala em seu ouvido:

— Eu nunca devia ter deixado você ir embora.

Seus lábios roçam os dela por um breve momento, e então ele lhe dá um tapinha na bunda e fica olhando enquanto ela caminha para a cozinha.

26

CHELSEA, 1990

Logo depois de a minha mãe me contar que David estava nos orientando a doar todo o nosso dinheiro para caridade e que moraria com a gente para sempre, eu o vi beijando Birdie.

Aquilo pareceu nojento para mim, de várias formas.

Primeiro, como vocês sabem, eu achava Birdie horrorosa. Só de pensar naqueles lábios rígidos tocando a boca grande e generosa de David, as mãos dele em seus quadris ossudos, a língua dela buscando a dele naquela caverna úmida do encontro entre as bocas. *Eca.*

Em segundo lugar, eu era um tanto tradicional, e presenciar um adultério era um choque para mim.

E em terceiro lugar: bem, o terceiro problema dessa história não me ocorreu imediatamente. E nem poderia ter ocorrido, na verdade, porque as implicações daquilo que eu tinha visto sem querer não eram muito óbvias. Mas com certeza senti algo como um arrepio de pavor ao ver David e Birdie juntos, uma impressão instintiva de que eles poderiam despertar coisas um no outro que seria melhor permanecerem adormecidas.

Aconteceu num sábado de manhã. Sally estava fora de casa fotografando num set de cinema qualquer. Justin tinha ido montar sua barraca num mercado local para vender as ervas medicinais. Minha mãe e meu pai estavam sentados no jardim, ainda de pijama, lendo jornais e bebendo chá. Eu tinha dormido até oito e meia, o que era tarde para mim. Sempre acordei com as galinhas, raramente acordava depois das nove, mesmo na adolescência. Mal tinha aberto os olhos quando saí do quarto e dei de cara com eles, agarrados na porta do quarto de David. Ela usava uma camisola de musseline. Ele, um roupão preto de algodão amarrado na cintura. A perna de Birdie estava esmagada entre os joelhos dele. As virilhas imprensadas com força. A mão de David estava na garganta pálida dela. A de Birdie, na bunda dele, do lado esquerdo.

Voltei na hora para o quarto, o coração acelerado, o estômago completamente revirado. Levei as mãos à garganta, tentando sufocar o horror e o enjoo. Eu disse "porra" em silêncio, num sussurro. Depois repeti, dessa vez com vontade. Abri uma pequena fresta da porta logo depois e eles não estavam mais lá. Eu não sabia o que fazer. Precisava contar para alguém; precisava contar para Phin.

Phin afastou com a mão o cabelo loiro do rosto. Era absurdo como ele ficava ainda mais lindo ao passar pela puberdade. Só tinha catorze anos e já estava com mais de um e oitenta de altura. Nunca tivera, pelo que eu sei, nem mesmo uma espinhazinha. E eu saberia se ele tivesse; afinal, analisar o rosto de Phin era quase um hobby.

— Preciso falar com você — sussurrei, com urgência. — É muito, muito importante.

Andamos até os fundos do jardim, onde havia um banco curvado sob o sol da manhã. Com as copas das árvores cheias, não tínhamos como ser vistos da casa. Ficamos de frente um para o outro.

— Acabei de ver uma coisa — disse. — Uma coisa muito, muito ruim.

Phin cerrou os olhos na minha direção. Dava para notar que ele estava achando que eu diria algo como "o gato comeu manteiga" ou outra coisa igualmente imatura e banal. Eu percebia que ele não tinha a menor confiança na minha habilidade em compartilhar notícias impactantes.

— Eu vi o seu pai. E Birdie...

A expressão de impaciência indulgente em seu rosto mudou no mesmo instante, e ele me olhou atônito.

— Estavam saindo do quarto de David. E estavam se beijando.

Ele teve um leve sobressalto ao ouvir essas palavras. Eu tinha causado um impacto. Finalmente, depois de dois anos, Phin estava olhando para mim de verdade.

Percebi um tremor em um músculo da mandíbula de Phin.

— Você está mentindo pra mim, porra? — perguntou ele, quase rosnando.

Neguei com a cabeça.

— Eu juro. Eu vi. Agora mesmo. Há uns vinte minutos. Eu juro.

Vi os olhos de Phin se encherem de lágrimas muito rapidamente, e depois o vi fazendo o máximo para impedi-las de cair. Algumas pessoas dizem que eu não tenho empatia. Talvez seja verdade. Não tinha me ocorrido em nenhum momento que Phin talvez ficasse chateado. Chocado, sim. Escandalizado, enojado, também. Mas não chateado.

— Desculpa. Eu só queria...

Ele balançou a cabeça. Seu lindo cabelo loiro pendeu sobre o rosto e, ao ser afastado, revelou uma expressão de bravura triste, de partir o coração.

— Está tudo bem — disse. — Estou feliz por você ter me contado.

Houve um momento de silêncio. Eu não sabia o que fazer. Tinha toda a atenção de Phin. Mas o tinha magoado. Olhei para suas mãos grandes e bronzeadas se contorcendo sobre o colo e queria segurá-las, acariciá-las, levá-las até os meus lábios, beijá-las para tentar consolá-lo. Senti uma assombrosa onda de desejo físico percorrer meu corpo, um anseio agonizante que vinha lá do fundo. Afastei meu olhar de suas mãos e encarei o chão entre meus pés.

— Vai contar para sua mãe? — perguntei, finalmente.

Ele fez que não. As mechas de seu cabelo penderam novamente e esconderam seu rosto de mim.

— Ela morreria — disse ele, simplesmente.

Assenti, achando que entendia o que ele queria dizer. Mas na verdade eu não conseguia entender. Tinha apenas treze anos, e era um adolescente de treze anos bem imaturo. Eu sabia que tinha achado nojento ver Birdie e David de pijama se beijando apaixonadamente. Sabia que era errado um homem casado beijar uma mulher que não fosse a esposa. Mas não sabia exatamente como extrapolar esses sentimentos para além de mim. Não conseguia imaginar de que forma outra pessoa poderia se sentir naquela situação. Na verdade, eu não entendia por que Sally iria querer morrer ao saber que seu marido beijara Birdie.

— Vai contar para sua irmã?

— Porra, não vou contar para ninguém — disse ele, irritado. — Meu Deus. E você também não. É sério. Não conte pra ninguém. A não ser que eu diga para você fazer isso. Está bem?

Assenti novamente. Lidar com aquilo estava além das minhas capacidades, e fiquei feliz com a orientação de Phin.

Aquele momento estava se esvaindo, dava para sentir. Estava claro que Phin logo ia se levantar e voltar para dentro de casa, sem me convidar para acompanhá-lo, e eu ficaria ali sozinho no banco, olhando para os fundos da casa com tudo isso ainda borbulhando dentro de mim, tudo isso que eu queria, precisava, todo esse desejo bruto. E eu sabia que, apesar do que tinha acabado de acontecer, nós voltaríamos ao normal, voltaríamos àquele lugar de respeito mútuo distante.

— Vamos sair hoje — eu disse, ofegante. — Vamos fazer alguma coisa.

Ele se virou para mim.

— Você tem dinheiro?

— Não. Mas posso conseguir.

— Vou dar um jeito também. A gente se encontra às dez no hall de entrada.

Ele se levantou e foi embora. Fiquei olhando ele se afastar, suas costas sob a camiseta, a largura de seus ombros, seus pés grandes tocando o chão, sua linda cabeça pendendo de modo trágico.

Encontrei um punhado de moedas no bolso do casaco Barbour do meu pai. Peguei duas libras da bolsa da minha mãe. Penteei a franja e coloquei um casaco de moletom com zíper que minha mãe tinha comprado para mim algumas semanas antes numa loja baratinha na Oxford Street, que era mil vezes mais legal do que tudo que eu já tinha comprado na Harrods ou na Peter Jones.

Phin estava sentado no trono na base da escada com um livro nas mãos. Até hoje, é assim que imagino Phin, com a diferença que, nas minhas fantasias, ele abaixa o livro, se vira para mim, seus olhos se iluminam ao me ver e ele sorri. Na vida real, ele mal percebe a minha presença.

Ele se levanta devagar e olha cuidadosamente ao redor da casa.

— O caminho está livre.

Ele faz um gesto para que eu o acompanhe até a porta de entrada.

— Aonde vamos? — perguntei, correndo ofegante atrás dele.

Fico olhando enquanto ele ergue o braço na direção do meio-fio. Um táxi para e nós entramos.

— Não tenho dinheiro para pegar um táxi. Só tenho duas libras e cinquenta centavos.

— Não se preocupe — disse Phin, sereno. Ele tira do bolso um punhado de notas de dez libras e arqueia uma sobrancelha para mim.

— Meu Deus! Onde conseguiu isso?

— No esconderijo do meu pai.

— Seu pai tem um esconderijo para guardar dinheiro?

— Tem. Ele acha que ninguém sabe. Mas eu sei de tudo.

— Ele não vai perceber?

— Talvez sim — respondeu ele. — Talvez não. De qualquer forma, ele não tem como provar quem pegou.

O táxi nos deixa na Kensington High Street. Olho para o prédio diante de nós: uma fachada larga, uma dúzia de janelas em forma de arco acima, e as palavras "KENSINGTON MARKET" em letras cromadas. Dava para ouvir uma música vindo da entrada principal, um ruído metálico, uma batida ligeiramente incômoda. Entrei atrás de Phin e me vi no meio de um labirinto aterrorizante de corredores sinuosos, cada um repleto de pequenas lojas e, diante delas, homens e mulheres com cara de tédio e cabelo nas cores do arco-íris, olhos pintados de preto, roupas de couro com fendas, lábios pálidos, seda rasgada, meia arrastão, tachinhas, plataformas, piercings no nariz, piercings faciais, gargantilhas, topetes, cabelo longo, anáguas, cabelo oxigenado, tecido xadrez rosa, coturnos de cano alto, botinhas de cano baixo, jaquetas de beisebol, costeletas, penteados colmeia, vestidos de festa, lábios pretos, lábios vermelhos, mascando chiclete, comendo um rolinho de bacon, bebendo chá numa xícara floral com o dedinho levantado e a unha pintada de preto, segurando um furão com uma coleira de couro e tachinhas.

Cada lojinha tocava uma música própria; a experiência, portanto, era a de trocar de estação de rádio à medida que caminhávamos. Phin tocava nas coisas ao passarmos: uma jaqueta de beisebol vintage, uma camisa sedosa de boliche com a palavra "Billy" bordada nas costas, uma prateleira de LPs, um cinto de couro com tachinhas.

Não toquei em nada. Estava apavorado. Uma fumaça ondulante de incenso saía da loja seguinte. Uma mulher sentada do lado de fora, branca e com o cabelo totalmente branco, olhou para mim por um instante com seus olhos azuis hostis e me deixou nervoso.

No próximo estande havia uma mulher sentada com um bebê no colo. Aquele não parecia ser um bom lugar para levar um bebê.

Vagamos pelos corredores daquele lugar bizarro durante uma hora. Compramos rolinhos de bacon e um chá bem forte numa cafeteria esquisita no andar superior e ficamos observando as pessoas. Phin comprou uma echarpe preta e branca, do tipo que os homens da região do Deserto do Saara usavam, e alguns vinis de sete polegadas com músicas das quais eu nunca tinha ouvido falar. Ele tentou me convencer a deixá-lo comprar para mim uma camiseta preta com desenho de cobras e espadas. Recusei, embora no fundo até tenha gostado. Phin experimentou um par de sapatos azuis de camurça com sola de borracha, e o chamou de creepers. Ele se olhou num espelho de corpo inteiro, afastou o cabelo do rosto e o transformou num topete, o que de repente lhe conferiu uma beleza de galã dos anos 1950, um Montgomery Clift misturado com James Dean.

Eu comprei uma gravata *bolo tie* com fecho prateado de cabeça de carneiro que me custou duas libras. Um homem que parecia um caubói punk a guardou em uma sacola de papel.

Saímos uma hora depois para a normalidade da rua num sábado de manhã, com famílias fazendo compras e pessoas entrando e saindo dos ônibus.

Andamos por quase dois quilômetros até o Hyde Park, onde nos sentamos num banco.

— Olha isso — disse Phin, abrindo os dedos da mão direita.

Olhei e havia um pequeno saco transparente e amassado. Dentro dele, dois quadradinhos de papel.

— O que é isso? — perguntei.

— É ácido.

Eu não entendi.

— LSD — explicou ele.

Eu já tinha ouvido falar em LSD. Era uma droga, tinha algo a ver com hippies e alucinações.

Arregalei os olhos.

— O quê? Mas como... Por quê?

— O cara na loja de discos. Ele meio que me *disse* que tinha. Eu não perguntei. Acho que pensou que eu fosse mais velho.

Fiquei encarando os quadradinhos de papel. Só de pensar em todas as possíveis consequências, minha cabeça começou a girar.

— Você não vai...?

— Não. Pelo menos, não hoje. Mas outro dia, quem sabe? Quando a gente estiver em casa? Você topa?

Fiz que sim com a cabeça. Eu topava qualquer coisa se a recompensa fosse passar mais tempo com ele.

Phin comprou sanduíches para a gente num hotel chique com vista para o parque. Foram servidos em pratos com bordas prateadas, garfo e faca. Nós nos sentamos ao lado de uma janela alta, e fiquei imaginando o que as outras pessoas estavam achando da gente: o garoto lindo e alto, já com cara de homem, e seu amigo baixinho que parecia uma criança, vestindo um casaco de moletom.

— O que acha que os adultos estão fazendo agora? — perguntei a Phin.

— Não estou nem aí para isso — respondeu ele.

— Talvez eles tenham chamado a polícia.

— Eu deixei um bilhete.

— Ah — eu disse, surpreso com aquele ato de obediência. — E você escreveu o quê?

— Escrevi: "Eu e Henry saímos, voltamos mais tarde."

Eu e Henry. Meu coração deu um salto.

— Me conta, o que aconteceu em Brittany? — perguntei. — Por que vocês foram embora de lá?

Ele negou com a cabeça.

— Não vai querer saber.

— Quero, sim. O que aconteceu?

Ele respirou fundo.

— Foi o meu pai. Ele pegou algo que não era dele. Depois disse "Ah, sabe como é, achei que estávamos dividindo tudo", mas aquilo era tipo uma herança de família. Valia cerca de mil libras. Ele simplesmente pegou, levou para a cidade, vendeu, e depois fingiu que tinha visto "alguém" invadir a casa e roubar. Escondeu o dinheiro. O pai da família ouviu as pessoas comentando e descobriu. Aí foi a maior confusão. Fomos expulsos no dia seguinte. — Ele deu de ombros. — Aconteceram outras coisas também. Mas isso foi o principal.

De repente entendi por que ele não sentia nenhuma culpa em pegar o dinheiro do pai.

David alegava estar ganhando muito dinheiro com suas aulas de ginástica, mas, na verdade, quanto se podia ganhar dando aula duas vezes por semana para um ou outro hippie no pátio da igreja? Será que ele tinha vendido algo nosso bem debaixo do nosso nariz? Ele já tinha feito uma lavagem cerebral com a minha mãe para deixá-lo encarregado das finanças familiares. Talvez estivesse tirando dinheiro diretamente da nossa conta bancária. Ou talvez fosse esse o dinheiro que minha mãe acreditava estar sendo usado para caridade, para ajudar os pobres.

Todas as minhas inquietações a respeito de David Thomsen começaram a se reunir em algo concreto.

— Você gosta do seu pai? — perguntei, revirando a salada no prato.

— Não — respondeu ele, sem meias palavras. — Eu o desprezo.

Concordei com a cabeça.

— E você? — disse ele. — Gosta do seu pai?

— Meu pai é fraco — respondi, subitamente percebendo com muita clareza que aquilo era verdade.

— Todos os homens são fracos — disse Phin. — É exatamente esse o problema do mundo. Fracos demais para amar de verdade. Fracos demais para estar errados.

Fiquei sem fôlego com a potência daquela frase. Imediatamente soube que era a coisa mais verdadeira que já tinha ouvido. A fraqueza dos homens é a raiz de tudo de ruim que já aconteceu.

Fiquei olhando enquanto Phin pegava duas notas de dez para pagar nossos sanduíches caros.

— Sinto muito por não poder te pagar de volta — disse.

Ele balançou a cabeça.

— Meu pai vai roubar tudo que você tem e depois vai destruir a sua vida. Isso é o mínimo que posso fazer.

27

Libby, Dido e Miller trancam a casa e vão para um pub. É o mesmo que Libby viu do telhado da casa. Está lotado, mas eles encontram uma mesa alta vazia na área externa e pegam cadeiras de outras mesas.

— Quem vocês acham que é? — pergunta Dido, mexendo a gim-tônica com o canudo.

Miller responde:

— Não é ninguém sem-teto. Não tem *tralhas* suficientes. Tipo, se ele estivesse mesmo morando lá, haveria muito mais coisas.

— Então você acha que é alguém que só vem de vez em quando? — diz Libby.

— Esse seria meu palpite.

— Então realmente *tinha* alguém lá em cima quando vim no sábado?

— Esse também seria o meu palpite.

Libby sente um calafrio.

— Olha, eu acho o seguinte — diz Miller. — Você nasceu mais ou menos em junho de 1993?

— Dezenove de junho.

Um arrepio percorre sua espinha quando ela diz a data. Como alguém pode saber? Talvez a data tenha sido inventada.

Pelo serviço social? Pela mãe adotiva? Ela sente como se estivesse perdendo um pouco o controle de sua identidade.

— Beleza. Então seu irmão e sua irmã provavelmente sabem sua data de nascimento, já que eram adolescentes quando você nasceu. E se de alguma forma eles soubessem que a casa estava incluída no fundo, à espera até que você completasse vinte e cinco anos, faria sentido que eles talvez voltassem para a casa. Para encontrar você.

Libby tem um sobressalto.

— Você acha que pode ser o meu irmão, então?

— Acho que pode ser o Henry, sim.

— Mas se ele sabia que era eu, e estava lá na casa, por que não desceu para falar comigo?

— Aí eu não sei.

Libby pega a taça de vinho, leva à boca por um instante e logo a devolve para a mesa.

— Não — diz ela, decidida. — Não faz sentido.

— Talvez ele não quisesse assustar você? — sugere Dido.

— Ele não podia ter deixado um bilhete para mim? Não podia ter entrado em contato com o advogado e avisado que queria me encontrar? Mas, em vez disso, está se escondendo no sótão que nem um doido?

— Bem, será que ele não é meio doido? — diz Dido.

— O que você descobriu sobre ele? — Libby pergunta a Miller. — Além do fato de ser meu irmão.

— Na verdade, nada — responde ele. — Sei que estudou na Portman House School dos três aos onze anos. Os professores disseram que era um garoto esperto, mas um tanto arrogante. Não tinha nenhum amigo. Então, em 1988, ele saiu e surgiu uma vaga pra ele na St. Xavier's College, em Kensington, mas ele nunca se inscreveu. E essa foi a última vez que se ouviu falar nele.

— Eu não entendo — diz Libby. — Por que se esconder, se esgueirar por túneis e arbustos, espreitar no andar de cima mesmo sabendo que eu estava lá embaixo? Você tem *certeza* de que é o Henry?

— Não, claro que não. Mas quem mais saberia que você estaria lá? Quem mais saberia como entrar na casa?

— Um dos outros — responde ela. — Talvez seja um dos outros.

28

Lucy espia o celular para conferir o horário quando Michael está distraído com uma vespa rondando seu prato. Ele já tentou afastar o inseto com o guardanapo, mas ele fica voltando.

São quase três da tarde. Ela quer estar em casa às quatro. Precisa dos passaportes, mas sabe que se perguntar por eles vai acelerar o caminho inevitável até a cama de Michael.

Ela começa a recolher os pratos.

— Vamos levar essas coisas para dentro, assim nos livramos dessa amiguinha chata.

Ele está com o olhar vidrado e sorri para ela, agradecido.

— Boa. Ótima ideia. E vamos tomar um café também.

Ela vai até a cozinha e começa a encher a máquina de lavar louça. Michael fica olhando para ela enquanto a cafeteira mói os grãos de café.

— Você continua com o mesmo corpo, Luce. Nada mal para uma mãe de dois aos quarenta anos.

— Trinta e nove. — Ela sorri e coloca dois garfos na cesta de talheres. — Mas obrigada.

Está um clima estranho, quase desagradável. Eles adiaram muito o que deveria acontecer. Beberam muito, comeram muito, ficaram muito tempo sentados naquele torpor, no jardim.

— Preciso voltar logo para ver as crianças.

— Ah — diz Michael, despreocupado. — Marco já é grandinho. Pode cuidar da irmã um pouco mais.

— Sim, é claro, mas Stella fica um pouco ansiosa quando não estou por perto.

Ela percebe um leve espasmo na boca de Michael. Ele não gosta de ouvir sobre as fraquezas dos outros. Abomina esse tipo de coisa.

— Bem — diz ele, com um suspiro —, imagino que você queira os passaportes, então?

— Sim, por favor.

Seu coração bate tão forte que ela consegue sentir a pulsação nos ouvidos.

Ele inclina a cabeça e sorri para ela.

— Mas não vá embora correndo ainda. Está bem?

Michael vai até o escritório e ela consegue ouvi-lo abrindo e fechando gavetas. Ele volta um minuto depois, os passaportes dentro de uma bolsinha de feltro pendurada em sua mão. Ele a sacode para mostrar.

— Se tem uma coisa que eu sou é um homem de palavra — diz ele, andando lentamente na direção de Lucy, os olhos focados nos dela enquanto balança a bolsa à sua frente.

Ela não entende o que ele está fazendo. Quer que ela arranque a bolsa da mão dele? Corra atrás dele? O quê?

Lucy sorri, nervosa.

— Obrigada — diz.

E então ele está parado à sua frente, as costas dela imprensadas contra o balcão da cozinha, a bolsa de feltro na mão dele, sua boca indo em direção ao pescoço dela. Lucy sente os lábios em sua pele. Ouve o gemido dele.

— Ah, Lucy, Lucy, Lucy — diz ele. — Nossa, você tem um cheiro tão bom. Tocar você é tão... — Ele se aproxima ainda mais e roça nela. — É tão bom. Você é... — Ele geme mais uma vez e os lábios dos dois se encontram. Ela retribui o beijo. É para isso que está aqui. Está ali para transar com Michael, e é isso que ela vai fazer agora. Já transou com ele antes e pode transar de novo, sobretudo se fingir que ele é Ahmed, se fingir que ele é um estranho qualquer, então, sim, ela vai conseguir. Vai conseguir.

Ela o deixa enfiar a língua em sua boca e fecha os olhos, bem, bem apertados. As mãos de Michael pressionam suas costas. Ele a coloca em cima da bancada, segura suas pernas e envolve seu próprio corpo com elas, as mãos segurando tão firme os tornozelos que ela estremece de dor, mas não tenta interromper, porque ela está ali para isso. Atrás deles, a cafeteira faz um ruído. Ela derruba uma taça vazia na bancada, que rola e quebra ao bater na chaleira. Lucy tenta afastar a mão do vidro quebrado, mas Michael a empurra na direção do vidro, as mãos subindo sua saia, buscando o elástico da calcinha. Ela tenta se mover sobre a bancada para se afastar do vidro, mas não quer parar a dinâmica do momento, precisa que aconteça logo para acabar de uma vez e ela poder vestir a calcinha, pegar os passaportes e voltar para suas crianças. Ela tenta se concentrar em ajudá-lo a tirar sua calcinha, mas sente uma pontada na lombar, o vidro espetando sua pele. Tenta mais uma vez mudar de posição sobre a bancada e então Michael de repente se afasta e diz:

— Puta merda, será que você pode parar com essa porra de se retorcer e se afastar de mim? Caralho.

Ele então a empurra com ainda mais força, ela sente o vidro perfurar sua pele e se contorce, gritando de dor.

— Que porra é essa agora? Puta que pariu!

Ela vê quase em câmera lenta a mão dele vindo em direção ao seu rosto, então sente seus dentes se movendo, o cérebro sacudindo dentro do crânio, quando ele lhe bate.

E agora tem sangue, um sangue morno que corre pela sua lombar.

— Eu estou machucada — diz ela. — Olha aqui. Tinha um vidro e...

Mas ele não está escutando. Ele a empurra sobre a bancada novamente, o vidro cortando outra parte de suas costas, e então ele a penetra, cobrindo a boca de Lucy com a mão. Não era para ter sido assim. Ia ser consensual. Ela ia deixar. Mas agora ela está machucada, há sangue por todos os lados, e ela sente o cheiro da carne assada na mão dele, vê a fúria inexpressiva em seu rosto, mas ela só quer os passaportes, ela quer a porra dos passaportes, ela não quer isso aqui, e sua mão encontra uma faca. É a faca que usou para cortar os tomates, a faca que os cortou como se fosse manteiga, e aqui está ela em sua mão, e Lucy a enfia na lateral do corpo de Michael, logo abaixo da barra da camisa, a parte mais macia e tenra, onde a pele é como a de uma criança, e entra tão fácil que ela quase não assimila o que acabou de fazer.

Ela vê os olhos dele enevoados e confusos, depois mais nítidos ao entender o que houve. Michael se afasta e cambaleia para trás. Ele olha para baixo, o sangue jorrando do golpe na lateral do corpo, então cobre a ferida com a mão, mas o sangue não estanca.

— Puta merda, Luce. O que foi que você fez? — Ele fixa nela os olhos arregalados, incrédulo. — Me ajuda. Porra.

Ela encontra alguns panos de prato e os entrega a ele.

— Segura forte — diz Lucy, ofegante. — Aperta com força em cima do ferimento.

Ele pega os panos e pressiona contra o corpo, mas então ela vê que suas pernas vacilam e ele desaba no chão. Lucy tenta ajudá-lo a se levantar, mas ele a afasta com um empurrão. De repente, Lucy se dá conta de que Michael está morrendo. Ela se imagina ligando para a emergência. Eles chegariam ali e lhe perguntariam o que houve. Ela diria que ele a estuprou. Haveria provas. O vidro quebrado ainda preso em suas costas seria a prova. O fato de ele ainda estar com as calças abaixadas. Sim, eles acreditariam nela. Acreditariam, sim.

— Vou chamar uma ambulância — diz ela a Michael, cujos olhos estão vidrados mirando o nada. — É só continuar respirando. Continue respirando. Vou ligar pra eles.

Ela pega o celular da bolsa com as mãos trêmulas, liga o aparelho e está prestes a digitar o número quando percebe o seguinte: talvez até acreditem nela, mas não vão deixá-la ir embora. Ela vai ter que ficar na França, vai precisar responder perguntas, vai ter que revelar que está ali ilegalmente, que ela não existe. E então seus filhos serão tirados dela e tudo, absolutamente tudo, vai se desenrolar muito rapidamente de um jeito horrível, como num pesadelo.

Seus dedos ainda estão parados na tela do celular. Ela dá uma olhada para Michael. Ele está tremendo. O sangue ainda jorra da lateral de seu corpo. Ela se sente enjoada, se vira para a pia e respira fundo.

— Ai, meu Deus, ai, meu Deus, ai, meu Deus, ai, meu Deus, ai, meu Deus, ai, meu Deus.

Ela se vira novamente, olha para o celular, depois para Michael. Não sabe o que fazer. Então ela vê; ela vê a vida deixando o corpo de Michael. Já presenciou essa cena antes. Sabe como é. Michael está morto.

— Ai, meu Deus, ai, meu Deus, ai, meu Deus.

Ela se ajoelha e checa o pulso dele. Nada.

Começa a falar sozinha.

— Está bem — diz ela, se levantando. — Está bem. Agora. Quem sabe que você está aqui? Joy, talvez ele tenha dito a Joy. Mas ele teria dito a ela que Lucy Smith está vindo. Sim, Lucy Smith. Mas esse não é meu nome real e agora nem sou mais Lucy Smith. Eu sou... — Com as mãos trêmulas, ela pega a pequena bolsa de feltro e tira os passaportes de dentro. Abre e lê as informações. — Eu sou Marie Valerie Caron. Ótimo. Ótimo. Eu sou Marie Caron. Isso. E Lucy Smith não existe. Joy não sabe onde eu moro. Mas... a escola! — diz ela. — Michael sabia onde era a escola de Marco. Mas será que tinha dito a Joy? Não, ele não diria. É claro que não. E ainda que tivesse dito, eles só conhecem Lucy Smith, não conhecem Marie Caron. E Stella estuda numa escola diferente, e ninguém além de Samia e eu sabemos qual é. Bem, e os caras que arranjaram o passaporte? Não, isso é coisa do submundo do crime, eles nem pensariam em ir atrás disso. As crianças sabem que eu estava aqui, mas não vão contar a ninguém. Ótimo. Tudo bem.

Ela começa a se acalmar. Então olha para o corpo de Michael. Será que deveria deixar ali? Deixar para Joy encontrar amanhã de manhã. Ou será que deveria levar o corpo para algum lugar e limpar tudo? Esconder o corpo? Ele é um cara grande. Onde ela poderia esconder? Não conseguiria dar um sumiço definitivo nele, mas talvez por tempo suficiente para chegar a Londres com as crianças.

Isso, ela decide que vai fazer isso. Vai limpar tudo. Vai colocar o corpo no porão, onde fica a adega. Vai cobri-lo com alguma coisa. Joy vai chegar amanhã e pensar que ele viajou para algum lugar. Não vai pensar que está desaparecido até o corpo começar a feder. A essa altura, Lucy e as crianças já estarão bem longe. E todo mundo vai concluir que ele foi morto por alguém desse lado mais sombrio da vida dele.

Ela abre o armário embaixo da pia. Pega a água sanitária. Abre um novo rolo de papel-toalha superabsorvente.

E começa a limpar.

29

CHELSEA, 1990

Phin e eu nos sentamos no telhado de casa; foi ele quem encontrou aquele lugar. Eu não fazia nem ideia da sua existência. Para acessar, era preciso abrir um alçapão no teto do corredor do sótão, subir por um pequeno túnel e depois abrir outro alçapão que levava a uma parte plana do telhado com uma vista incrível para o outro lado do rio.

Ao que tudo indicava, nós não éramos os primeiros a descobrir o terraço secreto. Já havia ali um par de cadeiras de plástico velhas, umas plantas mortas em vasos, uma mesinha.

Eu mal podia acreditar que meu pai não sabia daquele espaço, já que sempre reclamou de ter um jardim virado para os fundos, que o impedia de desfrutar do sol do fim da tarde. No entanto, ali em cima era um oásis privativo banhado o dia inteiro pelo sol.

Os quadradinhos de papel que Phin conseguira no Kensington Market na semana anterior eram, na verdade, compostos de quatro quadradinhos ainda menores juntos. E na superfície de cada micropedaço tinha uma carinha sorridente.

— E se a gente tiver uma onda ruim? — perguntei, me sentindo completamente idiota por usar esse tipo de vocabulário.

— Vamos usar só metade de cada um — disse Phin. — Para começar.

Concordei todo entusiasmado. Eu teria preferido não tomar nada. Não era mesmo esse tipo de pessoa. Mas, sendo com o Phin, eu teria, como dizem todos os pais, me jogado da ponte se ele pedisse.

Fiquei observando enquanto ele engolia o pedacinho de papel, e ele fez o mesmo comigo. O céu azul parecia uma aquarela. O sol estava ameno, mas ali em cima dava para sentir o calor na pele. Por um tempo, não sentimos nada. Ficamos falando sobre o que estávamos vendo: as pessoas sentadas nos jardins, os barcos navegando pelo Tâmisa, a visão de uma usina elétrica do outro lado do rio. Depois de mais ou menos meia hora eu relaxei, pensando que aquele ácido era adulterado, que nada ia acontecer, e que eu ia me safar daquela. Mas então senti meu sangue começar a esquentar; olhei para cima e o céu estava cheio de linhas brancas pulsantes que foram ficando iluminadas e coloridas quanto mais eu olhava, como se fossem de madrepérola. Percebi que o céu não era azul, mas sim formado por um milhão de cores que, unidas, criavam aquele tom de azul-claro, e que o céu estava mentindo e conspirando; na verdade ele era muito mais inteligente do que nós, e talvez todas as coisas que considerávamos inanimadas fossem muito mais inteligentes do que nós e estivessem rindo da nossa cara. Olhei para as folhas das árvores e questionei a cor verde delas. São mesmo verdes? Ou na verdade são pequenas partículas de roxo, vermelho, amarelo e dourado, todas fazendo uma festa e rindo, rindo, rindo. Olhei para Phin e perguntei:

— A sua pele é mesmo branca?

Ele olhou para a pele.

— Não. É... — Voltou o olhar para mim e deu uma risada bem alta. — Eu tenho escamas! Olha! Eu tenho escamas. E você! — Ele apontou na minha direção, achando tudo hilário. — Você tem penas! Ai, meu Deus. No que a gente se transformou? Nós somos criaturas!

Corremos um atrás do outro pelo telhado por um minuto, imitando sons de animais. Eu bati minhas asas. Phin estendeu a língua. Nós dois ficamos chocados e assombrados com o comprimento dela.

— Você tem a língua mais longa que eu já vi.

— É porque eu sou um lagarto.

Ele a enrolava para dentro e a desenrolava. Fiquei observando com atenção. E quando ele a colocou para fora novamente, me inclinei e a segurei com os dentes.

— Ai! — disse Phin, segurando a língua entre os dedos e rindo para mim.

— Desculpa! — eu disse. — Sou um pássaro idiota. Achei que era uma minhoca.

E então paramos de rir, sentamos nas cadeiras de plástico e ficamos olhando aquela aurora boreal rodopiante no céu, nossas mãos suspensas lado a lado, os nós dos dedos se esbarrando de vez em quando, e toda vez que eu sentia a pele de Phin tocando a minha era como se a própria essência dele estivesse penetrando minha epiderme, e um pouco dela se juntava à minha essência num redemoinho, fazendo uma sopa de Phin e eu, e era tudo tão irresistível que eu precisava me acoplar a ele para conseguir capturar sua essência, e meus dedos se entrelaçaram aos dele, e ele deixou, ele me deixou segurar sua mão, e eu senti que ele jorrava para dentro de mim, como no dia em que fomos andar de barco, o homem abriu a trava e vimos a água fluir de um lugar para outro.

— Pronto — disse, me virando para Phin. — Pronto. Eu e você. Somos a mesma pessoa agora.

— Somos? — disse Phin, com os olhos arregalados.

— É, olha — falei, apontando para nossas mãos. — Somos a mesma pessoa.

Phin concordou com a cabeça e ficamos sentados ali por um tempo, não sei quanto, talvez cinco minutos ou uma hora, as mãos dadas, olhando para o céu e perdidos em nossos estranhos devaneios quimicamente induzidos.

— Não estamos tendo uma onda ruim, né? — perguntei, a certa altura.

— Não. É uma onda boa.

— A melhor onda.

— É — concordou ele. — A melhor onda.

— A gente devia morar aqui em cima — sugeri. — Trazer nossas camas para cá e morar aqui.

— Devia mesmo. A gente devia fazer isso. Agora!

Nós nos levantamos e descemos pelo alçapão até o pequeno túnel acima do sótão. Vi as paredes do túnel pulsarem, como as entranhas de um corpo; parecia que estávamos dentro de uma garganta, talvez um esôfago. Quase caímos do alçapão no corredor, e de repente parecia que estávamos no lugar errado, como acontece em *Doctor Who*, quando ele abre a porta da Tardis e não sabe onde está.

— Onde a gente está? — perguntei.

— Estamos embaixo — respondeu Phin. — No mundo de baixo.

— Quero voltar para cima.

— Vamos pegar os travesseiros — disse Phin. — Rápido.

Ele segurou minha mão, fomos até seu quarto, pegamos travesseiros e estávamos prestes a subir de volta para o túnel quando David apareceu na nossa frente.

Ele estava molhado do banho, a parte de baixo do corpo enrolada na toalha, o peito nu. Fiquei olhando para seus mamilos. Eram escuros e pareciam de couro.

— O que vocês dois estão aprontando? — perguntou ele, olhando de Phin para mim.

Ele era alto e completamente rígido, como uma estátua, e sua voz parecia um leve trovejar. Fiquei congelado pela sua presença.

— Estamos levando os travesseiros — respondeu Phin. — Lá para cima.

— Lá para cima?

— Lá para cima — repetiu Phin. — Aqui é embaixo.

— Embaixo.

— Embaixo — repetiu Phin.

— O que está acontecendo com vocês? — perguntou David. — Olhe para mim. — Ele pegou o queixo de Phin com força e examinou seus olhos. — Vocês estão chapados? — perguntou, virando-se para mim. — Meu Deus, vocês dois. O que vocês tomaram? O que foi? Haxixe? Ácido? O quê?

Logo fomos obrigados a descer, meus pais e a mãe de Phin foram chamados, e David ainda estava de toalha, enquanto eu continuava olhando para seus mamilos de couro e sentia o café da manhã começar a revirar no estômago. Estávamos na sala de estar, rodeados de retratos pintados a óleo que nos encaravam, animais mortos pregados na parede, além de quatro adultos que não paravam de fazer perguntas e mais perguntas.

Como? O quê? De onde? Como pagou por isso? Eles sabiam a sua idade? Vocês poderiam ter morrido. Vocês são muito novos. O que estavam pensando?

E foi naquele exato momento que Birdie entrou na sala.

— O que está acontecendo? — perguntou ela.

— Ah, cai fora — disse Phin. — Não tem nada a ver com você.

— Não fale assim com um adulto — rebateu David.

— Aquilo — respondeu Phin, apontando para Birdie — não é um adulto.

— Phin!

— Ela não é uma adulta. Ela não é nem humana. Ela é um porco. Olha só. A pele rosinha, os olhos pequenos. Ela é um porco.

Um sobressalto percorreu o cômodo. Fiquei olhando para Birdie tentando imaginá-la como um porco. Mas ela parecia mais um gato velho para mim, um daqueles gatos magricelas com falhas nos pelos e olhos remelentos.

Então olhei para Phin e vi quando ele olhou para o pai, abriu bem a boca, riu e disse:

— Então você beija porcos!

Ele gargalhou alto.

— Ela é um porco e você beija porcos. Sabia disso? Sabia que ela era um porco quando a beijou?

— Phin! — reclamou Sally, exibindo uma expressão de horror no rosto.

— Henry viu meu pai beijando Birdie. Na semana passada. Foi por isso que pegamos todo o dinheiro do meu pai e saímos sem perguntar. Eu estava com raiva do meu pai. Mas agora sei por que ele beijou ela. Porque... — Phin começou a rir tanto que mal conseguia falar. — Ele queria beijar um porco!

Eu queria rir também, porque Phin e eu éramos um só, mas não sentia mais aquilo, aquela conexão intensa tinha acabado, e agora eu só sentia um pânico enorme.

Sally saiu correndo da sala; Phin foi atrás dela, e depois David, ainda de toalha. Olhei para Birdie, meio sem jeito.

— Desculpa — eu disse, por alguma razão estranha.

Ela apenas me olhou embasbacada antes de sair da sala também.

E então ficamos apenas eu, minha mãe e meu pai.

Meu pai se levantou.

— De quem foi essa ideia? — perguntou. — De usar drogas?

Eu dei de ombros. Dava para notar que a onda estava passando. Eu sentia que estava voltando para a realidade.

— Não sei.

— Foi dele, não foi?

— Não sei — repeti.

Ele respirou fundo.

— Isso vai ter consequências, rapaz — disse ele, mal-humorado. — Vamos conversar sobre isso depois. Mas, neste momento, vamos pegar um copo de água e algo para você comer. Alguma coisa com sustância. Uma torrada, talvez, Martina?

Minha mãe assentiu e eu a acompanhei até a cozinha, envergonhado.

Ouvi as vozes ficarem mais altas lá em cima: as vogais agudas de Sally, a explosão de David, o choramingo de Birdie. Ouvi passos, portas abrindo e fechando. Minha mãe e eu trocamos olhares enquanto ela colocava o pão na torradeira para mim.

— É verdade? — perguntou ela. — O que Phin falou sobre David e Birdie?

Fiz que sim com a cabeça.

Ela pigarreou, mas não disse nada.

Logo depois ouvimos a porta da frente bater. Espiei pelo corredor e vi Justin, voltando do trabalho na barraca do mercado, as mãos cheias de bolsas de tecido. Logo sua voz se somou à sinfonia de gritos vinda lá de cima.

Minha mãe me passou a torrada e comi em silêncio. Eu me lembrei da estranha aversão que senti ao ver Birdie e David se beijando na semana anterior, a compreensão de que algo muito repugnante estava acontecendo no mundo, sendo liberado, como se os dois fossem chaves que abrissem um ao outro. E então pensei na sensação de ter a mão de Phin na minha no telhado, e a ideia de que nós também fôssemos chaves que abririam um ao outro, mas libertando algo incrível e maravilhoso.

— O que vai acontecer? — perguntei.

— Não tenho a menor ideia — respondeu minha mãe. — Mas não vai ser coisa boa. Nada boa.

30

Michael está no porão, e Lucy passou mais de uma hora limpando toda a cena. Ela pega um saco de lixo na porta de entrada, abarrotado de toalhas de papel encharcadas de sangue, um par de luvas de látex de Joy e todo e qualquer indício da refeição dos dois: garrafas vazias de vinho, garrafas de cerveja, guardanapos, o que sobrou da Panzanella. Pegou curativos na suíte de Michael para os ferimentos nas costas e em sua bolsa há três mil euros retirados de uma gaveta da mesa de cabeceira.

Ela dá uma olhada para a Maserati quando passa pela entrada. Sente uma estranha onda de tristeza perpassar seu corpo: Michael nunca mais vai dirigir um carro esportivo. Nunca mais vai reservar um voo do nada para a Martinica, nunca mais vai sacar a rolha de uma garrafa de champanhe, nunca vai escrever seu livro idiota, nunca mais vai pular na piscina de roupa, nunca mais vai dar cem rosas vermelhas a uma mulher, nunca mais vai transar com ninguém, nunca mais vai beijar ninguém...

Nunca mais vai machucar ninguém.

A sensação passa. Ela joga o saco de lixo em uma enorme caçamba municipal perto da praia. A adrenalina corre em suas veias, mantendo-a centrada e forte. Ela compra duas sacolas cheias de comidas e bebidas para as crianças. Às cinco da tarde, Marco manda uma mensagem: "Onde você está?"

"Comprando algumas coisas", ela responde. "Chego em casa já, já."

As crianças estão num clima bom. Olham o pacote de salgadinhos e doces sem acreditar.

— Nós vamos para a Inglaterra — conta ela, com uma voz leve e bem-humorada. — Vamos conhecer a filha da minha amiga, comemorar o aniversário dela.

— O bebê! — diz Marco.

— Isso — diz ela. — O bebê. E vamos ficar numa casa onde eu morei quando era criança. Mas primeiro a gente vai sair numa aventura: vamos para Paris! De trem! Depois vamos pegar outro trem, para Cherbourg. De lá vamos pegar um barquinho para uma pequena ilha chamada Guernsey, onde vamos ficar num lindo chalezinho por uma ou duas noites. E depois vamos pegar outro barco até a Inglaterra, e um carro para chegar a Londres.

— Todos nós? — pergunta Stella. — Até o Fitz?

— Até o Fitz. Mas precisamos arrumar as malas, está bem? E precisamos dormir, porque temos que chegar à estação de trem às cinco da manhã. Certo, então vamos comer, ficar bem arrumadinhos e limpinhos, arrumar as malas e depois ir para a cama.

Ela deixa as crianças comendo e arrumando as malas e vai até o quarto de Giuseppe. O cachorro pula em cima dela, e Lucy deixa Fitz lamber seu rosto. Ela olha para Giuseppe e fica pensando o que vai dizer a ele. Ele é confiável, mas já é idoso e pode ficar meio confuso às vezes. Então, Lucy decide contar uma mentira.

— Vou levar as crianças para tirar uns dias de férias — diz ela. — Vamos para Malta amanhã. Tenho amigos lá.

— Ah — diz Giuseppe. — Malta é um lugar mágico.

— É, sim — concorda ela, triste por estar enganando uma das pessoas mais gentis que conhece.

— Mas é quente lá nesta época do ano. Quente à beça. — Ele olha para o cachorro. — Quer que eu cuide dele para você?

O cachorro. Ela não tinha pensado no maldito cachorro. Lucy entra em pânico por um momento, mas logo se recupera e diz:

— Vou levar ele. Como cachorro de assistência emocional para a minha ansiedade.

— Você tem ansiedade?

— Não, mas eu disse a eles que tinha para poder levar o cachorro.

Giuseppe não vai questionar. Ele não entende muito como funciona o mundo moderno. No mundo de Giuseppe, devemos estar lá em 1987.

— Que legal — diz ele, passando a mão na cabeça do cachorro. — Vai ganhar umas férias, garoto! Umas boas férias! Quanto tempo vão ficar fora?

— Duas semanas — responde. — Talvez três. Pode alugar nosso quarto se precisar.

Ele sorri.

— Mas vou garantir que esteja vazio quando você voltar.

Ela pega a mão dele.

— Obrigada — diz ela. — Muito obrigada.

Lucy o abraça apertado; não tem ideia se um dia vai vê-lo novamente. Ela sai do quarto antes que ele note suas lágrimas.

31

— Vou ficar na casa hoje à noite — diz Miller, colocando o copo vazio de cerveja sobre a mesa. — Se você não se incomodar.

— E onde você vai dormir?

— Eu não vou dormir.

A expressão em seu rosto é de determinação.

Libby assente.

— Está bem — diz ela. — Sem problemas.

Eles caminham de volta até a casa e Libby destranca o cadeado novamente, puxa a tábua de madeira e entra de novo no local. Os três ficam parados por um momento, os olhos voltados para cima, concentrados em perceber qualquer sinal de movimento. Mas a casa está em silêncio.

— Bem — diz Libby, olhando para Dido —, acho que é nossa hora de voltar para casa.

Dido assente e Libby dá um passo em direção à porta.

— Você vai ficar bem? — ela pergunta a Miller. — Sozinho aqui?

— Ei, olha bem para mim — diz ele. — Pareço o cara que ficaria morrendo de medo sozinho, no escuro, numa casa vazia onde três membros de uma seita morreram?

— Quer que eu fique também?

— Não, vá para casa, para a sua cama quentinha — diz ele, passando a mão sobre a barba enquanto a encara com olhos de cachorro pidão.

Libby sorri.

— Você quer que eu fique, não quer? — pergunta ela.

— Não, não, não.

Libby dá uma risada e olha para Dido.

— Você se importa? Volto amanhã de manhã, prometo.

— Fique aqui — diz Dido. — E chegue a qualquer hora amanhã. Sem pressa.

Está começando a escurecer quando Libby volta para a casa depois de deixar Dido na estação de metrô. Ela absorve a atmosfera da noite quente de verão em Chelsea, os grupinhos de adolescentes loiras vestindo shortinhos jeans rasgados e tênis enormes, os belos cômodos vistos pelas janelas de vidro. Por um momento, fantasia como seria morar ali, fazer parte desse mundo tão sofisticado, ser uma garota de Chelsea. Imagina a casa de Cheyne Walk cheia de antiguidades, lustres enormes de cristal e arte moderna.

Mas no momento em que abre a porta do número dezesseis, a fantasia cai por terra. A casa está podre, arruinada.

Miller está sentado à enorme mesa de madeira da cozinha. Ele olha para ela e diz:

— Corre, vem ver isso. Olha.

Ele usa o celular como lanterna e olha para algo dentro de uma gaveta. Ela dá uma espiada.

— Olha — repete Miller.

Bem lá no fundo da gaveta, alguém rabiscou com lápis preto as palavras: "EU SOU O PHIN."

32

CHELSEA, 1990

Algumas semanas depois, Sally saiu de casa. E então, alguns dias depois disso, Birdie se mudou para o quarto de David. Mas Justin não foi embora. Ele continuou no quarto que antes dividia com Birdie.

Não recebi nenhum castigo pelo incidente com a viagem de ácido, e nem Phin. Mas, para ele, ficou claro que a perda da mãe era pior do que qualquer castigo que seu pai poderia ter planejado. Acima de tudo, ele se culpava. Em segundo lugar, culpava Birdie. Ele a desprezava e se referia a ela como "coisa". Depois, culpava o pai. E por último, infelizmente e de uma forma implícita, ele me culpava. Afinal, eu que havia fornecido aquela informação que ele usara inadvertidamente como arma para destruir o casamento dos pais. Se eu não tivesse lhe contado, nada daquilo teria acontecido: nossa ida às compras, o ácido, aquela tarde terrível de revelações sobre beijos em porcos. Assim, aquele vínculo que construímos no telhado naquele dia não apenas se desfez, ele entrou em combustão e virou uma nuvem de fumaça tóxica.

Era difícil discordar de que eu mesmo tinha causado aquilo. Quando penso na minha intenção ao contar a ele o que tinha visto, no meu desejo de escandalizar e impressionar, na minha falta de empatia ou compreensão de como ele se sentiria, eu acho, sim, que tenho responsabilidade. E eu paguei o preço por isso, paguei de verdade. Porque ao mesmo tempo que destruí inconscientemente o casamento dos pais dele, eu também tinha destruído inconscientemente a minha vida.

Logo depois que Sally foi embora, encontrei Justin sentado numa mesa no jardim, organizando suas ervas e flores. O fato de ele ter ficado sob o mesmo teto da namorada adúltera me soava ao mesmo tempo triste e um tanto subversivo. Ele basicamente continuou fazendo as mesmas coisas: cultivava suas plantas, as transformava em pó dentro de pequenas bolsas de lona, enchia vidrinhos com infusões, tudo especificado com uma pequena etiqueta que dizia "O farmacêutico de Chelsea". Usava as mesmas roupas e vagava por ali da mesma maneira; não se percebia nenhum sinal de coração partido ou inquietações íntimas. Fiquei curioso sobre o que se passava naquela cabeça, sofrendo como eu estava com minha própria sensação de coração partido ao fim da minha breve relação com Phin, com a partida de Sally e o acasalamento de Birdie e David. Sem contar o fato de que os meus pais tornavam-se a cada dia mais e mais sombras do que um dia haviam sido. Estranhamente, ele parecia uma das pessoas mais normais da casa.

    Sentei de frente para ele, que me lançou um olhar afetuoso.

    — Olá, rapaz. Como estão as coisas?

    — Está tudo... — Estava prestes a falar que tudo ia bem, mas então me lembrei de que isso não era verdade, nem um pouco. Então respondi: — Estranho.

    Ele me olhou com mais atenção.

    — Bem — disse —, isso é um fato.

Ficamos em silêncio por um momento. Fiquei olhando enquanto ele retirava delicadamente os botões dos ramos e os colocava sobre a bandeja.

— Por que você continua morando aqui? — perguntei, depois de um tempo. — Agora que você e Birdie...?

— Boa pergunta — respondeu, sem olhar para mim. Ele colocou outro botão sobre a bandeja, esfregou os dedos e depois apoiou as mãos no colo. — Acho que talvez porque, embora eu não esteja com ela, ela ainda é parte de mim. A parte do amor que não tem a ver com sexo não morre automaticamente, sabe? Pelo menos não precisa ser assim.

Fiz que sim com a cabeça. Certamente isso fazia sentido para mim. Embora houvesse uma grande chance de eu nunca mais ter a oportunidade de segurar a mão de Phin nem mesmo ter uma conversa de verdade com ele outra vez, aquilo não diminuía meus sentimentos por ele.

— Você acha que pode voltar a ficar com ela?

Ele suspirou.

— É. Talvez. Mas talvez não.

— O que você acha de David?

— Ah.

Sua linguagem corporal mudou sutilmente. Ele aproximou os ombros, entrelaçou os dedos.

— Ainda não me decidi — disse, finalmente. — Por um lado, acho que ele é incrível. Mas por outro... — Fez que não com a cabeça. — Ele me deixa apavorado.

— Isso — respondi, mais alto e com mais intensidade do que eu gostaria. — Isso — repeti, mais baixo dessa vez. — Ele também me deixa apavorado.

— De que forma, exatamente?

— Ele é... — Olhei para o céu em busca das palavras certas. — Sinistro.

Justin soltou um grunhido que era mais como uma gargalhada.

— Ha, isso — disse. — Definiu perfeitamente. É. Sinistro. Aqui. — Ele me passou um punhado de flores amarelas que pareciam margaridas e um rolo de fio. — Amarre-as em feixes menores, pelo cabo.

— O que são?

— É calêndula. Serve para amenizar problemas de pele. Um negócio incrível.

— E o que é essa? — Apontei para a bandeja cheia de pequenos botões amarelos.

— Essa é camomila. Para fazer chá. Sente o cheiro. — Ele me passa um botão e o coloco próximo ao nariz. — Não é o cheiro mais gostoso?

Concordei e juntei alguns caules da calêndula, amarrando o fio com um laço.

— Está bom assim?

— Perfeito, isso. Então — começou a falar —, fiquei sabendo da sua história com Phin na outra semana. Vocês curtindo uma viagem.

Meu rosto ficou vermelho.

— Cara — disse ele. — Eu só consegui encostar em uma droga quando tinha quase dezoito anos. E você tem quanto? Doze?

— Treze — respondi com firmeza. — Tenho treze anos.

— Tão novo! — disse ele. — Tiro meu chapéu para você.

Não entendi muito bem aquele sentimento. Eu obviamente tinha feito uma coisa ruim. Mas sorri de qualquer forma.

— Sabe — disse ele, parecendo querer tramar alguma coisa.
— Posso plantar qualquer coisa aqui. Praticamente qualquer coisa. Sabe o que quero dizer?

Neguei com a cabeça.

— Eu não planto só o que faz bem para o corpo. Também posso plantar outras coisas. Qualquer uma que você quiser.

Assenti com a cabeça, sério. Depois disse:

— Drogas, você está querendo dizer?

Ele soltou aquela risada novamente.

— Sim, pode ser. Drogas boas. — Ele deu uma batidinha no nariz. — E as ruins também.

A porta dos fundos se abriu naquele instante. Ambos viramos para olhar quem era.

Eram David e Birdie. Os dois estavam abraçados, os braços entrelaçados na cintura um do outro. Olharam rapidamente na nossa direção e depois foram se sentar no outro extremo do jardim. O clima mudou. Parecia que uma nuvem escura havia encoberto o sol.

— Você está bem? — murmurei para Justin.

Ele concordou com a cabeça.

— Estou legal.

Ficamos ali sentados por um tempo sob a névoa silenciosa da presença dos dois, conversando sobre ervas, plantas e a utilidade de cada uma. Perguntei a Justin sobre venenos e ele me falou da *Atropa belladonna*, ou beladona mortal, que, reza a lenda, foi usada pelos soldados de Macbeth para envenenar o exército inglês que se aproximava, e também sobre a cicuta, utilizada na execução de Sócrates. Ele também me falou do uso de ervas mágicas, em feitiços, e das afrodisíacas, como *Gingko biloba*.

— Onde aprendeu tudo isso? — perguntei.

Justin deu de ombros.

— Nos livros. A maior parte, pelo menos. E minha mãe gosta de jardinagem. Então cresci rodeado de plantas e terra. Foi uma coisa bem natural.

Àquela altura, nós não tivéramos mais nenhuma aula desde que Sally havia partido. Nós, as crianças, ficávamos perambulando pela casa, inquietos e entediados. "Leia um livro", era a resposta sempre que alguém reclamava de não ter nada para fazer. "Vá fazer umas contas."

Portanto, acho que eu estava louco para aprender coisas novas, e as únicas outras opções eram os exercícios bizarros de David e o violino de Birdie.

— Tem alguma planta que possa levar uma pessoa, assim, a fazer algo contra sua vontade?

— Tem os alucinógenos, é claro, cogumelos mágicos e coisas assim.

— E você consegue cultivar esses? — perguntei. — Num jardim como esse aqui?

— Posso cultivar quase qualquer coisa, garoto, em qualquer lugar.

— Posso ajudar você? — perguntei. — Posso ajudar a cultivar coisas?

— É claro — respondeu Justin. — Você pode ser meu jovem aprendiz. Vai ser legal.

Não tenho ideia de quais conversas David e Birdie tinham na cama, naquele quarto aterrorizante; não gostava de ficar pensando muito sobre o que acontecia por trás daquela porta. Eu ouvia coisas que até hoje, quase trinta anos depois, me provocam arrepios só de lembrar. Dormia com o travesseiro sobre a cabeça todas as noites.

De manhã, eles desciam as escadas juntos, parecendo muito satisfeitos e superiores. David era obcecado com o cabelo longo de Birdie, na altura da cintura. Ele o tocava constantemente. Enrolava o cabelo entre os dedos e juntava punhados nas mãos; enquanto conversava com ela, deslizava as mãos ao longo do cabelo e girava. Uma vez o vi pegar uma mecha, levar até as narinas e respirar fundo.

— O cabelo de Birdie não é incrível? — disse ele uma vez. Olhou para minha irmã e Clemency, que tinham o cabelo na altura do ombro. — Não queriam ter o cabelo assim também, meninas?

— Em muitas religiões é visto com um ato altamente espiritual a mulher usar o cabelo comprido, sabiam? — disse Birdie.

Embora não fossem nem um pouco religiosos, David e Birdie conversavam muito sobre religião no começo do relacionamento. Falavam sobre o sentido da vida e sobre como era terrível que tudo fosse tão descartável. Falavam sobre minimalismo e *feng shui*. Perguntaram à minha mãe se podiam pintar o quarto de branco, se podiam colocar o estrado de metal antigo da cama em outro cômodo e deixar o colchão no chão. Abominavam latas de aerossol, fast-food, remédios, fibras sintéticas, sacolas plásticas, carros e aviões. Já falavam sobre a ameaça do aquecimento global e se preocupavam com o impacto de suas pegadas de carbono. Pensando bem, considerando o cenário de apocalipse dos tempos atuais, com essa onda de calor sinistra, os oceanos cheios de animais sufocados pelo plástico e os ursos-polares escorregando das calotas de gelo derretidas, naquela época eles estavam bem à frente do seu tempo. Mas no contexto de 1990, quando o mundo estava acordando para a tecnologia moderna e abraçando tudo que nossa cultura perdulária tinha a oferecer, eles eram uma aberração.

E eu até teria algum respeito por David, Birdie e a seriedade de seu compromisso com o planeta, não fosse o fato de que David queria que todo mundo vivesse de acordo com sua vontade. Não bastava ele e Birdie dormirem em colchões no chão. Todos nós tínhamos que dormir em colchões no chão. Não bastava que ele e Birdie evitassem os carros, aspirinas e gurjões de peixe. Todos nós tínhamos que evitar carros, aspirinas e gurjões de peixe. Ficou muito claro para mim que aquilo que eu tinha previsto de modo subliminar ao ver David e Birdie se beijando semanas antes tinha enfim acontecido. Ela libertara algo terrível de dentro de David, e agora ela queria que David controlasse tudo.

Aparentemente, nós não éramos mais livres.

33

Só escurece por volta das dez. Libby e Miller conversam em lados opostos da mesa do jardim enquanto a escuridão avança, e só percebem que ela chegou quando não conseguem mais ver o branco dos olhos um do outro. Eles então acendem velas, suas chamas dançando e serpenteando conforme a brisa. Passaram a última hora com luz natural revirando a casa, e é sobre isso que conversam: o que eles encontraram.

Além das palavras "EU SOU O PHIN" rabiscadas na parte interna da gaveta da cozinha, eles encontraram a mesma frase escrita na parte de baixo da banheira no sótão, na moldura da porta de um dos quartos e dentro de um armário embutido em um dos quartos do primeiro andar. Eles encontraram algumas cordas de instrumentos musicais numa das salas de estar menores no térreo e um suporte de partitura jogado num armário de canto. Encontraram uma pilha de fraldas de pano limpas, alfinetes de segurança, pomadas e macacões no guarda-roupa do quarto com o berço onde Libby foi encontrada. Encontraram um amontoado de livros dentro de um baú no corredor dos fundos, cinza e todo cheio de mofo; livros sobre as propriedades curativas das plantas e ervas, livros sobre bruxaria medieval, livros de feitiços. Os livros estavam enrolados num velho lençol e cobertos por almofadas que um dia devem ter feito parte de um conjunto de móveis de jardim.

Encontraram um anel fino de ouro emperrado entre o piso de madeira e o rodapé. Tinha uma marca, que Miller fotografou com a câmera do celular e depois deu zoom. Quando buscaram no Google, descobriram que o anel tinha sido cunhado em 1975, ano do casamento de Henry e Martina. Uma coisa pequena, perdida para o mundo, que ficou a salvo dos olhares de larápios e policiais nesse lugarzinho escondido por vinte e cinco anos, ou até mais.

Libby está usando o anel agora, no dedo anelar da mão esquerda. *O anel de sua mãe.* Coube perfeitamente nela. Ela gira o anel no dedo enquanto conversam.

Eles param de vez em quando, tentando escutar o som de passos sobre a grama. Miller vai ocasionalmente aos fundos do jardim, procurando sombras ou sinais de que alguém possa ter entrado pelo portão dos fundos. Eles pegam as almofadas que encontraram no baú, apagam as velas e se sentam no canto do gramado mais distante da porta. Estão conversando aos sussurros quando Miller de repente a encara com os olhos arregalados e leva o dedo indicador aos lábios.

— Shh.

Seus olhos então se voltam para os fundos do jardim. Tem alguém lá. Ela senta com a coluna reta e se ajeita. Lá, nos fundos do jardim. E eles ficam olhando enquanto um homem caminha pela grama, um homem alto e magro, de cabelo curto, os óculos refletindo a luz da lua, tênis brancos, bolsa a tiracolo. Ficam observando enquanto ele joga a bolsa por cima do *bunker* de concreto e depois sobe. Ouvem enquanto ele escala o cano de esgoto até o beiral no primeiro andar. Depois, se movem em silêncio e ficam olhando até ele desaparecer no telhado.

O coração de Libby está acelerado.

— Ai, meu Deus — sussurra ela. — Ai, meu Deus. O que vamos fazer?

— Não tenho a menor ideia — responde Miller, baixinho.

— Será que a gente deve falar com ele?

— Não sei. O que você acha?

Ela faz que não com a cabeça. Está ao mesmo tempo apavorada e desesperada para ver esse homem frente a frente.

Ela olha para Miller. Ele vai protegê-la. Ou pelo menos vai dar a impressão de que tem condições de protegê-la. O homem que eles viram era menor do que ele e usava óculos. Ela assente.

— Sim, vamos lá. Vamos falar com ele.

Miller parece levemente aterrorizado, mas logo se controla e diz:

— Ok. Beleza.

A casa está no escuro, iluminada apenas pelo borrão das luzes que vêm da rua, além do brilho prateado da lua sobre o rio. Libby vai atrás de Miller, um pouco mais tranquila pela amplitude do corpo dele à sua frente. Eles param na base da escada. Sobem cada degrau lentamente, com firmeza, até chegarem ao corredor do primeiro andar. Ali está um pouco mais claro, a lua visível pela janela enorme que dá para a rua. Os dois olham para cima e depois um para o outro.

— Tudo bem? — pergunta Miller.

— Tudo bem — responde Libby.

O alçapão no teto do corredor do sótão está aberto e a porta do banheiro, fechada. Eles ouvem o som da urina batendo no vaso, o vaivém do jato até terminar, a torneira sendo aberta, um pigarro. Então a porta se abre e um homem sai, um homem bonito. Esse é o primeiro pensamento de Libby. Um cara bonito, com cabelo claro e bem cortado, um rosto jovem e barbeado, braços musculosos, uma camiseta cinza, calça jeans preta justa, óculos da moda, tênis bons.

Ele dá um pulo e leva a mão ao peito ao vê-los parados ali.

— Meu Deus — diz.

Libby e Miller também se sobressaltam.

Eles todos olham uns para os outros por um momento.

— Você é...? — perguntam ao mesmo tempo, finalmente, o homem e Libby.

Eles apontam um para o outro e depois se viram para Miller, como se ele pudesse ter uma resposta. Depois, o homem se vira para Libby e pergunta:

— Você é a Serenity?

Libby faz que sim com a cabeça.

— Você é o Henry?

O homem os encara inexpressivamente por um momento, mas então seu rosto volta ao normal e ele responde:

— Não, não sou o Henry. Eu sou o Phin.

II

II

34

CHELSEA, 1990

Como minha mãe era alemã, ela sabia comemorar o Natal como ninguém. Era a especialidade dela. A casa começava a ser decorada já no início de dezembro, com enfeites artesanais feitos de laranjas cristalizadas, tecido vermelho e pinhas pintadas, além de um aroma constante de pão de mel, bolo de natal alemão e vinho quente. Com ela aqueles festões cafonas não tinham vez, nem guirlandas de papel, latinhas de chocolate Quality Street ou caixas da Cadbury.

Até meu pai gostava de Natal. Ele tinha uma fantasia de Papai Noel que vestia em todas as vésperas do feriado quando éramos pequenos, e até hoje não consigo explicar muito bem como eu tinha certeza de que era ele, e, ao mesmo tempo, não fazia ideia de que era ele. Pensando agora, vejo que era o mesmo tipo de autoilusão terrível que acometia a todos em relação a David Thomsen. As pessoas podiam olhar para ele e ver apenas um homem, mas, simultaneamente, a resposta para todos os seus problemas.

Meu pai não usou a fantasia naquela véspera de Natal. Disse que nós já éramos muito velhos para aquilo, e provavelmente estava certo. Mas ele também disse que não estava se sentindo muito bem. De qualquer forma, minha mãe providenciou a comemoração da véspera de Natal, como sempre fazia. Nós nos sentamos em torno de um pinheiro nórdico (menor que o de costume) e abrimos nossos presentes (menos numerosos que o de costume) enquanto o rádio tocava canções natalinas e o fogo crepitava na lareira. Depois de mais ou menos meia hora, logo antes do jantar, meu pai disse que estava com uma dor de cabeça horrível e precisava se deitar.

Trinta segundos depois, ele estava no chão da sala de estar, tendo um AVC.

Não sabíamos que era um AVC. Pensamos que ele estava tendo algum tipo de convulsão ou um ataque cardíaco. O dr. Broughton, médico do meu pai, veio examiná-lo ainda vestido em suas roupas natalinas: um suéter de lã vermelho com gola em V e uma gravata-borboleta com estampa festiva. Eu me lembro da expressão dele quando meu pai disse que não tinha mais plano de saúde, de como ele logo deixou as bajulações de lado e foi embora rápido. Ele o mandou direto para o hospital numa ambulância do serviço nacional de saúde e partiu sem se despedir.

No dia seguinte ao Natal, meu pai voltou para casa.

Os médicos disseram que ele estava bem, que ficaria com a capacidade cognitiva debilitada por um tempo, teria alguns problemas motores, mas que o cérebro se recuperaria sozinho e que ele voltaria ao normal em algumas semanas. Talvez até antes.

Mas, como aconteceu na época do primeiro AVC, ele nunca se recuperou completamente. Enfrentava um problema ainda maior agora. Ele usava as palavras erradas. Ou não se lembrava delas. Passava dias inteiros sentado na poltrona do quarto comendo biscoitos, bem devagar. Às vezes, ria em contextos inapropriados. Outras vezes, não entendia a piada.

Ele se movia lentamente. Evitava escadas. Não saía mais de casa.

E quanto mais debilitado meu pai ficava, mais perto de seu objetivo David Thomsen chegava.

Quando fiz catorze anos, em maio de 1991, nós já tínhamos regras estabelecidas. Mas não aquelas comuns a todas as famílias, como não poder colocar os pés sobre os móveis ou ter que fazer o dever de casa antes de assistir TV. Não era o tipo de regras que estávamos acostumados a seguir durante toda a nossa vida.

Agora, tínhamos regras loucas e tirânicas, escritas com caneta preta permanente num cartaz grande colado na parede da cozinha. Eu me lembro delas até hoje:

    Proibido cortar o cabelo SEM A PERMISSÃO de David e/ou Birdie
    Proibido ver televisão
    Proibido receber visitas SEM A PERMISSÃO de David e/ou Birdie
    Proibido vaidade
    Proibido cobiça
    Ninguém sai de casa sem a EXPRESSA PERMISSÃO de David e/ou Birdie
    Proibido carne
    Proibido produtos animais
    Proibido couro/camurça/lã/penas
    Proibido recipientes de plástico
    Proibido mais de quatro itens de lixo por dia por pessoa, incluindo restos de comida
    Proibido roupas tingidas artificialmente

Proibido remédios
Proibido substâncias químicas
Um banho POR DIA POR PESSOA
Usar xampu uma vez por semana
TODOS OS MORADORES devem passar no mínimo duas horas por dia com David na sala de exercícios
TODAS AS CRIANÇAS devem passar no mínimo duas horas por dia com Birdie na sala de música
Usar apenas ingredientes orgânicos nas refeições
Proibido eletricidade e aquecimento a gás
Proibido gritar
Proibido xingar
Proibido correr

A lista de regras tinha começado pequena, mas foi crescendo aos poucos, conforme o controle de David sobre a casa aumentava.

Sally, a essa altura, ainda vinha uma ou duas vezes por semana para pegar as crianças e levá-las para tomar um chá. Estava dormindo no sofá de uma amiga em Brixton e tentava desesperadamente encontrar algum tipo de acomodação grande o suficiente para que eles pudessem ir morar com ela. Phin ficava bastante mal-humorado depois que encontrava a mãe. Ele se trancava no quarto e perdia as refeições seguintes. Na verdade, muitas das regras foram criadas por causa de Phin. David considerava esse comportamento inaceitável. Achava aquele desperdício de comida absurdo e não suportava o fato de não poder abrir a porta do quarto do filho quando quisesse. Ele odiava quando alguém fazia algo que não correspondesse à sua visão de mundo. Não suportava adolescentes.

Duas novas regras foram acrescentadas:

Proibido trancar portas
TODOS os moradores da casa devem comparecer a TODAS AS REFEIÇÕES

Numa manhã, pouco depois da quinta vez em que Phin voltara do encontro com a mãe e desobedecera à regra "Proibido trancar portas", eu subi as escadas e vi David removendo a fechadura interna do quarto de Phin, o queixo contraído, os nós dos dedos apertados ao segurar a chave de fenda.

Phin estava sentado na cama, observando com os braços cruzados.

À noite, na hora do jantar, Phin ainda estava sentado na cama com os braços cruzados, num silêncio sepulcral, então David o arrastou pelos braços — ainda cruzados — e o jogou em uma cadeira.

Ele empurrou a cadeira na direção da mesa e serviu a Phin uma tigela grande de curry de abóbora com arroz. Os braços de Phin permaneceram cruzados. David se levantou, colocou um pouco do curry na colher e forçou-a entre seus lábios, mas Phin não abriu a boca. Deu para ouvir a colher bater em seus dentes. A cena era perturbadora. Phin, a essa altura, tinha quinze, quase dezesseis anos, mas aparentava ser bem mais velho. Era alto e forte. Parecia que a situação poderia ficar violenta a qualquer momento. Mas Phin se manteve impassível, os olhos fixos num buraco na parede do outro lado da cozinha, uma expressão cheia de raiva e determinação.

David acabou desistindo de tentar enfiar a colher na boca do filho e a atirou longe, o curry formando uma mancha amarela na parede, a colher fazendo um ruído metálico ao cair no chão.

— Vá para o seu quarto! — gritou David. — Agora!

Uma veia pulsava na têmpora dele. O pescoço estava tenso e vermelho. Nunca tinha visto um ser humano tão tomado pela raiva na minha vida como David estava naquele momento.

— Com prazer — disse Phin, sibilante.

A mão de David emergiu e, então, quase em câmera lenta, ela bateu na parte de trás da cabeça de Phin enquanto ele passava por David. Phin se virou; seus olhos encontraram os do pai, e eu vi puro ódio passar entre os dois ali.

Phin continuou andando. Ouvimos seus passos firmes e constantes, subindo a escada. Alguém pigarreou. Vi Birdie e David trocando olhares. A expressão de Birdie, tensa e recriminadora, dizia: "Você está perdendo o controle. Faça alguma coisa." A de David, sombria e furiosa, dizia: "Vou fazer."

Assim que a refeição terminou, fui até o quarto de Phin.

Ele estava sentado na cama, os joelhos unidos próximos ao queixo. Virou o olhar na minha direção.

— O que foi?

— Você está bem?

— O que você acha?

Avancei mais uns passos, me aproximando dele. Fiquei esperando que Phin me pedisse para sair, mas não foi o que ele fez.

— Machucou? — perguntei. — Onde ele te bateu?

Meus pais, por mais estranhos que fossem, nunca tinham me batido. Eu nem conseguia imaginar algo assim.

— Não.

Eu me aproximei ainda mais.

Então, de repente, Phin olhou para mim e lá estava aquela expressão de novo. Ele estava me enxergando. De verdade.

— Não posso ficar aqui — disse ele, balançando a cabeça. — Preciso ir embora.

Meu coração parou por um segundo. Phin era a única coisa que mantinha viva em mim alguma noção de esperança.

— Para onde você vai?

— Não sei. Para a minha mãe.

— Mas...

Quando eu estava prestes a dizer que a mãe dele dormia num sofá em Brixton, ele me interrompeu:

— Não sei, está bem? Só sei que preciso sair desse lugar. Não consigo mais ficar aqui.

— Quando?

— Agora.

Ele olhou para mim em meio àqueles cílios absurdamente grandes. Tentei decifrar sua expressão. Senti que havia um desafio ali.

— Você acha... acha que eu... devo ir com você?

— Não! De jeito nenhum. Não.

Eu me encolhi novamente. Não. É claro que não.

— O que eu digo quando os adultos perguntarem?

— Nada. Não diga nada.

Fiz que sim com a cabeça, os olhos arregalados. Fiquei observando enquanto ele colocava coisas numa pequena mochila: calças e meias, uma camiseta, um livro, uma escova de dentes. Ele se virou e viu que eu o encarava.

— Vá embora — ele pediu. — Por favor.

Saí do quarto e caminhei lentamente até a escadaria dos fundos, onde sentei no terceiro degrau e fechei a porta, deixando só uma fresta, pela qual consegui ver quando Phin abriu o alçapão do sótão e desapareceu com sua mochila. Eu não tinha ideia do que ele estava fazendo ou para onde estava indo. Por um momento, achei que talvez estivesse planejando morar no terraço. Mas, embora estivéssemos em maio, ainda estava frio: ele não conseguiria. Então ouvi barulhos de passos lá fora, entrei no quarto de Phin e, com as mãos nas laterais do rosto, olhei pelo vidro da janela para o jardim dos fundos. Lá estava ele: se esgueirando pelo jardim na direção da escuridão das árvores. E então, de repente, ele sumiu.

Eu me virei para o quarto vazio. Peguei seu travesseiro, o pressionei contra o rosto. E respirei.

35

Ainda está escuro quando Lucy sai da Blue House na manhã seguinte. As crianças estão em silêncio, o olhar vazio. Ela prende a respiração ao entregar o dinheiro das passagens de trem para Paris a uma mulher que parece ter conhecimento de todos os segredos mais profundos de Lucy. Prende novamente quando eles embarcam no trem, e depois mais uma vez quando o comissário entra no vagão e pede para ver as passagens. Toda vez que o trem diminui a velocidade, ela fica sem ar e vasculha os arredores, buscando indícios de uma luz azul ou algum quepe da polícia francesa. Em Paris, ela, as crianças e o cachorro se sentam na parte mais silenciosa do café mais silencioso enquanto esperam o trem para Cherbourg. E então começa tudo de novo: o medo paralisante a cada passo, a cada instante. Na hora do almoço, ao embarcarem no trem seguinte, ela imagina Joy na casa de Michael começando a se perguntar onde ele está, e a adrenalina sobe tão rápido e tão forte em seu corpo que ela sente que poderia morrer bem ali. Lucy esquadrinha mentalmente a casa de Michael, à procura de algo que tenha deixado passar, aquele sinal gigante de alerta que vai fazer com que Joy vá para o porão na mesma hora em busca de alguma pista. Mas não, ela tem certeza, absoluta certeza, de que não deixou nenhuma pista, nenhum rastro. Conseguiu ganhar tempo. Pelo menos um dia. Talvez até três ou quatro. E, mesmo depois disso, será que Joy diria algo sobre ela à polícia, a moça simpática chamada Lucy, mãe do filho de Michael, que os faria levantar suspeitas? Não, ela contaria a eles sobre os contatos escusos de Michael, sobre os homens mal-encarados que às vezes apareciam para tratar de "negócios". Ela os apontaria para uma direção totalmente diferente, e quando enfim eles percebessem que estavam no caminho errado, Lucy já teria desaparecido.

Quando o trem chega a Cherbourg naquela noite, os batimentos cardíacos de Lucy já desaceleraram e ela consegue ter apetite para comer o croissant que comprou em Paris.

No ponto de táxi, eles entram no banco de trás de um Renault Scénic velho, e ela pede que o motorista os leve até Diélette. O cachorro senta em seu colo e apoia a cabeça na janela meio aberta. Está tarde. As crianças caem no sono.

Diélette é uma pequena cidade portuária, verde e montanhosa. As únicas pessoas que embarcam na última balsa para Guernsey são turistas britânicos, na maior parte famílias com crianças pequenas. Lucy segura os passaportes com força em suas mãos suadas. Os passaportes são franceses, mas ela é inglesa. As duas crianças têm sobrenomes diferentes do dela. A cor da pele de Stella é diferente da dela. Eles carregam mochilas enormes e encardidas, e estão tão cansados que parecem doentes. E seus passaportes são falsos. Lucy está totalmente convencida de que vai ser parada e que lhe farão perguntas. Planejou essa viagem longa e sinuosa de volta a Londres para encobrir seus rastros, mas, ainda assim, ao mostrar os passaportes para o comissário na entrada da balsa, seu coração bate tão forte que ela chega a pensar que ele pode ouvir. Ele folheia os passaportes comparando as fotos e os rostos de cada um, os devolve para ela e, com um olhar, indica que continuem andando.

E então eles estão em alto-mar, nas águas de um tom azul-marinho cinzento do Canal da Mancha, onde a espuma se agita e a França vai ficando para trás.

Ela segura Stella pelo joelho na parte de trás da balsa, para que a garotinha consiga ver seu país de nascença, a única casa que conheceu, se afastar até parecer uma guirlanda iluminada no horizonte.

— Tchau, tchau, França — diz Stella, acenando. — Tchau, tchau, França.

36

Libby encara Phin.

Ele a encara.

— Eu morava aqui — diz ele, embora ninguém tenha pedido que explicasse quem era. Então, rapidamente, antes que Libby consiga formular uma resposta, ele declara: — Você é muito bonita.

— Ah — diz Libby.

Ele olha para Miller e pergunta:

— Quem é você?

— Olá — diz Miller, estendendo a mão. — Eu sou Miller Roe.

Phin olha para ele, confuso.

— Por que esse nome me parece familiar?

Miller solta um grunhido estranho e dá de ombros.

— Você é aquele jornalista, não é?

— Isso.

— Aquela matéria estava uma merda. Você entendeu tudo errado.

— É — diz Miller. — Meio que sei disso agora.

— Mal posso acreditar em como você é linda — diz ele, se voltando novamente para Libby. — Parece tanto com...

— Minha mãe?

— É — diz ele. — Parece com a sua mãe.

Libby pensa nas fotos da mãe, seu cabelo pintado de preto como Priscilla Presley, os olhos com um delineado escuro. Ela se sente lisonjeada.

E então diz:

— O que está fazendo aqui?

— Esperando por você — responde Phin.

— Mas eu estava aqui no outro dia. Ouvi você lá em cima. Por que não desceu?

Ele dá de ombros.

— Eu desci. Mas quando cheguei lá embaixo, você já tinha ido embora.

— Ah.

— Vamos? — sugere Phin, apontando para a escada.

Eles descem os degraus e vão até a cozinha.

Phin se senta em um lado da mesa; Miller e Libby no outro. Libby examina o rosto de Phin. Deve ter quarenta e poucos anos, mas parece bem mais jovem. Seus cílios são extraordinariamente grandes.

— Então — diz ele, movendo os braços ao redor de si. — Isso aqui é tudo seu.

Libby assente.

— Mas, na verdade, deveria ser também do meu irmão e da minha irmã, não?

— Bom, foi burrice deles. Ah, e eu deveria te desejar feliz aniversário. Um pouco atrasado.

— Obrigada — diz ela. — Há quanto tempo você não vinha aqui?

— Décadas.

Um silêncio longo e hesitante se instala.

— Imagino que você tenha algumas perguntas — diz Phin, quebrando o silêncio.

Miller e Libby trocam um breve olhar. Libby faz que sim com a cabeça.

— Bom, vamos sair desse lugar? — pergunta Phin. — Eu moro do outro lado do rio. Tenho vinho e um terraço. E gatos que parecem umas almofadas.

Eles se entreolham novamente.

— Não vou matar vocês — diz Phin. — Meus gatos também não. Vamos. Vou contar tudo para vocês.

Vinte minutos depois, Libby e Miller saem com Phin de um elevador sofisticado e caminham por um corredor com piso de mármore.

O apartamento dele é no fim do corredor.

As luzes acendem automaticamente enquanto ele os conduz pela entrada até uma sala de estar com portas envidraçadas que dão para o terraço com vista para o rio.

Tudo é claro e bem arrumado. Uma manta branca enorme de pele de ovelha cobre o encosto de um sofá comprido cor de creme. Há um belíssimo arranjo de lírios e rosas num vaso que cairia muito bem no *showroom* da Northbone Kitchens.

Phin usa um pequeno controle remoto para abrir as portas do terraço e os convida a sentar nos sofás que ficam em volta de uma mesa de centro.

Enquanto ele pega uma garrafa de vinho, Libby e Miller trocam olhares.

— Esse lugar aqui deve custar uns milhões de libras — diz Miller.

— No mínimo — concorda Libby. Ela se levanta e dá uma olhada para o outro lado do rio. — Olha! É a casa. Estamos exatamente de frente para ela.

Miller se aproxima.

— Bem — diz ele, em tom sarcástico —, não deve ser uma coincidência.

— Acha que ele tem vigiado?

— Sim, com certeza. Por que escolheria um apartamento justo com essa vista?

— O que achou dele? — sussurra ela.

Miller dá de ombros.

— Acho que ele é um pouquinho...

— Esquisito?

— É, um pouco esquisito. E também um pouco...

Mas então Phin volta, uma garrafa de vinho e três taças em um balde de gelo em uma das mãos, um gato na outra.

— Esta é a Mindy — diz ele, segurando a pata da gata em direção a eles como se fosse um cumprimento. — Mindy, esses são Libby e Miller.

A gata ignora os dois e tenta escapar do colo de Phin.

— Ah — diz ele para a gata. — Tudo bem. Pode agir como uma escrota, não estou nem aí.

Depois, se volta para eles:

— Ela é minha favorita. Sempre me apaixono pelos que não me suportam. Por isso estou solteiro.

Ele abre o vinho e serve uma taça cheia a cada um.

— Saúde — diz ele. — Aos reencontros.

Eles brindam, e um silêncio carregado se instala.

— A vista é incrível — diz Miller. — Há quanto tempo você mora aqui?

— Pouco tempo. Eles terminaram de construir esses apartamentos no ano passado.

— É incrível ser exatamente em frente a Cheyne Walk.

Phin assente.

— Queria estar por perto — diz ele para Libby. — Para quando você voltasse.

Outro gato persa aparece no terraço. Está bem acima do peso e tem os olhos saltados.

— Ah, aqui está ele — diz Phin. — O sr. Quero-Atenção. Ouviu que eu tinha visitas. — Ele pega o gato gigante e o coloca no colo. — Esse é o Pinto. Dei esse nome porque era o único jeito de garantir que eu teria um em casa.

Libby dá uma risada e bebe um gole de vinho. Numa realidade paralela, essa seria uma noite incrível: dois homens bonitos, uma noite quente de verão, um terraço glamoroso com vista para o Tâmisa, uma taça de vinho branco gelado. Nesta realidade, no entanto, tudo parece um pouco sórdido e levemente ameaçador. Até os gatos.

— Então — diz Miller. — Se vai nos contar tudo o que realmente aconteceu em Cheyne Walk, vai ser extraoficial? Ou posso ouvir como jornalista?

— Pode ouvir como você quiser.

— Posso gravar? — Miller pega o celular no bolso de trás.

— Claro — responde Phin, os dedos passeando no pelo grosso do gato. — Por que não? Não tenho mais nada a perder. Vá em frente.

Miller se enrola um pouco com o aparelho. Libby percebe que suas mãos estão levemente trêmulas, traindo sua animação. Ela bebe mais um gole grande de vinho para acalmar os nervos. Então Miller coloca o celular sobre a mesa e pergunta:

— Então, você disse que eu entendi tudo errado na minha matéria. Podemos começar daí?

— Claro. — O gato gordo pula do colo de Phin e ele, sem pensar muito, limpa com as mãos os pelos que ficaram na calça.

— Então, quando eu estava pesquisando para a matéria, descobri um homem chamado David Thomsen. Thomsen com "e".

— Sim — responde Phin. — Meu pai.

Libby vê uma espécie de alívio triunfante se espalhar pelo rosto de Miller. Ele solta um suspiro e diz:

— E sua mãe é Sally?

— Isso, Sally é minha mãe.

— E Clemency...?

— Minha irmã, isso.

— E o terceiro corpo...

— Era o meu pai — concorda Phin. — Acertou em cheio. Que pena que não descobriu tudo isso antes de escrever a matéria.

— Bem, eu meio que descobri. Mas não consegui encontrar nenhum de vocês. Procurei durante meses, mas não havia um sinal sequer. Então, o que aconteceu com todos vocês?

— Bem, eu sei o que aconteceu comigo. Mas infelizmente não tenho a menor ideia do que houve com minha mãe e com Clemency.

— Vocês perderam contato?

— Totalmente. Não tenho notícias delas desde que era adolescente. Pelo que sei, minha mãe mora na Cornualha, e presumo que talvez minha irmã também. — Ele dá de ombros e pega sua taça de vinho. — Pentreath — diz.

Miller olha para ele, confuso.

— Tenho quase certeza de que ela mora em Pentreath.

— Ah — diz Miller. — Isso é ótimo, obrigado.

— De nada — responde ele. Então, esfrega as mãos e diz:
— Me faça outra pergunta! Me pergunte o que realmente aconteceu na noite em que todos morreram.

Miller dá um sorrisinho e diz:

— Está bem, o que realmente aconteceu, então? Na noite em que todos morreram?

Phin olha para os dois com uma expressão maliciosa, depois se inclina para falar bem na direção do microfone no celular de Miller.

— Para começar, não foi suicídio. Foi um assassinato.

37

CHELSEA, 1991

Phin ficou fora por uma semana. Eu não suportava a falta de sentido das coisas sem a sua presença. Quando ele estava em casa, qualquer ida até a cozinha era promissora, sempre havia a chance de encontrá-lo; todas as manhãs começavam com a ideia de um possível encontro. Sem ele, eu estava numa casa escura cheia de estranhos.

E então, uma semana depois, ouvi a porta da frente bater, vozes altas na entrada, e lá estava Phin, com Sally logo atrás, falando em um tom de voz urgente com David, que permanecia com os braços cruzados.

— Eu *não* disse para ele vir. Pelo amor de Deus. É a última coisa que eu faria. Já é ruim o suficiente que *eu* esteja abusando da hospitalidade de Toni. E ainda levar meu filho adolescente.

— Por que você não ligou? — David perguntou.

— Ele me disse que você sabia! Como é que eu ia adivinhar? E liguei agora, não foi?

— Achei que ele tinha sido morto. Nós estávamos muito preocupados.

— *Nós*? Que porra é essa de "nós"?

— Nós. Todos nós. E, por favor, não fale palavrão na nossa casa.

— Phin me disse que você bateu nele.

— Ah, eu não *bati* nele. Pelo amor de Deus. Foi um tapa.

— Você deu um tapa nele?

— Meu Deus, Sal, você não tem ideia, não tem a menor ideia do que é viver com esse garoto. Ele é mal-educado. Rouba coisas. Usa drogas. Desrespeita os outros moradores da casa...

Sally levanta a mão entre eles.

— Chega — disse. — Ele é adolescente. É um ótimo garoto, mas é adolescente. Faz parte.

— Talvez isso faça sentido na sua visão abominável de mundo. Mas o resto do mundo há de discordar. Não há desculpas para nada disso. Eu nunca sonharia em me comportar desse jeito quando tinha a idade dele. É diabólico.

Vi a mão de Sally apertar o ombro de Phin. Vi a expressão em seu rosto desmoronar. Então ela disse:

— Vou visitar um apartamento amanhã. Em Hammersmith. Com dois quartos. Podemos começar a compartilhar a guarda das crianças.

David parecia cético.

— Como vai pagar por isso?

— Estou trabalhando, estou economizando.

— Vamos ver. Mas, falando sério, não acho uma boa ideia Phin ficar com você. Você é muito mole com ele.

— Não sou mole, David, eu sou amorosa. Talvez você devesse tentar de vez em quando.

Sally ficou na casa por algumas horas. Aquele lugar tinha uma atmosfera tóxica. Birdie não saiu do quarto, mas dava para ouvi-la tossindo, suspirando e caminhando para chamar atenção. Quando Sally enfim foi embora, Birdie desceu correndo as escadas e se jogou nos braços de David, sussurrando, melodramática:

— Você está bem, meu amor?

David fez que sim, estoico:

— Estou bem.

E então, olhando diretamente para Phin, ele estreitou os olhos e disse as palavras que marcaram o começo do verdadeiro pesadelo.

Ele disse:

— As coisas vão mudar por aqui. Pode anotar.

A primeira coisa que mudou foi que passaram a trancar Phin no quarto sempre que David e Birdie não podiam monitorá-lo. De alguma maneira os adultos foram todos coniventes e tentavam nos convencer de que aquilo era normal, justificável e, inclusive, saudável. "É para o bem dele" era o mantra.

Ele tinha permissão de sair para tomar banho, mexer no jardim, ajudar na cozinha, ter aulas de violino, fazer as refeições e atividades físicas.

Nós já passávamos a maior parte do tempo livre nos nossos quartos mesmo, então, a princípio, não nos pareceu tão sinistro quanto parece agora, escrito assim. Pensando agora, é muito bizarro como as crianças acabam aceitando as situações mais absurdas. Mas ainda assim, lembrando disso neste momento, preto no branco, é bastante chocante.

Um dia, eu estava sentado na cama de pernas cruzadas, pouco depois de Phin ter voltado do passeio com a mãe. Estava lendo um livro que ele tinha me emprestado algumas semanas antes. Pulei de susto ao vê-lo, porque já era tarde da noite e imaginei que sua porta já estaria trancada para dormir.

— Como...? — comecei a falar.

— Justin me trouxe para o quarto depois do jantar — disse. — Esqueceu de trancar a porta meio de propósito.

— O bom e velho Justin — eu disse. — O que vai fazer? Não vai fugir, né?

— Não — respondeu ele. — Não faz sentido agora. Minha mãe vai se mudar para o apartamento dela na semana que vem, e vamos morar juntos. Toda essa merda vai acabar.

Senti como se ele tivesse me dado um soco. Minha voz falhou um pouco ao rebater:

— Mas e o seu pai... Ele vai deixar?

— Que se dane se ele vai deixar ou não. Faço dezesseis anos em dezembro. Quero morar com a minha mãe. Ele não pode fazer nada.

— E Clemency?

— Ela vai junto.

— Acha que seu pai e Birdie vão embora também? Depois que você e Clemency forem?

Ele soltou uma gargalhada cheia de malícia.

— É... Não. De jeito nenhum. Ele mora aqui agora. Está com os pés fincados. Tudo está do jeito que ele gosta.

Um breve silêncio se instala entre nós. Então Phin diz:

— Lembra aquela noite? Quando fomos para o telhado? E usamos ácido?

Concordo efusivamente. Como poderia esquecer?

— Sabe que tem outro, né? Ainda está aqui em cima.

— Outro...

— Papelzinho. Outro papel de ácido. O cara no Kensington Market me deu dois. Nós só tomamos um.

Por um momento, fico digerindo aquela informação.

— Está dizendo que...?

— Acho que sim. Olha, eles acham que estou trancado. As garotas estão dormindo. Ninguém vai vir aqui em cima agora. Você pode ir lá embaixo, dizer a todos que está indo dormir e pegar um copo de água. Eu espero aqui.

É claro que fiz exatamente o que ele mandou.

Pegamos um cobertor e vestimos suéteres. Subi primeiro pelo alçapão, Phin me passou a água e veio em seguida. Estávamos em julho, mas o ar estava úmido e frio. Phin achou o saquinho que tinha deixado num vaso de planta. Na verdade, eu não queria tomar. Tinha esperança de que tivesse perdido o efeito tóxico durante todos aqueles meses que ficou ali, sujeito às intempéries. Tinha esperança de que uma corrente de ar repentina o levasse para longe. Ou de que Phin guardasse e dissesse: "Não precisamos disso. Nós temos um ao outro."

Tiramos umas folhas secas das cadeiras e nos sentamos.

Phin colocou o papel na palma da mão.

O céu estava fantástico. Azul-royal, queimado de âmbar, com um toque cor-de-rosa. E ainda se duplicava no reflexo do rio. Ao fundo, a ponte de Battersea reluzia.

Vi que Phin olhava para o céu também. A sensação era diferente da última vez em que estivemos ali. Phin parecia diferente. Mais pensativo, menos rebelde.

— O que você acha que vai fazer da vida? — ele me perguntou. — Quando for adulto?

— Algo que tenha a ver com computadores — respondi. — Ou com filmes.

— As duas coisas, talvez? — sugeriu.

— Sim — concordei, alegre. — Posso fazer filmes com computadores.

— Legal.

— E você?

— Quero morar na África — disse ele. — Ser guia de safáris.

Eu dei uma risada.

— De onde você tirou isso?

— Nós fizemos um safári uma vez numa viagem. Eu tinha seis anos. Vimos dois hipopótamos transando. Isso é basicamente tudo que eu lembro. Mas também me lembro bastante do guia. Um cara inglês muito gente boa. O nome dele era Jason.

Noto uma pontada de saudade na voz dele nesse momento. Aquilo me fez sentir mais próximo a ele, de um jeito que eu não conseguia muito bem compreender.

— Eu me lembro de dizer aos meus pais que era aquilo o que eu queria fazer quando crescesse. Meu pai disse que eu nunca ganharia dinheiro levando turistas para lá e para cá numa Land Rover. Como se dinheiro fosse a única coisa que importasse...

Ele respirou fundo e olhou para a palma da mão.

— E então, vamos nessa?

— Só um pedacinho — respondi. — Um pedacinho bem pequeno.

As horas seguintes se desenrolaram como um lindo sonho. Ficamos olhando o céu até que todas as cores se reunissem para formar um breu. Conversamos muita coisa sem sentido sobre o significado da existência. Demos risada até soluçar.

A certa altura, Phin disse:

— Você vai ter que ir me visitar de vez em quando lá em Hammersmith. Vai ter que me visitar e ficar.

— Sim. Sim, por favor.

Em um dado momento, eu disse:

— O que você faria se eu te beijasse?

E Phin riu, riu e riu até começar a tossir sem parar. Ele estava curvado de tanto dar risada, feliz, e eu fiquei observando a cena com um sorriso, tentando compreender o que aquela reação significava.

— Não, sério — falei. — O que você faria?

— Eu empurraria você desse telhado — disse ele, ainda sorrindo. Depois afastou os dedos da mão e fez o som. — *Pá*.

Eu me obriguei a rir. Hahaha. Tão engraçado.

E então ele disse:

— Vem, vamos sair daqui.

— E para onde vamos?

— Vou te mostrar. Vem.

E eu o segui. Idiota, como o garoto idiota que eu era. Fui atrás dele de volta para o sótão, depois saímos por uma janela e descemos pela lateral da casa num ato de pura insanidade induzida pelo deslumbramento e pelo pavor.

— O que você está fazendo? — eu perguntava, as unhas enfiadas nos tijolos, as calças rasgando nos blocos de concreto. — O que estamos fazendo?

— É o meu caminho secreto! — disse ele, olhando para mim de um modo selvagem. — Vamos para o rio! Ninguém vai saber!

Quando enfim aterrissamos na grama, eu estava sangrando em três lugares diferentes, mas nem ligava. Fui atrás dele andando pela escuridão até um portão que eu nem fazia ideia de que existia, nos fundos do nosso jardim. De repente, como se fosse no reino de Nárnia, estávamos no jardim de outra pessoa, e Phin pegou minha mão e me guiou por cerca de dois quarteirões sob o brilho mágico de Chelsea Embankment, atravessando quatro pistas de trânsito, até a beira do rio. Ali, ele soltou minha mão. Por um momento, ficamos parados, lado a lado, e olhamos para as luzes douradas e prateadas que serpenteavam na superfície da água. Fiquei olhando para Phin, que parecia mais lindo do que nunca naquela escuridão com luzes em movimento.

— Para de me encarar — disse ele.

Continuei o encarando ainda mais.

— Estou falando sério. Para de me encarar.

Mas eu continuei.

Então ele me empurrou, com as duas mãos, me empurrou com força naquela água escura. E de repente eu estava debaixo da água, meu ouvido cheio de bolhas que faziam eco, minhas roupas pesadas e grudadas na pele, e eu tentei gritar, mas engoli água, e minhas mãos tentaram alcançar a borda do rio, minhas pernas se debatendo contra aquele espesso nada. Meus olhos se abriram e eu vi rostos: uma constelação de faces escuras em volta do meu, e eu tentava falar com eles, pedir ajuda, mas todos se afastavam, e então eu estava subindo, uma dor irradiando pelo meu pulso, o rosto de Phin acima de mim, me puxando pelos degraus de pedra até a margem.

— Seu maluco — disse ele, e riu, como se eu tivesse escolhido cair dentro do Tâmisa, como se fosse tudo uma grande piada.

Eu o empurrei para longe.

— Seu filho da puta imbecil! — gritei, minha voz estridente. — Seu filho da puta imbecil!

Passei correndo por ele, atravessei as quatro pistas de trânsito e ouvi alguém buzinando para mim, até chegar em casa.

Phin veio correndo atrás e me alcançou na porta, sem fôlego.

— Que porra é essa que você está fazendo?

Eu deveria ter parado ali, realmente deveria. Deveria ter respirado fundo, avaliado a situação e tomado uma decisão diferente. Mas estava tão tomado pela raiva, não apenas por ter sido empurrado naquele rio gelado e imundo, mas por todos aqueles anos em que Phin me tratou naquele morde e assopra, me dando migalhas de atenção quando era de seu interesse e me ignorando completamente quando não era. Olhei para ele, que estava seco e lindo enquanto eu estava molhado e horroroso, então me virei e apertei a campainha com força.

Ele me encarou. Dava para ver que estava tentando decidir se ficava ou se corria. Mas um segundo depois a porta se abriu, e era David. Ele olhou para mim, depois para Phin, repetidamente. Seus ombros levantaram, sua boca se contraiu, e ele parecia um animal enjaulado prestes a atacar. Então disse, com a voz grave e vagarosa:

— Entrem agora.

Phin se virou e começou a correr, mas seu pai era mais alto e mais atlético, então antes mesmo de Phin conseguir virar a esquina, David o alcançou e o derrubou na calçada. Fiquei olhando com o queixo levantado, na defensiva, os dentes batendo, os braços enrolados em volta do corpo.

Minha mãe apareceu na porta.

— O que está acontecendo? — perguntou, olhando por cima de mim. — O que vocês estavam fazendo?

— Phin me empurrou no rio — murmurei, tilintando.

— Meu Deus — disse ela, me puxando para dentro de casa. — Meu Deus. Entre. Tire essas roupas. Como assim...?

Não fui tirar a roupa. Fiquei parado olhando enquanto David arrastava o filho crescido pela calçada, como uma presa recém-capturada.

"Agora já era, então", pensei comigo mesmo. "Agora já era."

38

Na quarta pela manhã, depois de duas noites em uma pousada bem simples e de uma travessia agitada pelo restante do Canal da Mancha, Lucy aluga um carro em Portsmouth e eles começam a viagem até Londres.

Era inverno quando ela deixou a Inglaterra e, em sua mente, está sempre frio por lá, as árvores estão sempre nuas, as pessoas sempre muito agasalhadas. Mas a Inglaterra está no auge de um verão longo e quente, e as ruas estão apinhadas de pessoas felizes e bronzeadas, usando shorts e óculos escuros, as calçadas cobertas de mesas, as fontes lotadas de crianças e cadeiras de vime nas portas dos estabelecimentos.

Stella olha pela janela do banco de trás do carro, com Fitz no colo.

Ela nunca tinha saído da França. Nunca tinha saído da Côte d'Azur. Viveu a vida toda nas ruas de Nice, entre a Blue House, o apartamento de *mémé* e a escola.

— O que achou da Inglaterra, hein? — pergunta Lucy, olhando para ela pelo retrovisor.

— Gostei — responde Stella. — Tem cores bonitas.

— Ah, é? Cores bonitas?

— Sim. As árvores são hiperverdes.

Lucy sorri e Marco lhe orienta sobre a entrada para a autoestrada com o aplicativo do Google Maps.

Três horas depois, Londres começa a aparecer em flashes de ruas decadentes.

Ela vê Marco se virar para a janela na expectativa de ver o Big Ben e o Palácio de Buckingham, mas ele acaba encontrando só lanchonetes Dixie Fried Chicken e lojas de eletrodomésticos usados.

Finalmente eles cruzam o rio, e o dia está maravilhoso e ensolarado: o rio reluz com os pequenos diamantes formados pelos raios do sol; as casas de Cheyne Walk brilham.

— Aqui estamos — diz ela para Marco. — Esta é a casa.

— Qual delas? — pergunta ele, levemente sem fôlego.

— Ali — responde Lucy, apontando para o número dezesseis. Sua voz está calma, mas seu coração acelera com uma pontada de dor ao vislumbrar o lugar.

— Aquela com a tábua? Aquela ali?

— Isso — diz ela, espiando a casa e ao mesmo tempo procurando um lugar para estacionar.

— É grande — diz ele.

— Sim, com certeza.

Mas, estranhamente, a casa lhe parece menor agora, vendo com olhos de adulta. Quando criança, pensava que era uma mansão. Agora percebe que é apenas uma casa. Muito bonita, mas, ainda assim, só uma casa.

Lucy logo nota que não há nenhum lugar para estacionar por perto, e eles vão parar lá do outro lado da King's Road, numa área de World's End onde é preciso baixar um aplicativo de estacionamento no celular.

Faz trinta graus, tão quente quanto no sul da França.

Quando chegam à casa, estão todos suando e o cachorro está exausto.

A tábua de madeira está trancada com cadeado. Eles ficam parados em fila e examinam a casa.

— Tem certeza de que é a casa certa? — pergunta Marco. — Como é que alguém mora aqui?

— Ninguém está morando aqui agora — diz ela. — Mas vamos entrar e esperar os outros chegarem.

— Mas como vamos entrar?

Lucy respira fundo e responde:

— Venham comigo.

39

Libby acorda na manhã seguinte com um raio de sol em seu rosto. Ela estica a mão até o chão debaixo da cama, depois por cima da mesa de cabeceira, tateando pelo celular.

Não está lá.

A noite anterior parece meio nebulosa e confusa. Ela se senta rapidamente e dá uma olhada no quarto. É todo branco, e ela está numa cama de madeira bem baixa, com um colchão enorme. E Miller também está lá.

Num gesto automático, ela puxa o lençol para cobrir o peito, mas percebe que está vestida; está usando a mesma blusa da noite anterior e sua calcinha. Ela se lembra vagamente de tirar o short quando Miller estava no banheiro e se enfiar debaixo das cobertas. Ela se lembra vagamente de lavar a boca com pasta de dente e ainda sente um pouco da pasta neles. Ela se lembra vagamente de várias coisas.

Está no apartamento de Phin.

Está na cama com Miller.

Ambos estão vestidos e deitados em posições invertidas.

Na noite anterior, Phin serviu taças e mais taças de vinho para eles. E insistiu tanto que dormissem lá que chegou a ficar estranho.

— Não vão embora — disse ele. — Por favor. Acabei de encontrar você. Não quero te perder novamente.

E ela dissera:

— Você não vai me perder. Somos praticamente vizinhos agora. Olha só! — E apontou para a fileira de casas nobres do outro lado do rio, onde ficava o número dezesseis.

— Por favor — insistiu ele, os longos cílios tocando as sobrancelhas perfeitamente aparadas. — É muito melhor do que dormir naqueles colchonetes velhos e imundos. Vamos, eu faço um café da manhã delicioso! Tenho abacate. É disso que vocês, millennials, gostam, não é?

— Eu prefiro ovos — respondeu Miller.

— E você é mesmo millennial? — perguntou Phin com os olhos semicerrados, meio sacana.

— Por pouco — disse Miller. — Mas perdi a moda do abacate.

Agora, Libby olha para o relógio na mesa de cabeceira e conclui que, se sair em oito minutos, ainda consegue chegar ao trabalho às nove. O que já é meio tarde para ela, mas daria para atender os telefonemas e receber os clientes.

Ela veste o short e se esgueira para fora da cama baixa.

Miller se mexe.

Ela olha para ele.

Vê algo que deve ser uma tatuagem em seu braço, onde a manga da camiseta se levantou um pouco. Ela não suporta tatuagens. E isso torna um pouco difícil arranjar alguém para um encontro. Mas ele parece fofo, e ela não consegue parar de olhar. Gentil e cativante.

Libby interrompe a contemplação do sono de Miller e segue, pé ante pé, até o banheiro da suíte, do qual ela tem uma vaga lembrança de ter usado no fim da noite. Ela se olha no espelho: até que está digna. A escova feita no cabelo na manhã anterior sobreviveu às aventuras que vieram depois. Ela escova novamente os dentes e faz um gargarejo com água. Prende o cabelo num rabo de cavalo e encontra um desodorante no armário do banheiro.

Quando volta para o quarto, Miller está acordado.

Ele sorri para ela.

— Bom dia — diz, e se espreguiça com os braços esticados acima da cabeça, dando a ela a visão completa da tatuagem. Parece ser algo celta. Podia ser pior.

— Estou indo — diz ela, pegando a bolsa.

— Indo para onde?

— Trabalhar.

— Meu Deus, sério mesmo? Não acha que sua chefe te daria a manhã de folga?

Ela para. É claro que a chefe lhe daria a manhã de folga. Mas com Libby não é assim. Ela fica irritada só de pensar nisso.

— Não — responde ela. — Eu quero ir para o trabalho. Tenho um dia cheio. Várias reuniões com clientes.

— Não quer deixar as pessoas na mão?

— Não quero deixar as pessoas na mão.

— Bem — diz ele, afastando o lençol e revelando uma cueca samba-canção azul e vermelha, além de pernas grossas de jogador de rúgbi. — Me dá trinta segundos que vou com você.

— Não sei onde está meu celular, você sabe? — pergunta ela.

— Não tenho ideia — diz ele, se arrastando para fora da cama e vestindo a calça.

O cabelo dele está uma zona. A barba, também. Ela abre um sorriso.

— Você vai, tipo, dar uma olhada no espelho?

— Preciso? — Ele parece confuso.

Ela pensa no horário e diz:

— Não. Você está ótimo. Vamos encontrar nossos celulares e dar o fora daqui.

Ela põe a mão na maçaneta e empurra. A porta não abre. Empurra novamente. De novo, não abre. Empurra outras quatro vezes.

Então ela se vira para Miller.

— Está trancada.

40

CHELSEA, 1991

David manteve Phin preso no quarto por uma semana depois da noite em que ele me empurrou no rio. Uma semana inteira. De certa forma fiquei satisfeito, porque não tinha coragem de olhar na cara dele. Ele tinha me empurrado no rio, mas o que eu tinha feito era mil vezes pior.

Mas no geral eu só sofri. Sofri com remorso, com arrependimento, com fúria, com impotência, com saudade dele. As refeições de Phin eram levadas até ele no quarto, e ele tinha direito a duas saídas para ir ao banheiro, com o pai de guarda na porta, os braços cruzados como um segurança malvado.

O clima na casa naqueles dias era pesado e impossível de decifrar. Tudo emanava de David. Ele irradiava uma energia péssima, e todo mundo evitava irritá-lo ainda mais, inclusive eu.

Numa tarde, durante o período de prisão de Phin, sentei com Justin para organizar algumas ervas. Olhei para cima, na direção da janela de Phin.

— Você não acha ruim que David esteja prendendo Phin dessa maneira? — perguntei.

Ele deu de ombros.

— Ele podia ter matado você, cara. Você podia ter morrido.

— É, eu sei. Mas não matou. Eu não morri. É muito... *errado*.

— É, bem, provavelmente eu não resolveria as coisas desse jeito, mas eu não sou pai, não sei como é ter filhos. Acho que David está só fazendo o "trabalho" dele. — Ele fez aspas com os dedos ao dizer essa palavra.

— Trabalho? Como assim?

— Sabe como é, ter controle total sobre absolutamente tudo.

— Eu odeio ele — disse, e minha voz falhou inesperadamente.

— É, bem, somos dois.

— Por que você não vai embora?

Ele deu uma olhada na minha direção e depois para a porta dos fundos.

— Eu pretendo — sussurrou. — Mas não conte a ninguém, está bem?

Fiz que sim com a cabeça.

— Tem um pequeno sítio no País de Gales. Uma mulher que conheci no mercado local que me falou. Estão procurando alguém para montar um jardim de ervas. Seria como aqui, de graça, com lugar para morar e tudo mais. Mas sem tiranos que gostam de exibir sua macheza. — Ele revirou os olhos na direção da casa.

Sorri. *Tiranos que gostam de exibir sua macheza*. Gostei.

— Quando você vai?

— Em breve. Em breve mesmo. — Ele olhou para mim de repente. — Quer vir junto?

Pisquei.

— Para o País de Gales?

— Isso, para o País de Gales. Pode continuar sendo meu aprendiz.

— Mas só tenho catorze anos.

Ele não disse nada, só assentiu e continuou amarrando as ervas.

Foi apenas um pouco depois que compreendi o significado do que ele estava me dizendo. Ele não me convidou para o País de Gales para ser seu aprendiz; não me convidou porque precisava de mim. Ele me convidou porque achou que eu estaria mais seguro lá do que na minha própria casa.

Justin desapareceu dois dias depois. Saiu sem aviso e tão cedo que nem David tinha acordado ainda. Depois de já ter aprendido minha lição sobre dedurar as pessoas com o caso de Phin, não contei a ninguém sobre o sítio galês. Tive a impressão de que ele não queria que ninguém soubesse para onde estava indo. Fui até o quarto dele mais tarde. Ele tinha chegado com muito pouco e foi embora com menos ainda. Fui até o parapeito da janela, onde todos os seus livros estavam empilhados.

O livro moderno de bruxaria e feitiços
Wicca para iniciantes
O livro Wicca dos feitiços com ervas

Tive certeza de que ele tinha deixado aquilo para mim de propósito.

Olhei para o corredor, conferi se não havia ninguém por perto e escondi os livros debaixo do suéter.

Estava prestes a correr de volta para o meu quarto quando algo na mesa de cabeceira me chamou a atenção. Algo pequeno e peludo. A princípio achei que fosse um rato morto, mas depois vi que era um pé de coelho preso a uma correntinha. Eu tinha uma vaga ideia de que aquilo servia para dar sorte, como trevos de quatro folhas. Enfiei rapidamente no bolso e corri para o quarto, onde escondi tudo debaixo do colchão.

*

Sempre esperei ter notícias de Justin novamente.

Depois que os corpos foram descobertos, a polícia começou a investigar as mortes e tentar encontrar as "crianças tragicamente desaparecidas" dos Lamb. Esperei que Justin de repente aparecesse no noticiário das seis dando entrevista sobre sua estadia na casa, sobre como David Thomsen mantinha o filho adolescente preso no quarto e dizia a todos o que comer, o que vestir, aonde podiam ir ou não.

Desde então, procurei Justin no Google muitas e muitas vezes, mas nunca encontrei nenhuma pista, nada. Imagino que ou ele morreu, ou se mudou para algum país remoto e obscuro, ou soube o que aconteceu conosco, mas decidiu se manter em silêncio e não se envolver. Qualquer que fosse a explicação, no fundo fiquei aliviado. Mas, quando ele foi embora, senti sua falta. Não gostei dele de cara, mas ele acabou se tornando o menor dos meus problemas.

Meses se passaram. O verão se transformou em inverno. Eu assumi o jardim de ervas de Justin e David me incentivou, já que era uma atividade alinhada com sua ideologia. As crianças deviam trabalhar duro em algo que fosse saudável e virtuoso. Não deviam aprender habilidades que talvez lhe atraíssem para a armadilha diabólica do capitalismo. Ele não tinha conhecimento dos livros que eu mantinha debaixo da cama e nem da habilidade bem específica que eu vinha desenvolvendo. Toda noite eu trazia para quem estivesse cozinhando um punhado de hortelã e manjericão frescos, ganhava um tapinha nas costas e uma palavra de aprovação. Birdie até me liberou um banho extra numa noite, quando me viu na chuva cobrindo umas mudas novas e mais delicadas.

— Você está fazendo um bom trabalho — disse ela, me entregando uma toalha quando subi as escadas. — David está muito satisfeito com você.

David está muito satisfeito com você.

Eu queria dar uma mordida nela, como um cachorro.

Como era de se esperar, Sally não tinha conseguido o apartamento em Hammersmith, ainda estava dormindo em um sofá em Brixton, e agora falava em se mudar para a Cornualha.

Numa noite, ela chegou três horas atrasada com Phin e Clemency a tiracolo; tinha os levado para uma festa à tarde, onde claramente bebeu além da conta. Eu já tinha visto adultos bêbados antes, muitas vezes, quando meus pais ainda eram sociáveis e davam festas todo fim de semana. Mas acho que nunca tinha visto alguém tão bêbado quando Sally naquela noite.

— Não é possível que você ainda acredite que alguém deixaria essas crianças morarem com você. — Ouvi David dizer, a voz tensa e raivosa. — Olha o seu estado.

— Você! — disse Sally. — Como se você pudesse falar alguma coisa, né? Olha o seu estado! Quem você pensa que é? Você é patético. Patético. Você e aquela mulher feia. E só Deus sabe quem mais você está comendo. Só Deus sabe.

Vi David tentando arrastar Sally à força até a porta. Dava para perceber o quanto ele queria bater nela e estava fazendo o maior esforço possível para evitar.

Mas então minha mãe apareceu.

— Vou fazer um café para você — disse ela, tocando o cotovelo de Sally e lançando um olhar de advertência para David. — Vamos. Vamos melhorar essa situação.

Fingi que não estava sabendo do drama e apareci na cozinha segundos depois.

— Só vou pegar uma água — disse, embora ninguém estivesse se importando muito. Fingi que tinha saído da cozinha, mas fiquei escondido atrás da porta da despensa.

Sally estava chorando baixinho, segurando um lenço de papel contra o rosto.

— Por favor, mantenha eles seguros. Mantenha eles seguros para mim. Não sei se algum dia vou conseguir... — O resto das palavras foi abafado pelo som de um barco buzinando lá fora. — Estou tão preocupada. Phin me contou que fica preso no quarto. Ele reconhece que, sim, fez uma coisa errada. Meu Deus, eu sei, Henry podia ter morrido. Mas é tão... insensível. Não é? Trancar uma criança assim? Ele é um homem muito insensível...

— Você sabe como David é — respondeu minha mãe. — É o jeito dele de manter as coisas em ordem. Ele nos salvou, Sally. De verdade. Antes de David chegar, eu não via sentido em viver nem mais um dia. Mas agora acordo feliz em estar viva. Feliz comigo mesma. Não estou tirando nada no planeta. Não estou saqueando a terra. Não estou contribuindo para o aquecimento global. Meus filhos não vão terminar como executivos sentados atrás de mesas de vidro tirando dinheiro dos pobres. Eu só queria que David tivesse aparecido na nossa vida anos antes.

41

Libby bate na porta com o punho cerrado. Miller repete o gesto. É uma porta rígida corta-fogo. Ele vai até a janela para ver se é possível escapar por ali, mas está fechada e, de qualquer forma, só daria acesso a uma queda de dez andares.

Eles vasculham o quarto em busca dos celulares, mas não os encontram.

Depois de meia hora, desistem de bater na porta e se sentam no chão, derrotados, encostados ao pé da cama.

— E agora? — pergunta Libby.

— Vamos esperar mais meia hora e então eu tento arrombar a porta.

— Por que não tenta arrombar agora?

— Não sou tão forte quanto pareço, sabe? Tenho uma lesão nas costas há muitos anos. Preciso tomar cuidado.

— Dez minutos, então — diz ela.

— Está bem, dez minutos.

— O que você acha que ele está aprontando? — pergunta ela.

— Não faço a menor ideia.

— Acha que ele vai matar a gente?

— Ah, duvido muito.

— Então por que ele nos trancou aqui?

— Sem querer, talvez?

Libby olha para ele, sem acreditar.

— Você não acredita mesmo nisso, né?

O relógio na cabeceira da cama indica que são 7h37 da manhã. Ela ainda está tentando calcular que horas vai conseguir chegar ao trabalho quando os dois ouvem o barulho de uma porta batendo. Depois ouvem uma voz. É a voz de Phin, e ele está falando com um dos gatos. Ouvem barulhos de beijinhos. Os dois se levantam e começam a bater na porta do quarto novamente.

Um segundo depois, a porta se abre e Phin está olhando para eles.

— Ai, meu Deus — diz ele, levando a mão até a boca. — Ai, meu Deus, me desculpem. Eu sou sonâmbulo e tenho uma mania horrível. Já entrei no quarto das visitas outras vezes, inclusive tentei deitar na cama com elas. Então tranquei vocês antes de dormir. E aí acordei hoje de manhã muito cedo e decidi sair para correr. Esqueci completamente de vocês. Me desculpem mesmo. Venham, venham. Vamos tomar café.

— Não posso tomar café. Estou atrasada para o trabalho.

— Ah, liga para eles, conta o que aconteceu. Tenho certeza de que vão entender. Vamos. Tenho suco de laranja fresco e tudo. Está um lindo dia de novo. Podemos comer no terraço. Por favor.

Ele está fazendo aquilo novamente, implorando, como na noite anterior. Libby se sente numa armadilha.

— Por que não nos disse ontem à noite? Que ia trancar a porta? Ou por que não nos disse para trancar por dentro? — pergunta Libby.

— Era muito tarde — responde ele. — Eu estava muito bêbado e minha cabeça não estava funcionando direito.

— Você nos assustou de verdade, viu? Eu estava com medo. — Libby sente sua voz falhar, a tensão daqueles últimos momentos começando a se dissipar.

— Por favor, me perdoe — diz ele. — Sou um idiota. Não estava pensando direito. Vocês tinham ido dormir e eu não queria acordá-los. Simplesmente tranquei. Sem pensar muito. Vamos. Vamos comer alguma coisa.

Ela e Miller trocam olhares. Dá para ver que ele quer ficar. Ela assente.

— Está bem, mas rapidinho. E, Phin?

Ele olha para ela, simpático.

— Onde estão nossos celulares?

— Ué — diz ele. — Não estão no quarto?

— Não — responde ela. — Nenhum dos dois.

— Bem, vocês devem ter deixado do lado de fora ontem à noite. Vamos procurar.

Eles vão atrás dele pelo corredor, de volta para a sala de estar em conceito aberto.

— Ah — diz ele, tranquilamente. — Aqui estão. Vocês deixaram carregando na cozinha. Nós devíamos estar extremamente bêbados ontem à noite para fazer essa bagunça. Vão lá sentar no terraço. Vou levar o café da manhã para vocês.

Eles se sentam lado a lado no sofá. O sol está brilhando do outro lado do rio, iluminando as janelas das casas de Cheyne Walk.

Ela sente Miller se aproximar.

— Isso não me convence — sussurra no ouvido dela. — Não estou acreditando nesse papo de "eu estava tão bêbado que tranquei vocês no quarto sem avisar". E também não acreditei nessa história do celular. Eu estava bêbado ontem à noite, mas me lembro do meu celular estar na minha mão quando fui para a cama. Isso tem cheiro de golpe.

Libby concorda com a cabeça.

— Eu sei — diz ela. — Alguma coisa não se encaixa.

Ela liga o celular e telefona para Dido. Cai direto na caixa postal.

— É uma longa história — diz ela. — Mas ainda estou aqui em Chelsea. Pode pedir para a Claire fazer a reunião com os Morgan quando chegarem às dez? Ela tem todos os detalhes. E os orçamentos atualizados estão no sistema. Só precisa imprimir. E vou chegar para a reunião seguinte. Prometo. Mil desculpas, eu explico tudo quando estiver aí. E se eu não tiver chegado às dez e meia, me ligue. E se eu não atender... — Ela olha para trás e vê Phin atrás do balcão da cozinha, cortando pão. — Estou em Battersea, num condomínio bem em frente à casa. Está bem? Não sei qual é o número, mas estou no décimo andar. Te vejo em breve. Me desculpe. Tchau.

Ela desliga e olha para Miller, que devolve seu olhar e dá um sorriso gentil.

— Não vou deixar nada de ruim acontecer com você. Você vai chegar ao trabalho para sua próxima reunião, garanto. Viva. Está bem?

Uma onda de afeto percorre o corpo de Libby. Ela sorri e assente.

Phin aparece com uma bandeja e a coloca diante deles. Ovos mexidos, abacate amassado com sementes, torradas de pão integral, um tablete de manteiga fresca e uma jarra de suco de laranja gelado.

— Não parece maravilhoso? — diz ele, distribuindo os pratos.

— Parece incrível — diz Miller, esfregando as mãos e colocando torradas no prato.

— Querem café? — oferece Phin. — Chá?

Libby pede café, depois adiciona o leite que está numa jarra. Pega uma torrada, mas acha que perdeu o apetite.

Ela volta o olhar para Phin. Quer perguntar sobre uma história que ele contou ontem à noite, mas não consegue lembrar exatamente o que era; fica tudo meio embaralhado. Tinha algo a ver com uma mulher chamada Birdie, que tocava violino. Algo a ver com um gato. Algo a ver com uma lista de regras e um sacrifício pagão e uma coisa muito, muito ruim relacionada a Henry. Mas é tudo tão vago que, ela pensa, é quase como se ele não tivesse contado nada. Em vez disso, pergunta:

— Você tem alguma foto de vocês todos quando eram crianças?

— Não — responde ele, quase se desculpando. — Nenhuma. Não tinha mais nada na casa quando fomos embora, lembra? Meu pai vendeu absolutamente tudo. E o que ele não vendeu, doou para lojas de caridade. Mas... — Ele para. — Você se lembra de uma música dos anos 1980 chamada... Não, claro que não vai se lembrar, você é muito nova. Mas tinha uma música de uma banda chamada Original Version que ficou em primeiro lugar nas paradas durante várias semanas no verão antes de irmos morar na casa. Birdie, a mulher de quem falei ontem à noite, fazia parte dessa banda. Birdie e Justin. E o clipe foi filmado em Cheyne Walk. Quer assistir?

Libby tem um sobressalto. Tirando a foto dos pais vestidos com roupas de festa na matéria de Miller no *Guardian*, isso vai ser o mais perto que ela vai chegar de ter uma noção de como era o lugar onde nasceu.

Eles vão para a sala e Phin conecta o celular numa televisão enorme de LCD. Faz uma busca no YouTube e aperta o play.

Libby reconhece a canção imediatamente. Nunca soube qual era o nome ou quem cantava, mas conhece a música muito bem.

O clipe começa com a banda tocando diante do rio. Estão todos vestidos de forma parecida, com roupas de tweed, suspensórios, chapéus e coturnos. Há vários membros, talvez uns dez, e dois deles são mulheres, uma tocando violino e a outra, algum tipo de tambor.

— Ali — diz Phin, pausando o vídeo e apontando para a tela. — Essa é a Birdie. Essa com cabelo comprido.

Libby fica olhando para a mulher na tela. Uma coisinha esquelética, séria e quase sem queixo. Segura o violino com força sob o rosto e olha para a câmera como se fosse uma rainha.

— Essa é a Birdie? — pergunta ela. Não consegue imaginar essa mulher frágil e totalmente comum como a sádica que comandava uma casa com tanta crueldade e cometendo abusos.

Phin assente.

— Isso. Aquela escrota detestável.

Ele aperta o play novamente e a banda agora está dentro da casa, uma casa exuberante e gloriosa, cheia de quadros e móveis extravagantes, tronos de veludo vermelho, espadas reluzentes e painéis de madeira polidos, cortinas elegantes, cabeças de alces, raposas empalhadas e lustres reluzentes. A câmera segue a banda enquanto eles caminham pela casa com os instrumentos, posam numa escadaria esculpida, saem em disparada por corredores de madeira, brincam de duelo com as espadas, posam com um capacete de cavaleiro, montam sobre o canhão na frente da casa e em frente a uma enorme lareira de pedra, cheia de troncos queimando.

— Meu Deus — diz Libby. — Era tão linda.

— É — diz Phin, irônico. — Não era? E aquela escrota e meu pai foram destruindo tudo sistematicamente.

O olhar de Libby se volta para a imagem na tela da televisão. Dez pessoas jovens, uma casa cheia de vida, dinheiro, energia e calor.

— Eu não entendo — diz ela, em voz baixa. — Como tudo acabou daquele jeito.

42

O sol do início da tarde aquece a pele de Lucy, das crianças e do cachorro, e eles caminham até dobrar a esquina que dá acesso ao quarteirão de casas que ficam atrás do número dezesseis da Cheyne Walk. Caminham rápido na ponta dos pés pelo jardim comunitário até o portão de madeira decadente nos fundos, e ela faz um gesto para que as crianças fiquem em silêncio ao passar pela área das árvores até chegar à grama ressecada pelo verão longo e quente.

Ela fica surpresa ao notar que a porta dos fundos da casa está destrancada. Um dos painéis de vidro está quebrado, e parece recente. Sente um arrepio correr pela espinha.

Lucy enfia a mão pelo buraco do vidro quebrado e gira a maçaneta por dentro. A porta se abre e ela suspira de alívio por não precisar escalar a lateral da casa para entrar pelo telhado.

— É assustador aqui — diz Stella, seguindo Lucy pela casa.

— É — concorda Lucy. — Um pouquinho, sim.

— Achei incrível — opina Marco enquanto passa a mão em um aquecedor e olha ao redor do cômodo.

Ao mostrar a casa para as crianças, Lucy tem a impressão de que nenhum grão de poeira ou teia de aranha se moveu desde a última vez em que esteve ali. Parece que tudo ficou parado no tempo, esperando seu retorno. O cheiro, embora um tanto bolorento, também é assustadoramente familiar. O modo como a luz entra nos cômodos escuros, o som de seu caminhar no piso de tábua corrida, as sombras nas paredes. É tudo exatamente igual. Ela percorre as superfícies com a ponta dos dedos enquanto caminham pela casa. Em apenas uma semana, ela revisitou as duas residências mais importantes de sua vida, Antibes e Chelsea, os dois lugares onde foi maltratada, onde foi destruída, de onde foi obrigada a fugir. Ela carrega o peso de tudo isso no coração.

Depois da visita pela casa, eles se sentam no jardim. As sombras formadas pelas plantas que cresceram demais deixam tudo mais fresco.

Lucy olha para Marco, que mexe no jardim com um galho. Ele usa uma camiseta preta e, por um breve momento, ela enxerga Henry ali, cuidando de suas ervas. Quase se levanta para ir até lá e conferir seu rosto. Mas então ela se lembra: Henry é um homem agora. Não é mais um garoto.

Ela tenta imaginar como Henry está, mas não consegue. Só consegue enxergá-lo do mesmo jeito que o viu da última vez em que estiveram todos juntos, de boca aberta, incrédulo diante do que acontecera, a luz de velas tremeluzindo sobre suas bochechas, seu silêncio aterrorizante.

— O que é isso? — pergunta Marco.

Lucy coloca a palma da mão sobre a testa e semicerra os olhos para ver o outro lado do jardim.

— Ah — diz ela, se levantando e andando na direção dele. — É um antigo jardim de ervas. Uma das pessoas que morava aqui cultivava ervas medicinais.

Ele para, apoia o galho no chão como um bastão entre as pernas e olha para os fundos da casa.

— O que aconteceu aqui? — pergunta ele.

— Como assim?

— Dá para perceber que tem alguma coisa. O jeito como você está desde que chegamos. Suas mãos estão tremendo. E você sempre disse que sua tia levou você para a França porque era órfã. Mas estou começado a achar que algo bem ruim deve ter acontecido para ela ter te levado. E acho que aconteceu aqui.

— Falamos sobre isso mais tarde — responde ela. — É uma longa história.

— Onde estão seus pais? — indaga ele, e Lucy percebe que trazer Marco ali foi o pontapé inicial para que ele perguntasse tudo que ele nunca pensou em perguntar. — Onde estão enterrados?

Ela solta um suspiro e dá um sorriso de leve.

— Eu não sei. Não tenho a menor ideia.

Lucy costumava escrever tudo, o tempo inteiro, quando era mais nova. Tinha comprado um caderno pautado e uma caneta, e se sentava em qualquer lugar para escrever sem parar. Fluxos e mais fluxos de consciência. Phin amarrado a um cano em seu quarto, os adultos mortos, a van esperando na escuridão com o motor ligado, a longa viagem durante a noite, o silêncio das pessoas em choque, e depois a espera, a espera por algo que aconteceria e nunca aconteceu. Agora, vinte e quatro anos depois, ela ainda está esperando acontecer, e está tão perto que já consegue sentir o cheiro no ar.

Era essa a história que ela escrevia inúmeras vezes. Escrevia e em seguida arrancava as páginas do caderno, amassava e jogava no lixo, no mar ou em outro lugar qualquer. Ela as queimava, molhava ou picava em pedaços. Mas precisava escrever para que aquilo se tornasse uma história no papel, e não a verdade sobre a sua vida.

E durante todo esse tempo, a verdade ficou martelando seus nervos, comprimida entre os músculos do abdômen, batendo em seu coração como se fosse um tambor, perturbando seus sonhos, deixando-a enjoada quando estava acordada e impedindo-a de dormir quando fechava os olhos à noite.

Ela sempre soube que a única coisa que a faria voltar a Londres, a esse lugar onde tantas coisas horríveis aconteceram, era o bebê.

Mas onde está ela? Ela já esteve aqui, isso é um fato. Há evidências de que alguém esteve na casa recentemente. Há bebidas na geladeira, copos usados na pia, o buraco na porta dos fundos.

Agora, ela só precisa esperar o bebê voltar.

43

CHELSEA, 1992

O que aconteceu em seguida foi que minha mãe engravidou.

Bem, obviamente o bebê não era do meu pai. Meu pai mal conseguia se levantar da cadeira. E quando foi feito o anúncio, eu nem me surpreendi tanto, por incrível que pareça. Porque a essa altura já estava terrivelmente claro para mim que minha mãe tinha uma obsessão por David.

Eu tinha visto desde a primeira noite em que ele chegou como ela se retraía na sua presença, e soube desde então que era porque se sentia atraída por ele. E eu tinha visto aquela atração inicial se transformar em paixão conforme meu pai foi ficando mais fraco e a influência de David, mais forte. Dava para ver que minha mãe estava totalmente caída por ele, que estava disposta a sacrificar qualquer coisa por David e por sua aprovação, inclusive a própria família.

Mas depois notei algumas outras coisas também.

Ouvia portas abrindo e fechando tarde da noite. Via minha mãe ficar corada, sentia alguns momentos carregados de tensão, ouvia coisas sendo sussurradas, sentia o cheiro dele no cabelo dela. Eu via Birdie olhar para minha mãe com uma expressão vigilante, os olhos de David passeando por partes do corpo da minha mãe que não lhe diziam respeito. O que quer que estivesse acontecendo entre minha mãe e David era algo selvagem e vigoroso, e estava se alastrando por toda a casa.

O anúncio foi feito da mesma maneira que todos os anúncios, na mesa de jantar. Foi David quem comunicou, é claro, e enquanto falava, estava sentado entre Birdie e minha mãe, segurando a mão de cada uma. Dava quase para ver o orgulho correndo sob sua pele. Estava tão satisfeito consigo mesmo. Que cara de pau. Dois coelhos de uma vez só e agora ainda tinha um bebê no forninho. Que. Cara. De. Pau.

Minha irmã imediatamente caiu no choro; Clemency saiu correndo da mesa e a ouvimos vomitar no banheiro perto da porta dos fundos.

Olhei para minha mãe completamente horrorizado. Embora não estivesse surpreso com a situação em si, o fato de ela ter permitido um anúncio tão público, tão feliz assim, me surpreendeu. Não consigo acreditar que ela não tenha pensado, talvez, que uma simples conversa íntima poderia ter sido uma forma melhor de dar aquela notícia para os filhos. Ela não estava constrangida? Não sentia vergonha?

Pelo visto, não. Ela segurou a mão da minha irmã e disse:

— Querida, você sempre quis ter um irmãozinho ou irmãzinha.

— Sim, mas não desse jeito! Não desse jeito!

Tão dramática, minha irmãzinha. Mas, naquele caso, eu não tinha como discordar dela.

— E o meu pai? — perguntei, sem muitas esperanças.

— Seu pai sabe — respondeu ela, agora apertando minha mão também. — Seu pai entende. Ele quer que eu seja feliz.

David estava sentado entre Birdie e minha mãe, e nos observava com atenção. Dava para notar que ele estava apenas dando uma colher de chá para minha mãe ao permitir que ela nos consolasse. Dava para notar que ele não dava a mínima para o que nós pensávamos sobre ele e seu ato repulsivo de penetrar e engravidar a nossa mãe. Ele não se importava com nada além dele mesmo.

Olhei para Birdie. Era estranho, mas ela parecia triunfante, como se aquele fosse o resultado de algum plano maligno seu.

— Eu não posso gerar filhos — disse ela, como se lesse a minha mente.

— Então minha mãe é o quê? — Me vi perguntando, ríspido. — Uma incubadora humana?

David soltou um suspiro. Tocou os lábios com a lateral do dedo, um gesto que ele costumava fazer e que até hoje me tira do sério quando vejo outras pessoas fazendo.

— Essa família precisa de foco — disse ele. — De um coração. Um propósito. Essa casa precisa de um bebê. Sua mãe é incrível e está fazendo isso por todos nós. Ela é uma deusa.

Birdie assentiu, com uma expressão sábia.

Clemency voltou nessa hora, parecendo pálida e destruída. Ela se jogou na cadeira, tremendo.

— Querida — disse David, se dirigindo a ela. — Olha como vai ser bom: isso vai aproximar as nossas duas famílias. Vocês quatro vão ter um irmãozinho ou irmãzinha. Duas famílias — afirmou ele, pegando a mão das duas meninas sobre a mesa. — Unidas.

Minha irmã começou a chorar de novo, e Clemency manteve o punho fechado.

Birdie suspirou.

— Ah, pelo amor de Deus, vocês duas — reclamou, sem paciência. — Cresçam.

Vi David lançar a ela um olhar de alerta. Birdie respondeu com um meneio de cabeça em um gesto petulante.

— Vai demorar uns dias para se acostumarem com a ideia, eu entendo — disse David. — Mas precisam confiar em mim. Isso vai ser a salvação de todos nós. De verdade. Esse bebê é o futuro da nossa comunidade. Esse bebê vai ser tudo.

A barriga da minha mãe cresceu de uma maneira que não imaginei ser possível. Ela, que sempre tinha sido tão esguia, com seus ossos protuberantes nos quadris e sua cintura fina, de repente era a maior pessoa da casa. Era alimentada constantemente e orientada a não fazer nada.

O "bebê" aparentemente precisava de mil calorias extras por dia, e enquanto nos sentávamos para comer arroz com cogumelo e sopa de cenoura, minha mãe se refestelava com espaguete e mousse de chocolate. Eu já mencionei o quanto estávamos todos magros àquela altura? Não que algum de nós estivesse acima do peso antes, exceto meu pai. Mas estávamos praticamente raquíticos na época em que minha mãe era engordada como se fosse um porco para o sacrifício. Eu ainda usava roupas que me serviam aos onze anos, e já tinha quase quinze. A aparência de Clemency e da minha irmã era a de pessoas com distúrbios alimentares, e Birdie era basicamente um galho de tão fina. Vou dar uma informação grátis: a comida vegana simplesmente passa por você; não fica nada acumulado na barriga. Mas quando a comida é oferecida em porções controladas e você é sempre orientado a não ser guloso e não pedir para repetir; quando um dos cozinheiros odeia manteiga, então nunca tem gordura (e crianças precisam de gordura); quando o outro odeia sal, então nunca tem gosto; e o outro se recusa a comer glúten porque seu estômago incha como um balão, então nunca tem sustância; bem, isso resulta em pessoas muito magras e desnutridas.

Pouco depois que encontraram os corpos e a imprensa ficou zanzando em volta da casa com microfones e câmeras, uma das vizinhas apareceu certo dia no noticiário falando sobre como todos nós estávamos magros. "Fiquei me perguntando", dissera a vizinha (que eu nunca tinha visto na vida), "se eles estavam cuidando bem das crianças. Fiquei um pouco preocupada. Estavam magros demais. Mas não gosto de me meter, sabe?"

Não, vizinha misteriosa, é lógico que você não gosta.

Mas enquanto nós definhávamos, minha mãe engordava cada vez mais. Birdie confeccionou túnicas de gestante para ela feitas de algodão preto, restos de um tecido que ela comprara meses antes numa liquidação, para fazer bolsas e vender no Camden Market. Ela vendera o impressionante número de duas bolsas antes de ser expulsa pelos outros expositores, que tinham licença para vender ali, e imediatamente desistiu do projeto. Mas agora ela costurava com fervor, desesperada para fazer parte do que estava acontecendo com a minha mãe. David e Birdie logo começaram a usar as túnicas pretas também. Doaram todas as roupas para a caridade. Eles tinham uma aparência totalmente ridícula.

Eu devia ter imaginado que não demoraria muito até que nós, as crianças, fôssemos obrigadas a nos vestir da mesma forma.

Um dia, Birdie entrou no meu quarto segurando sacos de lixo.

— Vamos doar todas as nossas roupas para a caridade — disse ela. — Não precisamos tanto delas quanto outras pessoas. Vim ajudar você a separar tudo.

Quando me lembro disso, não consigo acreditar como aceitei aquilo tão facilmente. Eu nunca concordei com aquele estilo de vida de David, mas tinha medo dele. Eu já o vira derrubar Phin na calçada na frente de casa, naquela noite horrível no ano anterior. Eu já o vira bater nele. Sabia que ele era capaz de fazer mais, e de fazer pior. E tinha medo de Birdie também. Ela fora a pessoa que libertou aquele monstro de dentro dele. Então, mesmo que muitas vezes eu resmungasse e reclamasse, nunca me recusava a fazer nada. E foi assim que me vi, às três da tarde de uma terça-feira no fim de abril, esvaziando minhas gavetas e armários e colocando tudo dentro de sacos de lixo; lá estavam minhas calças jeans favoritas, o casaco de moletom com capuz superlegal que Phin tinha me dado depois que eu o elogiei. Lá estavam minhas camisetas, meus suéteres, minhas bermudas.

— Mas o que vou usar quando sair de casa? — perguntei. — Não posso sair pelado.

— Aqui está — disse ela, me entregando uma túnica preta e uma calça legging da mesma cor. — Vamos usar isso de agora em diante. É o que faz sentido.

— Não posso sair na rua com isso — respondi, chocado.

— Vamos ficar com nossos casacos grandes — disse ela. — E não é como se você saísse tanto assim.

Isso era verdade. Eu era meio recluso. Com todas aquelas "regras da casa", o "não ir para a escola", e o fato de que eu não tinha lugar nenhum para ir, eu mal saía. Peguei a túnica preta e a legging da mão dela e as segurei contra o peito. Ela ficou me olhando.

— Vamos — disse ela. — O resto.

Olhei para baixo. Ela falava das roupas que eu estava vestindo. Respirei fundo.

— Posso ter um momento de privacidade, por favor?

Ela me olhou desconfiada, mas saiu do quarto.

— Seja rápido — disse ela, do outro lado da porta. — Tenho muito o que fazer.

Tirei minhas roupas o mais rápido possível e as dobrei de qualquer jeito.

— Posso ficar com a minha cueca? — perguntei.

— Claro que pode — respondeu ela, impaciente.

Vesti aquela túnica ridícula, a legging e me olhei no espelho. Parecia um monge muito pequeno e magro. Segurei a vontade de soltar uma gargalhada. Então, muito rapidamente, enfiei a mão atrás das minhas gavetas, em busca de algo. Meus dedos encontraram o que eu estava procurando, então peguei e fiquei olhando por um instante. A *bolo tie* que eu tinha comprado na loja mais famosa de Kensington há dois anos. Nunca tinha usado. Mas não podia suportar a ideia de que nunca usaria. Eu a escondi sob o colchão junto com os livros de bruxaria de Justin e o pé de coelho, e então abri a porta. Entreguei as roupas dobradas para Birdie.

— Muito bem — disse ela. Depois, olhou para mim por um momento, e pareceu prestes a tocar meu cabelo, mas só sorriu e repetiu: — Muito bem.

Parei por um instante e, já que ela parecia um pouco mais carinhosa, pensei se era uma boa hora para perguntar algo que estava querendo muito saber. Respirei fundo e soltei:

— Não está com ciúmes? — perguntei. — Não está com ciúmes por causa do bebê?

Ela pareceu destruída por uma fração de segundo. Senti como se de repente tivesse dado uma espiada dentro dela, bem em sua essência. Mas então ela se recompôs.

— Claro que não. David quer um bebê. Estou agradecida à sua mãe por propiciar isso a ele.

— Mas ele não teve que... transar com ela?

Acho que nunca tinha dito a palavra *transar* em voz alta, e senti meu rosto corar.

— Sim — disse ela, séria. — Claro.

— Mas ele não é seu namorado?

— Parceiro — respondeu ela. — Ele é meu parceiro. Eu não sou dona dele. Ele não é meu dono. Tudo o que importa é a felicidade dele.

— Sim — respondi, pensativo. — Mas e a sua?

Ela não respondeu.

Minha irmã tinha feito treze anos poucos dias depois do anúncio da gravidez da minha mãe. Eu diria, embora não seja exatamente minha área de atuação, que ela estava se tornando uma linda garota. Era alta, como a minha mãe, e um ano após a implementação da regra "proibido cortar o cabelo", seu cabelo escuro estava na altura da cintura, volumoso e brilhante — bem diferente do cabelo de Clemency e Birdie, que era fino e quebradiço nas pontas. Era magra, como todos nós, mas seu corpo tinha um formato bonito. Imagino (não que eu passe muito tempo imaginando esse tipo de coisa) que, com alguns quilinhos a mais, ela teria sido de parar o trânsito. E tinha um rosto interessante, com certo charme divertido, que começava a despontar no lugar daquela carinha infantil que eu tinha visto a vida inteira. Era quase linda.

Estou falando tudo isso não porque acho que vocês precisem saber a minha opinião sobre a aparência da minha irmã, mas porque talvez ainda estejam imaginando uma menininha. Mas ela não era mais uma menininha.

Ela já estava bem mais perto de ser uma mulher quando aconteceu o que veio em seguida.

44

Libby chega ofegante ao trabalho, dois minutos atrasada para a reunião com Cerian Tahany. Cerian é uma DJ local e subcelebridade que vai gastar cinquenta mil libras numa cozinha nova, e toda vez que ela entra no *showroom*, a sensação é a de uma espécie de burburinho constante. Libby normalmente está muito bem preparada para as reuniões, já teria todos os documentos impressos, uma xícara de café pronta, teria se olhado no espelho, ajeitado a saia e chupado uma balinha de menta. Hoje, Cerian já está sentada e parecendo estressada, olhando para o celular, quando Libby chega.

— Mil desculpas — diz ela. — Me desculpa mesmo.

— Tudo bem — responde Cerian, desligando a tela do celular e o jogando dentro da bolsa. — Vamos começar?

Durante uma hora, Libby não tem tempo de pensar no que aconteceu no dia anterior. Ela só pensa em bancadas de mármore Carrara, gavetas de talheres, depuradores de gordura e lâmpadas pendentes de cobre *versus* lâmpadas pendentes esmaltadas. Isso dá um quentinho no coração. Ela adora falar sobre cozinhas. Ela é boa em cozinhas. Mas então o momento acaba, Cerian coloca os óculos de volta na bolsa, dá um abraço em Libby, se despede e, quando vai embora, o clima no *showroom* se acalma e todo mundo meio que volta ao normal.

Dido acena para ela do escritório.

— E então, o que aconteceu, afinal? — pergunta Dido, abrindo uma lata de Coca Zero.

Libby pisca.

— Eu nem tenho certeza. Foi tudo tão bizarro.

Libby conta a ela sobre o encontro com Phin no sótão e a caminhada pela Albert Bridge até chegar a seu apartamento deslumbrante de frente para o rio em Battersea, com vista para a casa. Conta para Dido o que se lembra da história que Phin narrou para eles no terraço. E então conta sobre ter acordado na manhã seguinte deitada na cama com Miller, e Dido diz:

— Bem, eu sabia que isso ia acontecer.

Libby olha para ela, confusa.

— O quê?

— Você e Miller. Vocês têm uma conexão.

— Não temos conexão nenhuma.

— Têm, sim. Acredite em mim. Eu sou ótima nisso. Já previ três casamentos antes mesmo de os casais se conhecerem. Sério mesmo.

Libby descarta essa maluquice.

— A gente estava bêbado e caiu na cama de roupa e tudo. Acordamos hoje de manhã vestidos. Ah, e ele tem uma tatuagem, e eu não gosto de tatuagens.

— Achei que todo mundo gostava de tatuagens hoje em dia.

— Sim, tenho certeza de que todo mundo gosta, mas eu, não.

O celular de Libby vibra.

— Não morre tão cedo — diz ela ao ver o nome de Miller na tela. — Oi!

— Escuta só — começa ele, de cara. — Um negócio estranho. Acabei de abrir o arquivo de ontem, a gravação da história de Phin. Sumiu.

— Sumiu?

— Sim. Foi apagado.

— Onde você está?

— Num café em Victoria. Ia começar a transcrever agora, mas não está aqui.

— Mas... tem certeza de que gravou? Talvez você não tenha apertado direito o botão.

— Tenho certeza de que apertei o botão para gravar. Ontem à noite eu me lembro de ter checado. Eu ouvi uma parte. Estava lá. Até dei um nome para o arquivo e salvei.

— Então, você acha...?

— Só pode ter sido o Phin. Lembra que você disse que estava com o celular quando foi para a cama? Bom, eu também estava. E o meu só pode ser desbloqueado por meio de reconhecimento de impressão digital. Quer dizer, ele foi até o nosso quarto quando estávamos dormindo e desbloqueou meu celular usando *o meu dedão* enquanto eu dormia. E pegou o seu também. Depois nos trancou. E tem outra coisa. Procurei por ele na internet. Phin Thomsen. Não existe nenhum sinal dele. Procurei o apartamento onde ele mora. É um apartamento de aluguel no Airbnb. De acordo com o sistema de reserva deles, está alugado desde o meio de junho. Então basicamente desde...

— Desde o meu aniversário.

— Desde o seu aniversário. — Ele solta um suspiro e passa a mão na barba. — Não tenho ideia de quem ele é. Mas esse cara é perigoso.

— A história — diz ela. — Você se lembra da história? O suficiente para descobrirmos a verdade?

Ele para por um instante.

— Está meio confuso. Eu me lembro da maior parte, mas o final está...

— Para mim também. Bem confuso. E eu dormi...

— Como uma pedra — completa ele.

— E durante o dia inteiro eu me senti...

— Bem, bem estranho.

— Bem estranha — concorda ela.

— Estou começando a achar...

— É — interrompe ela. — Eu também. Acho que ele drogou a gente. Mas por quê?

— Isso eu não sei — diz Miller. — Mas você devia dar uma olhada no seu celular. Você tem senha?

— Tenho — responde ela.

— Qual é?

Ela suspira e deixa os ombros caírem.

— Minha data de nascimento.

— Está bem. Bem, dá uma olhada para ver se tem algo estranho lá. Talvez ele tenha instalado alguma coisa. Um software espião ou algo assim.

— Software espião?

— É, vai saber. Ele é estranho. Tudo ontem à noite foi muito estranho. Ele invadiu a sua casa. E nos drogou...

— *Talvez* tenha nos drogado.

— Talvez tenha nos drogado. No mínimo ele entrou no quarto enquanto dormíamos, usou minha digital para acessar meu celular, pegou o seu da bolsa e nos trancou. Eu não duvido de nada, esse cara é capaz de tudo.

— Não — diz ela, com calma. — Não, você está certo. Vou fazer isso, vou dar uma olhada no celular. Se bobear, ele está ouvindo a gente agora.

— Sim, pode estar. E, amigo, se estiver ouvindo agora, vamos pegar você, seu maluco do cacete. — Ela ouve sua respiração pesada. — A gente devia se encontrar de novo. Logo. Andei pesquisando sobre Birdie Dunlop-Evers. Ela tem uma história interessante. E acho que talvez tenha encontrado alguma coisa sobre o outro cara que morava lá: Justin, o namorado de Birdie. Quando você está livre?

A pulsação de Libby acelera com a perspectiva de ter novidades.

— Hoje à noite — diz ela, sem fôlego. — Na verdade, talvez... — Ela olha para Dido, que a encara. — Agora? — A pergunta é para Dido, que assente com vontade e sussurra: "Vai, vai." — Posso encontrar você agora. Em qualquer lugar.

— Nosso café? — diz ele.

Ela sabe exatamente o que ele quer dizer.

— Está bem, no nosso café. Estarei lá em uma hora.

Dido olha para Libby depois que ela desliga e diz:

— Sabe, acho que esse é um bom momento para você tirar sua licença anual.

Libby faz uma careta.

— Mas...

— Mas nada. Eu cuido dos Morgan e de Cerian Tahany. Vamos dizer que você está doente. O que quer que esteja acontecendo é mais importante do que cozinhas.

Libby abre a boca para defender a importância das cozinhas. Cozinhas *são* importantes. Cozinhas fazem as pessoas felizes. As pessoas precisam de cozinhas. Cozinhas, e as pessoas que as compram, têm sido parte de sua vida nos últimos cinco anos. Mas ela sabe que Dido tem razão.

Então, em vez disso, ela concorda com a cabeça e diz:

— Obrigada, Dido.

Ela então organiza a mesa de trabalho, responde a dois novos e-mails na caixa de entrada, programa a resposta automática de ausência do escritório e sai pela High Street em direção à estação de trem.

45

CHELSEA, 1992

Em maio de 1992, nossa casa tinha se decomposto e metamorfoseado em algo monstruoso. O mundo lá fora, com seus habitantes carnívoros, fumantes e repleto de germes impossíveis de exterminar apenas com exercícios e belas flores, certamente mataria a preciosa prole de David. Então, ninguém tinha permissão de sair. Toda semana alguém entregava vegetais em casa, e nossa despensa tinha grãos, feijões e sementes suficientes para nos alimentar pelos cinco anos seguintes.

Então um dia, pouco antes do meu aniversário de quinze anos, David ordenou que entregássemos os sapatos.

Os sapatos.

Ao que parecia, os sapatos, mesmo aqueles que não eram feitos de animais mortos, eram maus, absolutamente maus. Eles evocavam calçadas sujas, caminhadas deprimentes até escritórios perversos, onde pessoas ganhavam ainda mais dinheiro para os que já eram ricos enquanto deixavam os pobres atrelados às privações produzidas pelo governo. Aparentemente, as pessoas pobres na Índia não usavam sapatos; portanto, nós também não devíamos usar. Todos os nossos sapatos foram recolhidos, colocados numa caixa de papelão e deixados do lado de fora do bazar de caridade mais próximo.

Desde o dia em que David recolheu nossos sapatos até a noite em que fugimos, dois anos depois, ninguém colocou o pé para fora de casa.

46

Miller está comendo quando Libby chega ao café em West End Lane.

— O que é isso? — pergunta ela, pendurando a bolsa no encosto da cadeira e se sentando.

— É um *wrap* de frango com linguiça — responde ele, limpando molho no canto na boca. — Muito bom. Muito, muito bom.

— São quatro da tarde — diz ela. — Isso seria qual refeição?

Ele pensa sobre a pergunta.

— Um almoço tardio? Ou um jantar antecipado? Almojanta? Jalmoço? Você já comeu?

Ela nega com a cabeça. Não comeu nada desde o café da manhã no terraço de Phin mais cedo, e nem teve vontade.

— Não estou com fome.

Ele dá de ombros e morde seu sanduíche outra vez.

Libby pede um bule de chá e espera até que Miller termine de comer.

É estranho, mas tem algo de atraente naquele apetite de Miller. Ele come de uma forma como se nenhuma outra coisa no mundo importasse. E enquanto ele devora o sanduíche, ela o observa, pensativa.

— Então — diz Miller, que abre o notebook, digita alguma coisa e depois o vira para Libby. — Esta é Birdie Dunlop-Evers. Ou Bridget Elspeth Veronica Dunlop-Evers, seu nome completo. Nasceu em Gloucestershire em abril de 1964. Se mudou para Londres em 1982 e estudou violino no Royal College of Music. Tocava na rua nos fins de semana até que entrou para uma banda chamada Green Sunday com seu namorado da época, Roger Milton. Roger Milton, aliás, acabou sendo o vocalista principal do Crows.

Ele olha para ela, com expectativa.

Ela não esboça nenhuma reação.

— Eles são famosos?

Ele revira os olhos.

— Deixa para lá. Enfim, ela tocou violino por aí durante alguns anos até fazer um teste para uma banda chamada Original Version. Começou a namorar um cara chamado Justin Redding, e o levou para a banda como percussionista. De acordo com entrevistas da época, ela era bem controladora. Ninguém gostava dela. Eles tiveram seu maior hit no verão de 1988 e depois lançaram mais um single com ela e Justin na banda, mas foi um fracasso, ela jogou a culpa em todos os outros, houve uma briga feia e ela saiu da banda levando Justin. E termina aí a história de Birdie Dunlop-Evers na internet. Nada depois disso. Só... — Ele usa uma das mãos para simular algo caindo de um precipício.

— Mas e os pais dela?

— Nada. Tinha sete irmãos, de uma família católica grande e rica. Os pais dela ainda estão vivos, pelo que pude descobrir, pelo menos não encontrei nada que sugira o contrário. E tem dezenas de Dunlop-Evers por aí tocando instrumentos musicais e administrando negócios de entrega de comida vegana. Mas, por algum motivo, a família não percebeu, ou talvez não tenha se importado, que a quarta filha desapareceu da face da Terra em 1994.

— E o namorado dela? Justin?

— Nada. Algumas menções sobre ele durante esse breve tempo como percussionista do Original Version e seus dois *singles*. Mas nada além disso.

Libby para e absorve tudo isso. Como é possível que as pessoas simplesmente sumam dessa maneira? Como ninguém percebe?

Ele vira o computador de volta para si e digita alguma coisa.

— Então — diz ele. — Comecei a procurar por Phin. Entrei em contato com o dono do apartamento no Airbnb, disse que estava investigando um assassinato e precisava saber o nome da última pessoa que alugou seu apartamento. Ele estava superdisposto a ajudar, claramente ficou animado. Justin Redding.

Libby olha para ele, chocada.

— O quê?

— Phin, ou seja lá quem for aquele cara, usou o nome do ex-namorado de Birdie para alugar um apartamento no Airbnb.

— Caramba — disse ela.

— Não é? — Ele digita mais alguma coisa no computador. — E por último, mas não menos importante, eu lhe apresento Sally Radlett.

Ele vira a tela de volta para ela. Lá está uma mulher mais velha, cabelo grisalho cortado em formato de capacete, óculos tartaruga, olhos azuis, a sombra de um sorriso, uma blusa azul-clara aberta até o terceiro botão, a pele do colo alva, ecos de uma antiga beleza nos traços de seu rosto. Embaixo da foto, leem-se as palavras: "Terapeuta de vida e Coach. Pentreath, Cornualha."

— A cidade está certa. A idade está certa. Parece que a carreira está mais ou menos certa. *Terapeuta de vida.* É o tipo de bobagem que você acabaria fazendo, certo? Se fosse Sally Thomsen? — Ele olha para ela, triunfante. — O que você acha? É ela, não é?

Ela dá de ombros.

— É, acho que pode ser.

— E tem o endereço dela. — Ele aponta para a tela, e Libby vê a tentação em seus olhos.

— Acha que devemos ir lá?

— Sim, acho.

— Quando?

Ele arqueia a sobrancelha, dá um sorriso e digita um número no celular. Pigarreia e diz:

— Olá, quem fala é Sally Radlett?

Ela ouve a voz do outro lado da linha responder *sim*.

E assim, tão repentinamente quanto começou aquela ligação, Miller encerra a chamada. Olha para Libby e diz:

— Agora?

— Mas... — Ela começa a pensar num motivo que a impedisse de ir nesse exato momento, mas então se lembra de que não tem motivo nenhum. — Preciso tomar banho — diz, enfim.

Ele sorri, vira o computador de volta para si e começa a digitar. Prefere ficar numa pousada ou no Premier Inn?

— Premier Inn.

— Excelente. — Depois de mais alguns cliques, ele reserva dois quartos para eles no Premier Inn em Truro. — Pode tomar banho quando chegarmos lá. — Ele fecha a tela, desliga o computador e o guarda numa bolsa. — Pronta?

Ela se levanta, estranhamente animada com a ideia de passar o resto do dia com Miller.

— Pronta.

47

Concluí que aquele bebê era a causa de todas as nossas desgraças. Via minha mãe ficando cada vez mais gorda e o resto de nós, cada vez mais magros. E via David cantando de galo cada vez mais, todo arrogante. A cada quilo que minha mãe ganhava, cada vez que o bebê chutava ou se mexia, David adicionava mais uma camada naquela autoconfiança detestável dele. Tentava me lembrar daquilo que Phin me contara no dia em que estivemos na loja em Kensington, sobre David ter sido expulso da última casa onde tentou se infiltrar e tomar o controle. Tentava imaginar como tinha sido humilhante para ele ser pego no flagra ao roubar de seus anfitriões. Tentava lembrar a mim mesmo que o homem que tinha aparecido na nossa porta quatro anos antes, sem ter onde morar e nenhum dinheiro, era o mesmo que agora andava pela minha casa de peito estufado.

Eu não conseguia suportar a ideia de aquele bebê ver a luz do dia. Sabia que David o usaria para consolidar seu papel como deus no nosso pequeno e distorcido universo. Se aquele bebê não nascesse, minha mãe pararia de comer o tempo inteiro e nós poderíamos voltar a trazer germes para dentro de casa. E, mais importante ainda, não teríamos por que ter absolutamente qualquer ligação com David Thomsen. Nada nos ligaria a ele, nada.

Eu sabia o que precisava fazer, e isso não revela algo positivo sobre mim. Mas eu era uma criança. Eu estava desesperado. Eu estava tentando salvar a todos nós.

As drogas eram surpreendentemente fáceis de manipular. Eu fazia questão de cozinhar para a minha mãe o máximo possível. Fazia chá de ervas e sucos com vegetais. Tudo que eu dava a ela era misturado com as plantas que constavam no livro de Justin no capítulo "Aborto Natural de Gestações não Desejadas". Bastante salsa, canela, artemísia, sementes de gergelim, camomila e óleo de prímula.

Quando eu lhe entregava o copo de suco, ela acariciava a minha mão e dizia:

— Você está sendo tão atencioso, Henry. Me sinto muito abençoada por ter você cuidando de mim.

Eu ficava um pouco envergonhado e não respondia, porque, de certa forma, eu *estava* cuidando dela. Estava tratando de fazê-la não ficar presa a David a vida inteira. Mas por outro lado, eu não estava cuidando nem um pouco dela.

Então, um dia, quando ela estava com uns cinco meses de gravidez e o bebê já estava todo formado, tinha começado a chutar, girar e se mexer, minha mãe desceu as escadas e eu a ouvi falando com Birdie na cozinha:

— O bebê não se mexeu. Não se mexeu o dia inteiro.

O clima de consternação foi crescendo ao longo do dia, e senti um enjoo horrível na boca do estômago, porque eu sabia o que estava prestes a acontecer.

É claro que nenhum médico foi chamado, ninguém pensou em ir para a emergência do hospital. Ao que parecia, David Thomsen estava qualificado como ginecologista, mais uma em sua extensa miríade de habilidades. Ele assumiu o comando de tudo, mandou que saíssem para pegar toalhas e água, além de infusões homeopáticas inúteis.

Levou cinco dias para o bebê sair, depois de ter morrido.

Minha mãe chorou por horas. Ficou no quarto dela com David, Birdie e o bebê, emitindo sons que podiam ser ouvidos na casa inteira. Nós, as quatro crianças, nos encolhemos em silêncio e ficamos juntos num quarto do sótão, sem saber direito como processar o que tinha acabado de acontecer. Depois, bem mais tarde naquele mesmo dia, minha mãe desceu com o bebê enrolado num xale preto, David abriu uma cova nos fundos do jardim e ele foi enterrado na escuridão da noite, com velas acesas ao redor.

Naquela noite, fui atrás do meu pai. Me sentei de frente para ele e disse:

— Você sabia que o bebê morreu?

Ele se virou e olhou para mim. Sabia que ele não ia responder, porque não conseguia mais falar. Mas achei que talvez houvesse uma indicação em seus olhos, algo que me dissesse o que ele pensava sobre os eventos daquele dia. Mas tudo o que vi foi medo e tristeza.

— Era um menino — eu disse. — Estão chamando de Elijah. Estão enterrando ele agora, no jardim dos fundos.

Ele continuou olhando para mim.

— Provavelmente era o que aconteceria mesmo, não é? Você não acha?

Eu buscava redenção para os meus pecados. Decidi interpretar que seu silêncio significava aprovação.

— Quer dizer, acho que ele teria morrido de qualquer jeito, certo? Sem assistência médica? Ou até pior, a mamãe também poderia ter morrido. Então talvez tenha sido melhor assim, sabe? — Olhei meu reflexo no vidro escuro da janela atrás do meu pai. Eu parecia jovem e idiota. — Ele era bem pequeno.

Minha voz falhou um pouco nessa última palavra. O bebê era muito pequeno, como um boneco estranho. Senti uma pontada no coração ao vê-lo. Meu irmãozinho.

— Enfim. Foi isso que aconteceu hoje. E agora acho que podemos todos tentar voltar ao normal.

Mas aí estava o problema: não havia normalidade. A vida do meu pai não era normal. Nossa existência não era normal. O bebê tinha morrido, mas mesmo assim eu não tinha sapatos. O bebê tinha morrido, mas meu pai ainda estava sentado numa cadeira o dia inteiro, encarando a parede. O bebê tinha morrido, mas não havia escola, nem férias, nem amigos, nem o mundo lá fora.

O bebê tinha morrido, mas David Thomsen ainda estava ali.

48

São nove da noite. Lucy e os filhos estão instalados no antigo quarto dos pais dela. As sombras nas paredes do quarto dançam com a luz bruxuleante das velas. Stella já está dormindo, o cachorro aninhado na curva atrás de seus joelhos.

Lucy abre uma latinha de gim-tônica. Marco abre uma lata de Fanta. Os dois brindam e dizem "saúde" a Londres.

— Então — diz ele, baixinho. — Vai me contar sobre o bebê agora?

Ela suspira.

— Ah, meu Deus. — Lucy leva as mãos ao rosto. — Não sei. É tudo tão...

— Só me conta. Por favor.

— Amanhã — diz ela, reprimindo um bocejo. — Te conto amanhã. Prometo.

Alguns minutos depois, Marco finalmente cai no sono, e então resta apenas Lucy acordada nessa malfadada casa para onde ela jurou nunca mais voltar. Ela tira a cabeça de Marco com cuidado do colo e se levanta. Da janela, fica olhando enquanto o sol se põe nas janelas dos condomínios novinhos do outro lado do rio. Não existiam quando eles moravam ali. Talvez, se existissem, ela pensa, alguém os teria visto, alguém ficaria sabendo, alguém os teria resgatado e evitado o destino terrível que todos tiveram.

Ela adormece em algum momento depois das três da manhã, após sua mente se recusar por horas a desligar. Agora, de repente, ela está sonhando.

E, tão repentinamente quanto, ela está acordada de novo. A mulher se levanta e se senta, com a postura ereta. Marco se senta também. O horário na tela de seu celular informa que eles dormiram até bem tarde.

Há passos lá em cima.

Lucy usa uma das mãos para tocar em Marco e, com a outra, pressiona os próprios lábios com a ponta do dedo indicador.

Fica silencioso novamente, e ela começa a relaxar. E então ouve de novo, com certeza é o som de passos, as tábuas de madeira rangendo.

— Mãe...

Ela aperta a mão dele e se levanta devagar. Anda na ponta dos pés até a porta do quarto. O cachorro acorda, levanta a cabeça, deixa o conforto do corpo de Stella e acompanha Lucy. Suas patas fazem barulho ao caminhar no piso de madeira, e ela o pega no colo. Sente um leve rosnado se formando na garganta de Fitz e faz "shhh" para ele.

Marco está parado atrás dela, e Lucy ouve sua respiração ofegante.

— Fique atrás de mim — murmura.

O rosnado na garganta de Fitz se intensifica. Do andar de cima ouve-se mais um rangido, e então o cachorro solta um latido rouco.

O rangido para.

E então ouve-se o som de passos, firmes e constantes, descendo a escada de madeira que dá acesso aos quartos do sótão. Ela para de respirar. O cachorro começa a latir novamente e se debate, tentando se libertar de seus braços. Lucy fecha a porta e apoia o corpo contra ela.

Agora Stella acordou e encara a porta com os olhos arregalados.

— O que houve, mamãe?

— Nada, querida — sussurra Lucy, do outro lado do quarto. — Nada. Fitz está fazendo bobagem, é só isso.

A porta para o corredor do primeiro andar range ao abrir e depois se fecha.

Ela sente a adrenalina percorrer seu corpo.

— É o bebê? — pergunta Marco sussurrando, os olhos arregalados de terror.

— Não sei — responde ela. — Não sei quem é.

Há passos vindo pelo corredor, e logo há alguém respirando do outro lado da porta. O cachorro se aquieta, as orelhas levantadas, a boca aberta mostrando os dentes. Lucy se afasta da porta e abre uma pequena fresta. Então o cachorro se solta, dá um jeito de passar, e há um homem parado do lado de fora do quarto. O cachorro late loucamente entre as pernas do homem, que olha para baixo com um sorriso e oferece a mão para o cachorro cheirar. Fitz se acalma, cheira sua mão e depois deixa que o homem faça carinho em sua cabeça.

— Oi, Lucy — diz o homem. — Cachorro legal.

49

Ainda deitada na cama do hotel, Libby se espreguiça, com aquele familiar tecido cor de berinjela cobrindo seus pés. Um quarto no hotel Premier Inn é um lugar feliz para Libby; ela o associa a suas noites de despedidas de solteira, pequenas viagens e casamentos em cidades distantes. A cama do Premier Inn é familiar e confortável, ela poderia ficar ali o dia inteiro. Mas precisa encontrar Miller no lobby às nove. Ela dá uma olhada no celular para checar o horário: 8h48. Levanta da cama e toma um banho rápido.

Eles fizeram um longo trajeto saindo de Londres na noite anterior, e ela descobriu muitas coisas sobre Miller nas cinco horas em que passaram juntos.

Ele sofreu um acidente de carro aos vinte e dois anos e passou um ano numa cadeira de rodas, em reabilitação. Tinha sido bem magro e atlético quando mais jovem, mas nunca mais recuperou o físico de antigamente. Tem duas irmãs mais velhas, seu pai é gay, e ele foi criado em Leamington Spa. Estudou ciências políticas na universidade, onde conheceu sua ex-mulher, que se chama Matilda, ou Mati para os íntimos. Ele mostrou a Libby uma foto dela em seu celular. Era absurdamente linda, com cabelo ruivo escuro, lábios carnudos e um corte de cabelo hipster que ficaria horroroso em noventa e nove por cento das pessoas.

— Por que vocês se separaram? — perguntou ela. E então acrescentou: — Se não se importar de responder.

— Ah, foi minha culpa — disse ele, com a mão no peito. — Totalmente minha culpa. Para mim, todas as outras coisas tinham mais prioridade do que ela. Meus amigos, meus hobbies. Mas principalmente o meu trabalho. E principalmente — ele para e dá um sorrisinho irônico — aquela matéria do *Guardian*. — Miller dá de ombros. — Mas aprendi a lição. Nunca mais vou colocar o trabalho acima da minha vida pessoal.

— E você? — perguntou ele. — Tem algum sr. Libby na jogada?

— Não — respondeu ela. — É um projeto em andamento.

— Ah, mas você ainda é jovem.

— É — concordou, deixando de lado pelo menos uma vez aquela sensação tão comum de estar atrasada na conquista de todas as metas que definiu para si. — Eu sou.

Ela se veste com as mesmas roupas do dia anterior e chega ao lobby às 9h02, onde Miller já está esperando por ela. Ele não trocou de roupa e nem, ao que parece, tomou banho. Está totalmente desgrenhado, exatamente o que se espera de um homem que não vê a própria cama há quarenta e oito horas. Mas tem algo agradável naquela cabeleira e em sua completa falta de preocupação, e Libby precisa resistir à tentação de ajeitar o cabelo dele ou arrumar a gola da camiseta.

Ele, é claro, já tomou um café da manhã de hotel caprichado e está no finzinho da xícara de café quando ela chega. Ele sorri para ela, deixa a xícara na mesa e os dois saem do hotel.

*

O consultório de Sally fica na rua principal de Pentreath, num pequeno edifício de pedras. Na parte da frente fica um spa chamado The Beach, e a sala de Sally fica no primeiro andar, subindo um lance de escadas. Miller toca a campainha e uma moça muito jovem atende.

— Pois não?

— Olá — diz Miller. — Estamos procurando por Sally Radlett.

— Ela está atendendo um cliente no momento. Posso ajudar?

A garota tem a pele branca, cabelo loiro natural e o mesmo corpo bem-feito de Sally. Por um momento, Libby acha que talvez seja filha dela. Mas não pode ser. Sally deve ter no mínimo uns sessenta anos, talvez mais.

— Hum, não, precisamos falar com Sally mesmo — responde Miller.

— Vocês têm hora marcada?

— Não, infelizmente não — diz ele. — É meio que uma emergência.

A garota semicerra os olhos na direção deles, depois se vira para o sofá de couro Chesterfield e diz:

— Querem se sentar enquanto esperam? Ela não vai demorar muito.

— Muito obrigado — diz Miller, e eles se sentam lado a lado.

É uma sala bem pequena, e eles estão tão perto da garota, sentada atrás de sua mesa, que é possível ouvir sua respiração.

Uma ligação telefônica quebra o silêncio constrangedor e Libby sussurra para Miller:

— E se não for ela?

— Se não for ela, não é — responde ele, dando de ombros.

Libby o encara por um segundo. Então compreende que ele não vê a vida do mesmo jeito que ela. Ele está preparado para estar errado; não precisa sempre saber o que vai acontecer em seguida. A ideia de levar a vida daquela maneira lhe parece estranhamente convidativa.

Uma mulher alta aparece. Usa um vestido cinza de mangas curtas e sandálias douradas. Ela se despede de um homem de meia-idade e então os vê ali, sua expressão fica confusa. Ela se vira para a garota atrás da mesa.

— Lola?

A garota olha para eles e diz:

— Eles vieram para uma consulta de emergência.

Ela se vira para eles e abre um sorriso meio duvidoso.

— Olá?

Ela claramente ela não gosta que as pessoas apareçam querendo consultas de emergência.

Mas Miller não se abala e se levanta do sofá.

— Sally — começa. — Meu nome é Miller Roe. Essa é minha amiga Libby Jones. Será que você teria uns dez minutinhos para falar conosco?

Ela olha de volta para a garota chamada Lola, que confirma que sua próxima consulta é apenas às onze e meia. Ela os conduz ao escritório e fecha a porta.

O consultório de Sally é aconchegante e decorado em estilo escandinavo: um sofá claro com uma manta de crochê jogada por cima, paredes cinza-claro, uma mesa branca e cadeiras. Nas paredes, dezenas de fotos em preto e branco penduradas.

— Então — diz ela. — Como posso ajudar?

Miller olha para Libby, num gesto que sugere que prefere que ela inicie a conversa. Ela se vira para Sally e diz:

— Eu acabei de herdar uma casa. Uma casa enorme. Em Chelsea.

— Chelsea? — repete ela, sem muita atenção.

— Isso. Em Cheyne Walk.

— Aham. — Ela assente com a cabeça apenas uma vez.

— Número dezesseis.

— Sim, sim — diz ela, um pouco impaciente. — Eu não... — começa a falar. Mas então ela para e semicerra os olhos levemente. — Ah! Você é o bebê!

Libby assente.

— Você é Sally Thomsen? — pergunta.

Sally faz uma pausa.

— Bem — diz ela, depois de um momento. — Tecnicamente, não. Voltei a usar meu nome de solteira há alguns anos, quando montei este consultório. Não queria que ninguém... Bem. Eu fiquei muito mal por muito tempo e acho que queria começar do zero. Mas, sim. Eu era Sally Thomsen. Agora, me escutem — diz ela, e de repente sua voz fica entrecortada e um tanto imperativa. — Não quero me envolver em nada disso. Minha filha me fez jurar que nunca falaria nada sobre a casa de Chelsea. Que nunca mais tocaria nesse assunto. Ela sofreu com TEPT durante anos depois do que aconteceu lá, e até hoje não se recuperou. Não tenho direito de falar nada. E embora eu esteja feliz em ver que você está aqui, viva e bem, infelizmente vou ter que pedir que vão embora.

— Será que poderíamos falar com a sua filha? O que você acha?

Sally lança um olhar fulminante para Miller.

— De jeito nenhum — diz ela. — De jeito nenhum.

50

CHELSEA, 1992

Minha mãe nunca se recuperou de verdade da perda do bebê.

Aos poucos ela foi se afastando da convivência na casa. Também se afastou de David. Começou a passar mais tempo com meu pai, os dois sentados em silêncio lado a lado.

É claro que eu me sentia totalmente responsável por sua infelicidade. Tentei resolver a situação oferecendo a ela preparados que, segundo os livros de Justin, curavam as pessoas da melancolia. Mas era quase impossível convencê-la a comer alguma coisa, então nada do que eu tentasse fazia muita diferença.

David parecia tê-la abandonado, o que me deixou surpreso. Esperei que ele fosse querer se envolver na recuperação dela. Mas ele também se manteve distante, a tratava quase com frieza.

Um dia, pouco depois da perda do bebê, perguntei a David:

— Por que você não fala mais com a minha mãe?

Ele olhou para mim e suspirou.

— Sua mãe está se curando. Ela precisa seguir o próprio caminho para isso.

O próprio caminho.

Senti uma onda de fúria se formar dentro de mim.

— Não acho que ela esteja se curando — retruquei. — Acho que está piorando. E o meu pai? Ele não precisa de algum cuidado especial? Algum tratamento? Tudo que ele faz é ficar sentado naquela cadeira o dia inteiro. Talvez alguém lá fora possa fazer algo por ele. Quem sabe algum tipo de terapia. Até um tratamento de eletrochoque ou algo assim. Deve existir um monte de avanços médicos para vítimas de AVC que nós nem conhecemos porque estamos todos *presos aqui*...

Eu tinha começado a gritar assim que as palavras começaram a sair da minha boca, e sabia que tinha ido longe demais. Então lá estava ela, a pele fria e rígida da mão de David, contra a lateral do meu queixo.

Senti o gosto metálico de sangue dentro da boca, uma dormência ao redor dos lábios. Toquei o sangue com a ponta do dedo e olhei horrorizado para David.

Ele me encarou, os ombros largos totalmente rígidos, uma veia saltada na têmpora. Era incrível como aquele homem quieto e espiritualizado se transformava tão rapidamente num monstro raivoso.

— Você não tem direito de falar sobre essas coisas — grunhiu. — Você não sabe nada sobre nada. É uma criança.

— Mas ele é meu pai. E, desde que chegou, você o tratou como um lixo!

A mão dele voltou, agora na direção do outro lado do meu rosto. Eu sempre soube que isso ia acabar acontecendo. Soube desde o momento em que vi David Thomsen pela primeira vez, que ele me bateria se eu o confrontasse. E aí estava.

— Você destruiu tudo. — eu disse, numa onda de adrenalina de quem não tem mais nada a perder. — Você se acha tão poderoso, tão importante, mas você não é nada disso! Você não passa de um tirano! Entrou na minha casa e intimidou todo mundo até sermos o que você queria que nós fôssemos. E então engravidou minha mãe, e agora ela está triste e você nem se importa, não dá a mínima. Porque você só se importa com você mesmo!

Dessa vez ele me bateu forte o suficiente para me jogar no chão.

— Levante! — gritou ele. — Levante e vá para o seu quarto. Vai ficar isolado por uma semana.

— Vai me trancar no quarto? — perguntei. — Vai me trancar por falar com você? Por dizer o que eu sinto?

— Não — rosnou ele. — Vou trancar você porque não suporto olhar para a sua cara. Porque você me dá nojo. Você pode ir andando ou posso arrastá-lo. Como vai ser?

Eu me levantei e saí correndo. Mas não corri para as escadas, e sim para a porta da frente. Coloquei a mão na maçaneta, puxei, e estava pronto para fugir, abordar um estranho e dizer: "Por favor, nos ajude, estamos presos numa casa com um megalomaníaco. Por favor, nos ajude!" Mas a porta estava trancada.

Como é que eu não pensei nisso? Eu puxei, puxei, então me virei para ele e disse:

— Você nos trancou aqui!

— Não — respondeu ele. — A porta está trancada. Não é a mesma coisa. Agora, vamos?

Subi as escadas batendo o pé até o sótão, com David no meu encalço.

Ouvi o som da fechadura do meu quarto se fechando.

Gritei e chorei como um bebezinho patético.

Através da parede, ouvia Phin gritar para mim de seu quarto:

— Cala a boca! Só cala a boca.

Gritei chamando pela minha mãe, mas ela não apareceu.

Ninguém apareceu.

*

Naquela noite, meu rosto doía no lugar onde David tinha batido, meu estômago revirava e eu não conseguia dormir; fiquei deitado, acordado a noite inteira, olhando para as nuvens que passavam sobre a lua, observando as sombras dos passarinhos no topo das árvores, ouvindo a casa ranger e suspirar.

Acho que enlouqueci um pouco na semana seguinte. Fiz marcas na parede com as unhas até meus dedos sangrarem. Bati com a cabeça no chão. Fiz sons imitando animais. Vi coisas que não estavam lá. Acho que David pensava que eu sairia daquele período de confinamento pronto para me render e começar tudo do zero. Mas não foi o que aconteceu.

Quando a porta finalmente se abriu, uma semana depois, e fui autorizado a perambular pela casa, a sensação não era de rendição. Eu me sentia total e monstruosamente consumido pela raiva, pela sede de justiça. Eu ia acabar com David de uma vez por todas.

Mas quando ganhei minha liberdade de volta, havia algo mais no ar, um enorme segredo que pairava suavemente pelo ambiente, transportado pelas partículas de poeira, pelos raios de sol presos nas teias de aranha nos cantos dos quartos.

Quando me sentei para o café da manhã naquele primeiro dia depois do isolamento, perguntei a Phin:

— O que está acontecendo? Por que todo mundo está agindo de um jeito estranho?

Ele deu de ombros.

— Não é assim que todo mundo age aqui sempre?

— Não. Está mais estranho do que o normal. Como se algo estivesse acontecendo.

Phin já estava doente àquela altura, estava muito claro para mim. Sua pele, que antes era tão macia e perfeita, agora estava acinzentada e craquelada. O cabelo pendia, ensebado, para um lado. E ele tinha um cheiro esquisito, meio azedo.

Comentei sobre isso com Birdie.

— Phin parece doente — disse.

Ela respondeu com afetação:

— Phin está ótimo. Só precisa fazer mais exercícios.

Eu ouvia, pela porta da sala de exercícios, o pai implorando para que ele se esforçasse mais.

— Mais, você consegue. Mais uma flexão. Empurra de verdade. Vamos! Você está fazendo corpo mole!

E então eu via Phin sair da sala de exercícios pálido e machucado, subindo bem lentamente os degraus para o sótão, como se cada passo lhe causasse dor.

— Você devia vir comigo para o jardim. O ar puro vai ajudar. — eu disse a ele.

— Não quero ir a lugar nenhum com você — respondeu.

— Bem, não precisa vir comigo. Vá ao jardim sozinho.

— Você não entende? — disse ele. — Nada nessa casa vai me fazer bem. A única coisa que me faria bem seria não estar aqui. Eu preciso ir embora. Eu preciso — disse ele, os olhos fixos nos meus — ir embora.

Eu sentia que a casa estava morrendo. O primeiro a definhar foi meu pai, depois minha mãe, e agora, Phin. Justin tinha nos abandonado. O bebê estava morto. Eu não conseguia ver sentido para mais nada.

Então, numa tarde, ouvi o som de risadas vindo do andar de baixo. Dei uma olhada pelo corredor e vi David e Birdie saindo da sala de exercícios. Ambos esbanjavam saúde. David passou o braço pelos ombros de Birdie, a puxou para perto e a beijou com intensidade nos lábios, fazendo um barulho estalado horrível. E foi ali que entendi tudo com clareza. Eram eles que estavam drenando a casa, como se fossem vampiros, toda sua energia, todo seu amor, sua vida e sua bondade, sugados por eles, que se refestelavam com nosso tormento, nossa destruição.

Então olhei ao redor, para as paredes nuas onde antes havia pinturas, para os lugares onde ficavam móveis sofisticados. Pensei nos lustres que brilhavam sob a luz do sol. Na prata, no ouro e nos metais que reluziam em todas as superfícies. Pensei no armário da minha mãe, cheio de roupas de grife, bolsas, nos anéis que enfeitavam seus dedos, nos brincos de diamante e pingentes de safira. Tudo tinha desaparecido. Tudo tinha ido para a suposta "caridade", para ajudar "os pobres". Calculei o valor de todo esse patrimônio perdido. Devia valer milhares de libras, pensei. Muitos milhares de libras.

E então olhei de volta para David, o braço em volta de Birdie, os dois tão livres e despreocupados sobre tudo o que acontecia na casa. E pensei: você não é um messias, um guru ou um deus, David Thomsen. Você não é um filantropo, nem um benfeitor. Você não é um homem espiritualizado. Você é um criminoso. Você veio até a minha casa e a saqueou. Você não tem compaixão. Se tivesse, estaria sentado agora ao lado da minha mãe, que está sofrendo, em luto pelo bebê perdido. Encontraria um jeito de ajudar meu pai e tirá-lo do inferno que está vivendo. Levaria seu filho ao médico. Não estaria rindo com Birdie. Você estaria completamente derrubado pela infelicidade de todos os outros à sua volta. Então, se você não tem compaixão, a conclusão é que não doaria nosso dinheiro aos pobres. Você o guardaria para si mesmo. Deve ser esse o "estoque secreto" sobre o qual Phin me contou anos atrás. E, se for isso, então onde ele está? E o que você planeja fazer com ele?

51

CHELSEA, 1992

Duas semanas depois de me libertar do isolamento no quarto, David anunciou a gravidez da minha irmã à mesa do jantar. Ela mal tinha completado catorze anos.

Olhei para Clemency, que se afastou da minha irmã, recuando como se tivesse sido queimada com óleo quente. Olhei para o rosto da minha mãe, que estava totalmente inexpressivo e letárgico, e era óbvio que ela já sabia. Olhei para Birdie, que sorriu para mim. E, ao ver aqueles dentinhos miúdos, eu explodi. Pulei por cima da mesa e me joguei em cima de David. Tentei bater nele. Bem, na verdade eu tentei matá-lo. Era esse meu principal objetivo.

Mas eu era pequeno, ele era grande e, é claro, Birdie se enfiou no meio e, no fim das contas, fui empurrado de volta para o meu lado da mesa. Olhei para minha irmã, para aquele sorriso estranho em seus lábios, e não podia acreditar que não tinha percebido antes, não tinha percebido que minha irmãzinha idiota tinha caído naquele papo, que ela via David da mesma maneira que minha mãe via, que Birdie via. Que ela estava *orgulhosa* por David tê-la escolhido, orgulhosa de carregar seu filho.

E então me dei conta.

David não queria apenas o nosso dinheiro. David queria a casa.

Era tudo que ele queria desde o primeiro momento em que havia pisado ali. E ter um bebê com a minha irmã ia garantir isso a ele.

No dia seguinte, fui até o quarto dos meus pais. Abri as caixas de papelão onde ficaram guardados todos os bens não valiosos quando os móveis foram doados. Eu conseguia sentir os olhos do meu pai em mim.

— Pai, onde está o testamento? O testamento que diz o que acontece com a casa quando você morrer?

Eu via que ele tentava formar as palavras no fundo da garganta. Abriu a boca por um ou dois milímetros. Me aproximei.

— Pai? Você sabe? Sabe onde estão todos esses documentos?

Seu olhar se moveu do meu rosto até a porta do quarto.

— Estão lá fora? Os documentos?

Ele piscou.

Fazia isso às vezes quando lhe davam comida. Minha mãe perguntava: "Está bom, querido?", ele piscava, e ela continuava: "Ótimo, ótimo", e lhe dava mais uma colherada.

— Em qual quarto? — perguntei. — Está em qual quarto?

Vi seus olhos se moverem para a esquerda. Na direção do quarto de David e Birdie.

— No quarto de David?

Ele piscou.

Senti meu coração parar.

Não podia entrar no quarto de David e Birdie. Para começar, eles o mantinham trancado. E, mesmo que não estivesse trancado, eu nem era capaz de imaginar o que aconteceria se eu fosse pego fazendo isso.

Mais uma vez, recorri ao utilíssimo livro de feitiços de Justin.

"Feitiço para adormecimento temporário."

Aquilo parecia ser exatamente o que eu precisava. Prometia alguns momentos de confusão generalizada e sono, "uma pequena e imperceptível perda de consciência".

Envolvia o uso da beladona mortal, *Atropa belladonna*, a planta venenosa sobre a qual Justin havia me falado meses antes. Eu a vinha cultivando em segredo, depois de encontrar algumas sementes no baú de Justin. As sementes precisaram absorver água na geladeira durante duas semanas, e eu dissera aos adultos que estava testando uma nova erva para a letargia de Phin.

Então, peguei as sementes e as plantei em dois vasos grandes. Tinha levado três semanas para os brotos aparecerem, e, da última vez que conferi, estavam em plena floração. De acordo com os livros, a *Atropa belladonna* era muito difícil de ser cultivada, e me senti extremamente satisfeito comigo mesmo quando as primeiras flores roxas brotaram. Fui até o jardim e colhi alguns ramos, escondendo-os na cintura da calça legging. Depois, subi rapidamente as escadas e, já no meu quarto, fiz a infusão com folhas de camomila e água com açúcar. Teoricamente também seriam necessários dois pelos de um gato laranja e uma baforada de uma mulher velha, mas eu era um farmacêutico, e não um feiticeiro.

Todos amavam os meus chás de ervas. Disse a David e Birdie que estava testando uma nova mistura: camomila e folhas de framboesa. Eles olharam para mim com afeto e disseram que parecia uma delícia.

Pedi desculpas a Birdie enquanto ela bebia, dizendo que talvez o chá estivesse um pouco doce demais e que tinha colocado só um toque de mel, para equilibrar as pontinhas amargas das folhas de framboesa. O feitiço mencionava especificamente que a pessoa deveria beber pelo menos meia xícara. Então fiquei ali sentado, observando, com uma expressão amável no rosto, como se buscasse desesperadamente a aprovação deles, para que continuassem bebendo, mesmo que não tivessem gostado.

Mas eles gostaram, e ambos beberam a xícara inteira.

— Nossa — disse Birdie um pouco depois, enquanto guardávamos a louça. — Esse chá estava muito, muito relaxante, Henry. Na verdade... acho que... — Vi os olhos dela revirando. — Acho que preciso ir me deitar um pouco.

Vi que David também estava lutando para manter os olhos abertos.

— É — respondeu ele. — Só uma soneca.

— Vamos, deixe que eu ajudo vocês — disse. — Nossa, me desculpem. Talvez eu tenha colocado camomila demais no chá. Venham. — E deixei Birdie se segurar no meu braço.

Ela apoiou a bochecha em meu ombro e disse:

— Amei o seu chá, Henry. Foi o melhor que já tomei.

— Muito bom mesmo — concordou David.

David procurou pela chave do quarto deles nas dobras de sua túnica. Quando fez isso, vi que ele usava uma bolsinha de couro a tiracolo por baixo da túnica. Presumi que guardasse ali todas as chaves para todos os cômodos da casa. Não estava conseguindo enfiar a chave na fechadura, então o ajudei. Em seguida, coloquei os dois na cama, onde caíram em um sono profundo no mesmo instante.

E lá estava eu. No quarto de David e Birdie. Não colocava os pés naquele quarto havia anos, desde que David e Sally ainda estavam juntos.

Olhei em volta e mal consegui absorver tudo que eu via. Pilhas e pilhas de caixas de papelão, e dentro delas parecia haver roupas, livros, as nossas coisas, aquelas que eles tinham dito ser nocivas e más. Vi dois pares de sapatos no canto do quarto, dele e dela. Vi bebidas alcoólicas, meia garrafa de vinho com a rolha substituída, um copo com um resíduo escuro no fundo, alguns dos uísques caros do meu pai. Vi uma caixa de biscoitos, uma embalagem de chocolate Mars. Vislumbrei uma calcinha de seda, uma garrafa de xampu Elvive.

Mas ignorei tudo isso por um momento. Não tinha a menor ideia de quanto tempo duraria aquele estado de "perda de consciência temporária". Precisava encontrar os documentos do meu pai e dar o fora dali.

Enquanto minhas mãos passavam pelas caixas, me deparei com meu estojo, algo que não via desde o último dia na escola primária. Eu o segurei por um instante e o encarei como se fosse uma relíquia de uma civilização antiga. Pensei naquele menino que usava calças marrons curtas saindo da escola no último dia de aula, o olhar altivo e triunfante ao imaginar o novo mundo que em breve lhe seria apresentado. Abri o zíper, aproximei o estojo do nariz e senti o cheiro de aparas de lápis e inocência; então o coloquei no cós da legging para depois escondê-lo no quarto.

Encontrei um vestido de festa da minha mãe. Encontrei as espingardas do meu pai. Encontrei o collant e a saia de balé da minha irmã, sem compreender o motivo para guardarem tudo aquilo.

E então, na terceira caixa, vi os documentos do meu pai: pastas de arquivo cinza com clipes de metal dentro. Peguei uma na qual se lia "Questões da casa" e abri rapidamente para olhar o conteúdo.

E ali estava, o mais recente testamento de Henry Roger Lamb e Martina Zeynep Lamb. Também enfiei tudo no cós da legging; leria com calma no meu quarto. Ouvi a respiração de Birdie acelerar e vi sua perna se mexer. Rapidamente abri outra caixa. Lá dentro eu vi passaportes. Peguei e fui checando as páginas internas: o meu, da minha irmã e dos meus pais. Senti uma onda de fúria crescer dentro de mim. Nossos passaportes! Esse homem tinha roubado nossos passaportes! Isso parecia ir além da perversão absurda que era ter nos trancado dentro de nossa própria casa. Roubar o passaporte de uma pessoa, o seu meio para escapar, se aventurar, explorar, aprender, aproveitar o mundo... Meu coração acelerou de raiva. Percebi que meu passaporte já havia expirado, o da minha irmã tinha apenas seis meses de validade restantes. Eram inúteis para nós naquele momento.

Ouvi David murmurar algo.

A perda de consciência temporária pelo visto era temporária demais, e eu não sabia se conseguiria convencê-los a tomar um "novo chá" especial novamente. Essa podia ser minha única chance de descobrir os segredos escondidos naquele quarto.

Encontrei uma caixa de paracetamol. Uma caixa de balas para tosse. Um pacote de camisinhas. E, embaixo de tudo isso, um monte de dinheiro. Passei meus dedos pela lateral. Dava para folhear, e parecia ser uma grande quantidade. Mil libras, calculei. Talvez mais? Peguei algumas notas de dez do topo da pilha e enfiei dentro da pasta de documentos que já estava na cintura.

Birdie soltou um grunhido.

David soltou um grunhido.

Fiquei em pé com o testamento do meu pai, meu estojo e cinco notas de dez libras enfiadas no elástico do cós da calça.

Saí do quarto na ponta dos pés e, em silêncio, fechei a porta.

52

Lucy sente a cabeça girar. As feições do homem entram e saem de foco. Por um momento ele parece uma pessoa, depois parece outra. Ela pergunta quem ele é.

— Você sabe quem eu sou — diz ele.

A voz é familiar e estranha ao mesmo tempo.

Stella caminhou até a porta, agarrando-se às pernas de Lucy. Lucy percebe que Marco está de pé, alto e forte, a seu lado.

O cachorro aceita o carinho do homem e chega a se deitar de costas para que ele coce sua barriga.

— Muito bem — diz o homem. — Quem é um bom garoto?

Ele volta o olhar para Lucy e levanta os óculos com a ponta do dedo.

— Eu adoraria ter um cachorro — diz ele. — Mas não é justo deixar eles sozinhos em casa o dia inteiro enquanto estou no trabalho. Então tenho gatos. — Ele suspira, se levanta e olha para ela de cima a baixo. — Adorei seu visual, aliás. Nunca imaginei que você acabaria ficando assim, sabe, *hippie*.

— Você é...? — Ela estreita os olhos para ele.

— Não vou dizer — diz o homem, de brincadeira. — Vai ter que adivinhar.

Lucy respira fundo. Está tão cansada. Fez uma longa viagem. Sua vida tem sido tão arrastada e difícil, nada nunca é fácil. Nem mesmo por um segundo. Ela tomou decisões terríveis e acabou indo parar nos lugares errados e com as pessoas erradas. Ela é, como costuma se sentir, um fantasma, o mero vulto de alguém que talvez um dia tenha existido, mas que a vida apagou.

E agora aqui está ela: mãe, assassina, imigrante ilegal, invasora de uma propriedade que não é dela. Tudo que ela quer é ver o bebê e encerrar esse ciclo da sua vida. Mas então apareceu um homem ali e ela acha que é seu irmão, mas como pode ser seu irmão e ao mesmo tempo não ser? E por que ela está com medo dele?

Lucy olha para o homem, vê as sombras de seus longos cílios nas maçãs do rosto. Phin, ela acha. Esse é Phin. Mas então olha para suas mãos: pequenas, delicadas, com pulsos finos.

— Você é o Henry. Não é?

53

CHELSEA, 1992

Depois do anúncio, fui até minha mãe e disse:

— Você deixou sua filha transar com um homem da sua idade. Você é tão podre quanto ele.

Ela respondeu, simplesmente:

— Isso não teve nada a ver comigo. Tudo que sei é que há um bebê a caminho e que devemos todos ficar felizes.

Até aquele momento, nunca tinha me sentido — e até hoje nunca mais me senti — tão sozinho quanto naquele instante. Eu não tinha mais pai nem mãe. Não recebíamos visitas em casa. A campainha nunca tocava. O telefone tinha sido desligado meses atrás. Houve uma época, dias após minha mãe perder o bebê, que alguém vinha à nossa casa e batia à porta durante meia hora todos os dias, durante mais ou menos uma semana. Enquanto a pessoa batia à porta, éramos trancados em nossos quartos. Mais tarde, minha mãe disse que aquele era o irmão dela, meu tio Karl. Eu gostava do tio Karl, era o típico tio jovem e fanfarrão que jogava as crianças na piscina e fazia piadas indecentes que deixavam os adultos sem graça. A última vez em que o vimos foi no casamento dele em Hamburgo, quando eu tinha dez anos. Na ocasião, ele vestiu um terno floral de três peças. Só de pensar que ele estivera à nossa porta e que não o deixamos entrar partiu mais um pedaço do meu coração.

— Mas por quê? — perguntei a minha mãe. — Por que não o deixamos entrar?

— Porque ele não entenderia o modo como escolhemos viver. Ele é muito fútil e vive uma vida sem propósito.

Não respondi, porque simplesmente não havia resposta. Ele não entenderia. Ninguém entenderia. Pelo menos ela reconhecia aquilo.

Os vegetais eram entregues uma vez por semana numa caixa de papelão; o dinheiro era deixado num envelope na porta. Uma ou duas vezes, o entregador tocou a campainha, minha mãe abriu a fresta da correspondência e ele disse: "Não tinha pastinaca hoje, senhora, substituímos por couve-nabo, espero que não tenha problema." E minha mãe sorriu e respondeu: "Tudo bem, muito obrigada." Depois que os corpos foram encontrados, esse homem disse à polícia que pensou que ali funcionasse um convento fechado e minha mãe fosse uma freira. Em sua rota, ele se referia a esse local de entrega como "convento". Disse que não fazia ideia de que moravam crianças na casa. Não fazia ideia de que havia um homem.

Eu estava muito solitário a essa altura. Tentei retomar minha amizade (ou algo parecido com isso) com Phin, mas ele ainda estava muito bravo comigo por ter traído sua confiança na noite em que ele me empurrou no rio. E, sim, eu sei que tinha direito de ficar com raiva dele por ter feito isso comigo, mas nós tínhamos usado drogas, eu estava sendo inconveniente, sei que estava sendo inconveniente, e de certa forma eu mereci ser empurrado no rio. Depois, meu ataque de fúria tinha muito mais a ver com sentimentos e orgulho ferido do que propriamente com a ideia de que ele tinha me colocado em um perigo mortal. Além disso, eu estava apaixonado por ele, e, quando você está apaixonado, perdoa quase qualquer coisa. É um traço de personalidade que levei para a vida adulta, infelizmente. Sempre me apaixono por pessoas que me odeiam.

Fui até Clemency na cozinha numa tarde pouco tempo depois do anúncio da gravidez da minha irmã.

— Você sabia? — perguntei.

Ela ficou levemente corada de vergonha, já que nós mal nos falamos ao longo dos anos e agora estávamos conversando sobre sua melhor amiga ter transado com seu pai.

— Não. Não tinha ideia — disse.

— Mas vocês são tão próximas. Como não ficou sabendo?

Ela deu de ombros.

— Eu pensei que só estavam fazendo exercícios.

— E o que acha disso?

— Acho nojento.

Assenti com veemência, como se dissesse "nós concordamos, que bom".

— Seu pai já fez algo desse tipo antes?

— Está dizendo...?

— Os bebês. Ele já engravidou outras pessoas antes?

— Ah — disse ela, com calma. — Não. Só minha mãe.

Eu a chamei para vir ao meu quarto e ela pareceu assustada por um instante, o que me magoou, mas depois percebi que era bom ser assustador se meu objetivo era derrubar David e libertar a todos nós daquela casa.

No meu quarto, afastei o colchão da parede e peguei os objetos que tinha encontrado no quarto de Birdie e David. Eu os espalhei pelo chão para mostrar a ela. Disse onde os tinha encontrado.

— Mas como você entrou lá? — perguntou ela.
— Não posso contar.
Vi sua expressão confusa ao olhar os objetos.
— Seu estojo?
— Sim, meu estojo. E havia muitas outras coisas lá.

Contei a ela sobre a calcinha de seda, o uísque e as pilhas de dinheiro. E, ao contar, fui vendo que eu a estava destruindo. Foi como o dia em que disse a Phin que tinha visto seu pai beijando Birdie. Tinha esquecido que estava falando com uma criança sobre o seu pai, que havia ali uma história profunda de herança genética, memórias, conexões, e eu estava demolindo tudo com as minhas palavras.

— Ele mentiu para nós esse tempo todo! — disse ela, esfregando os olhos com a palma da mão. — Pensei que estávamos fazendo tudo isso para os pobres! Eu não entendo. Não entendo!

Olhei nos olhos dela com firmeza.

— É simples. Seu pai roubou tudo de valor que meus pais tinham, e agora ele quer a casa. Legalmente, essa casa está segura num fundo para mim e para minha irmã até completarmos vinte e cinco anos. Mas olha isso.

Mostrei a ela o testamento que tinha encontrado na caixa. Havia um aditamento escrito com a letra de David que dizia, em linguagem jurídica, que após a morte de meus pais, a casa passaria diretamente a David Sebastian Thomsen e seus descendentes. O aditamento tinha Birdie e minha mãe como testemunha e cossignatária. Não tinha nenhuma chance de aquilo ser considerado por um tribunal, mas a intenção era clara.

— E ele vai ter um bebê para assegurar a parte dele na casa.

Por um tempo, Clemency não disse nada. Depois falou:

— O que vamos fazer?

— Ainda não sei — eu disse, coçando o queixo como se tivesse uma longa barba de homem sábio ali, mas é claro que não tinha. Nunca deixei crescer a barba até os vinte e poucos anos, e ainda assim ela era bem sem graça. — Mas vamos fazer algo.

Ela olhou para mim, seus olhos arregalados.

— Está bem.

— Mas — disse, com firmeza — precisa me prometer que esse é nosso segredo. — Apontei para os objetos que tinha recolhido do quarto de David e Birdie. — Não conte para o seu irmão. Não conte para a minha irmã. Não conte para ninguém. Está bem?

Ela fez que sim.

— Eu prometo. — Ela ficou em silêncio por um minuto, depois olhou para mim e disse: — Ele já fez isso antes.

— O quê?

Ela olhou para baixo.

— Tentou fazer a avó dele assinar um papel deixando a casa para ele. Quando ela já estava senil. Meu tio descobriu e nos expulsou. Foi aí que nos mudamos para a França. — Ela olhou para mim. — Acha que devemos dizer à polícia? Contar o que ele está fazendo?

— Não — respondi na hora. — Não, porque, na verdade, ele não infringiu a lei, não é? A gente precisa de um plano. Precisamos sair daqui. Você vai me ajudar?

Ela fez que sim.

— Vai fazer o que for preciso?

Ela assentiu novamente.

Aquela, na realidade, era uma bifurcação na estrada. Pensando bem, havia muitas outras maneiras de passar por aquele trauma, mas com todas as pessoas que eu amava tendo me virado as costas, eu escolhi a pior opção possível.

54

Libby e Miller saem do escritório de Sally dez minutos depois.

— Você está bem? — pergunta ele, quando saem para o calor sufocante da rua.

Ela consegue dar um sorriso, mas então se dá conta de que está prestes a chorar e não consegue evitar.

— Ah, meu Deus — diz Miller. — Ah, querida, venha aqui. — Ele a leva até um jardim silencioso e os dois se sentam num banco sob uma árvore. Ele põe a mão nos bolsos, tateando. — Não tenho lenço de papel, desculpe.

— Tudo bem — responde ela. — Eu tenho lenços.

Ela tira da bolsa um pacote pequeno de lenços, tamanho de viagem, e Miller sorri.

— Você é exatamente o tipo de pessoa que teria um minipacote de lenços na bolsa.

Ela olha para ele.

— O que isso quer dizer?

— Quer dizer... — Ele relaxa o rosto. — Nada. Só quer dizer que você é muito organizada. Só isso.

Ela assente. Disso ela sabe muito bem.

— Tenho que ser — diz.

— E por quê? — pergunta ele.

Ela dá de ombros. Não costuma falar muito sobre assuntos pessoais. Mas diante de tudo que eles passaram nos últimos dois dias, os limites que ela impõe para suas conversas já não se aplicam mais.

— Minha mãe. Minha mãe adotiva. Ela era um pouco... bem, ela é um pouco caótica. Um amor de pessoa, um amor mesmo. Mas era meu pai quem a mantinha na linha. E ele morreu quando eu tinha oito anos, e depois disso... Eu estava sempre atrasada para tudo. Nunca tinha as coisas certas para levar para a escola. Nem mostrava para ela os papéis para viagens e coisas assim porque não fazia sentido. Ela reservou uma viagem de férias no meio das minhas provas finais do último ano. Foi morar na Espanha quando eu tinha dezoito anos. — Ela dá de ombros. — Então eu precisava ser a adulta. Sabe como é.

— A administradora dos lenços de papel?

Ela ri.

— Isso. A administradora dos lenços de papel. Eu me lembro de uma vez em que caí no parquinho, cortei meu cotovelo e minha mãe estava apavorada tentando achar alguma coisa dentro da bolsa para limpar. Aí chegou outra mãe com uma bolsa do mesmo tamanho, abriu e tirou de lá um pacote de lenços antissépticos e outro de band-aids. E eu pensei na hora: caramba, quero ser a pessoa com a bolsa mágica.

Ele sorri para ela.

— Você está se saindo muito bem. Sabe disso, não é?

Ela dá uma risada nervosa.

— Estou tentando. Estou fazendo o melhor que posso.

Por um momento, um silêncio paira entre eles. Seus joelhos se tocam rapidamente, depois voltam a se separar.

Então Libby diz:

— Nossa, foi uma perda de tempo isso, hein?

Miller lança a ela um olhar sorrateiro.

— Bem... Não foi uma perda de tempo total. A garota. Lola? É neta de Sally.

Libby tem um sobressalto.

Como você sabe?

— Porque vi na mesa de Sally uma foto dela com uma mulher mais jovem segurando um bebê. Depois vi outra foto na parede de Sally com uma garotinha loira. E então vi um desenho de criança emoldurado que dizia "Vovó, amo você". — Ele dá de ombros. — Juntei tudo e *tcharan*.

Ele então se inclina para perto de Libby e mostra algo na tela do celular.

— O que é isso? — pergunta ela.

— É uma carta endereçada a Lola. Estava quase saindo da bolsa dela embaixo da mesa. Fiz o clássico movimento de me abaixar para amarrar o cadarço e tirei a foto.

Libby olha para ele, chocada.

— Mas como foi que você pensou...

— Libby, eu sou jornalista investigativo. É isso o que eu faço. E, se minha teoria estiver certa, Lola deve ser filha de Clemency. O que significa que Clemency deve morar por aqui. E, portanto, este endereço — diz ele, apontando para o celular — deve ser o endereço dela. Acho que talvez a gente tenha encontrado nossa segunda adolescente desaparecida.

Uma mulher vem até a porta do pequeno chalé. Um golden retriever bem-comportado está ao lado dela e balança o rabo sem muita vontade para eles. A mulher está ligeiramente acima do peso; tem o tronco largo, pernas longas e seios fartos. O cabelo é bem escuro, cortado na altura do ombro, e ela usa brincos dourados de argola, calça jeans e uma blusa rosa-clara sem manga.

— Pois não?

— Ah — diz Miller. — Olá. Clemency?

A mulher assente.

— Meu nome é Miller Roe. Essa é Libby Jones. Estávamos no centro da cidade falando com a sua mãe. Ela mencionou que você morava perto e...

Ela olha para Libby, e então a encara com mais atenção.

— Você parece alguém... Sinto que devia saber quem você é.

Libby faz uma reverência com a cabeça e deixa Miller fazer as honras.

— Esta é Serenity — diz ele.

Clemency agarra o batente da porta com as duas mãos. A cabeça dela pende de leve para trás e por um momento Libby acha que ela está prestes a desmaiar. Mas então ela dá um grito, estende as mãos para Libby e diz:

— É claro! É claro! Você tem vinte e cinco anos. Claro. Eu devia ter pensado... Eu devia ter imaginado que você viria. Ai, meu Deus. Entrem. Por favor. Entrem.

O chalé é lindo por dentro. Piso de madeira, pinturas abstratas, vasos cheios de flores, luz do sol entrando pelas janelas envidraçadas.

Enquanto Clemency vai buscar água para eles, o cachorro se senta aos pés de Libby, e ela faz carinho em sua cabeça. Ele está ofegante com a umidade do ar e seu hálito não é dos melhores, mas ela não liga.

Clemency volta e se senta de frente para eles.

— Caramba! — diz ela, olhando para Libby. — Veja só você! Tão linda! Tão... *real*.

Libby dá uma risada, tensa.

Clemency diz:

— Você era só um bebê quando fui embora. Eu não tinha fotos suas. Nenhuma ideia de para onde você tinha ido, quem tinha adotado você, que tipo de vida você teve. E eu não conseguia imaginar você. Simplesmente não conseguia. Só conseguia ver um bebê. Um bebê que parecia uma boneca. Não parecia de verdade. Nunca pareceu de verdade. E ah... — Seus olhos se enchem de lágrimas e ela diz, com a voz falhada: — Eu sinto muito, de verdade. Você está...? Você esteve...? Você ficou bem?

Libby faz que sim. Pensa na mãe, ao lado do homem que ela chama de seu brinquedinho (embora ele seja apenas seis anos mais novo que ela), estirada na pequena varanda do apartamento de um quarto em Dénia (não tem espaço para Libby ficar quando vai visitá-la), vestindo um cafetã rosa-choque e explicando pelo Skype que estava muito ocupada para procurar voos baratos para visitar Libby em seu aniversário, e quando finalmente foi olhar, todos os voos baratos já tinham acabado. Ela pensa no dia em que enterraram seu pai, sua mão segurando a da mãe, olhando para o céu e imaginando se ele tinha chegado lá direitinho, preocupada em como faria para chegar à escola já que a mãe não dirigia.

— Ficou tudo bem — diz ela. — Fui adotada por pessoas maravilhosas. Tive muita sorte.

O rosto de Clemency se ilumina.

— E onde você mora agora?

— Em St. Albans.

— Ah, que legal. E você é casada? Tem filhos?

— Não, só eu mesma. Solteira. Moro sozinha. Sem filhos e sem cachorro. Trabalho vendendo cozinhas. Eu sou... bem, não tenho muito para contar sobre mim. Pelo menos não tinha até...

— É — diz Clemency. — Imagino que tenha sido tudo um choque para você.

— Para dizer o mínimo.

— E o quanto você sabe? — pergunta ela, cautelosa. — Sobre a casa. Sobre a história toda.

— Bem — começa Libby. — É tudo meio complicado. Primeiro tinha o que os meus pais sempre me disseram, que meus pais biológicos morreram num acidente de carro quando eu tinha dez meses. Depois, teve o que li na matéria de Miller, que meus pais eram membros de um culto e se meteram em alguma espécie de pacto suicida, e fui criada por uns ciganos. E então, há duas noites, eu e Miller estávamos na casa, em Cheyne Walk, e apareceu um cara. Tarde da noite. Ele disse... — Ela faz uma pausa. — Ele disse que o nome dele era Phin.

Clemency arregala os olhos e tem um sobressalto.

— Phin? — pergunta.

Libby assente, meio em dúvida.

Os olhos de Clemency se enchem de lágrimas.

— Tem certeza? Tem certeza de que era o Phin?

— Bem, ele nos deu esse nome. Disse que você era irmã dele. Que não via você e sua mãe fazia anos.

Ela balança a cabeça.

— Mas ele estava tão doente quando o deixei na casa. Tão doente. E nós o procuramos em todo canto, eu e minha mãe. Todo canto. Durante anos e anos. Fomos a todos os hospitais de Londres. Vagamos por parques procurando entre os sem-teto. Ficamos esperando que ele de repente aparecesse na nossa porta. E ele nunca apareceu, então, a certa altura... Bem, nós concluímos que ele devia ter morrido. Senão, por que não voltaria? Por que não viria nos encontrar? Ele teria vindo, certo? — Ela para. — Tem certeza absoluta de que era o Phin? — pergunta novamente. — Me diga como ele era.

Libby descreve os óculos tartaruga, o cabelo loiro, os cílios longos, os lábios grossos.

Clemency assente.

E então Libby conta sobre o apartamento luxuoso, os gatos persas. Repete a piada sobre o gato chamado Pinto, e então Clemency nega com a cabeça.

— Não — diz. — Esse não parece mesmo ser o Phin. Não parece. — Ela para por um momento, os olhos passeando ao redor da sala enquanto pensa. — Sabe o que eu acho? — diz ela, finalmente. — Acho que talvez esse seja o Henry.

— Henry?

— Sim, ele era apaixonado pelo Phin. Totalmente não correspondido. Quase obsessivo. Ficava um tempão olhando para ele. Henry se vestia como ele. Copiava seus penteados. Até tentou matar ele uma vez, o empurrou no rio e segurou sua cabeça no fundo. Por sorte, Phin era mais forte do que Henry. Maior. Conseguiu se desvencilhar. Henry matou a gata de Birdie, sabia?

— O quê?

— Ele a envenenou. Cortou seu rabo e jogou o resto do corpo no rio. Então, os sinais estavam lá o tempo inteiro. É algo horrível de se dizer sobre uma criança, mas, na minha opinião, Henry tinha um traço de pura maldade.

55

CHELSEA, 1993

Eu não matei a gata de Birdie. Claro que não. Mas, sim, fui eu quem causei a sua morte.

Estava trabalhando com a beladona em mais uma poção sonífera, mas algo ligeiramente mais forte do que eu tinha dado a Birdie e David para poder entrar no quarto deles. Algo que causasse uma perda de consciência um pouco mais duradoura. Fiz o teste com a gata pensando que, se não fizesse mal ao animal, então provavelmente também não faria mal aos humanos. Infelizmente, fez mal à gata. Lição aprendida. Fiz a poção seguinte, bem mais fraca.

Sobre o rabo da gata, bem, falando desse jeito, "cortou seu rabo", parece que fiz uma crueldade. Eu o peguei para mim. Era lindo, tão macio e cheio de lindas cores. Eu não tinha nada fofinho na época, lembre-se, haviam tomado tudo de mim. Ela não precisava mais dele. Então, sim, eu peguei o rabo da gata. E — *notícia falsa* — eu não joguei o bicho no Tâmisa. Como faria isso? Eu não podia nem sair de casa. A gata, na verdade, permanece até hoje enterrada no meu jardim de ervas.

E quanto ao fato de ter sido *eu* quem empurrou Phin no Tâmisa e não o contrário: bem, isso definitivamente não é verdade. O que talvez seja verdade é que Phin me empurrou durante uma briga que aconteceu depois que tentei empurrá-lo. Sim. Talvez tenha sido isso. Ele me disse que eu o estava encarando.

— Estou te encarando porque você é lindo — respondi.

Ele disse:

— Você está agindo estranho. Por que sempre tem que ser tão esquisito?

Eu disse:

— Você não sabe, Phin? Você não sabe que eu te amo?

(Lembre-se, por favor, antes de me julgar, que eu tinha usado LSD. Não estava muito bem das ideias.)

— Para — disse ele, visivelmente constrangido.

— Por favor, Phin — implorei. — Eu amei você desde o primeiro minuto em que te vi...

E então tentei beijá-lo. Meus lábios encostaram nos dele e, por um momento, achei que ele me beijaria de volta. Ainda me lembro do choque, da suavidade dos lábios dele, da respiração curta passando de sua boca para a minha.

Coloquei a mão em sua bochecha, mas então ele se afastou e me olhou com tanto nojo que senti como se uma espada cortasse meu peito.

Ele me empurrou e eu quase caí de costas. Então o empurrei, e ele me empurrou, e eu o empurrei, e ele me empurrou, e eu caí, e sei que aquilo não era a intenção dele. E é por isso que foi tão pior eu ter dado a entender a David que ele tinha me empurrado de propósito, ter permitido que ele ficasse trancado no quarto aquele tempo todo sem contar a ninguém que fora tudo um acidente. Ele também nunca contou a ninguém que fora um acidente, porque para isso ele teria que dizer que eu o beijei. E, bem, claramente não havia confissão pior do que essa.

56

CHELSEA, 1993

Numa noite de verão, em meados de junho, comecei a ouvir minha irmã mugir.

Não havia outra palavra para aquilo.

Parecia exatamente o som de uma vaca.

Aquilo durou um tempo. Lucy estava no quarto extra, preparado para ela. Clemency e eu fomos enxotados da porta e nos mandaram ficar em nossos quartos até que fôssemos chamados novamente.

Os mugidos continuaram por muitas horas.

Então, por volta de 0h10, ouvimos o som de um bebê chorando.

E, sim. Era você.

Serenity Love Lamb. Filha de Lucy Amanda Lamb (14) e David Sebastian Thomsen (41).

Eu só vi você mais tarde naquele dia, e preciso confessar que gostei muito da sua aparência. Seu rosto parecia o de um bebê-foca. E você olhava para mim sem piscar, de um jeito que me fazia sentir importante. Eu não me sentia importante havia muito tempo. Deixei você segurar meu dedo com sua mãozinha e a sensação foi estranhamente boa. Sempre pensei que eu odiava bebês, mas talvez não fosse bem assim, no fim das contas.

E então, alguns dias depois, você foi tirada da minha irmã e transferida para o quarto de David e Birdie. Minha irmã foi colocada de volta no quarto que dividia com Clemency lá em cima. À noite, eu ouvia você chorando lá embaixo enquanto minha irmã chorava no quarto ao lado. Durante o dia, ela descia para tirar leite com uma gambiarra que parecia medieval, o líquido era colocado numa mamadeira que também parecia medieval, e então eles lhe mandavam voltar para o quarto.

E aí tudo mudou outra vez: a linha entre nós e eles andou um pouquinho, e minha irmã voltou a ser uma de nós; e foi esse ato final de crueldade que nos uniu novamente.

57

Lucy caminha em direção a ele.

Seu irmão.

Seu irmão mais velho.

Ela consegue enxergar agora.

Olha bem dentro dos olhos dele e diz:

— Por onde você andou, Henry? Por onde você andou?

— Ah, sabe como é. Por aí.

Uma onda de fúria começa a tomar conta de Lucy. Durante todos esses anos ela esteve sozinha. Durante todos esses anos ela não teve ninguém. E ali está Henry, alto, jovem, bonito e falastrão.

Ela soca o peito dele com os dois punhos fechados.

— Você a abandonou! — diz, chorando. — Você a abandonou! Você deixou o bebê para trás!

Ele segura a mão dela e diz:

— Não! *Você* a abandonou! Foi você! Fui eu que fiquei. Eu fui o único a ficar! Você pergunta por onde eu andei, mas onde é que *você* estava?

— Eu estava... — começa ela, e então abre os punhos e deixa os braços caírem. — Eu estava no inferno.

Eles ficam em silêncio por um momento. E então Lucy dá um passo para trás e chama Marco.

— Marco. Este é Henry, seu tio. Henry, este é meu filho. E esta é Stella, minha filha.

Marco olha para a mãe, depois para Henry, e então para a mãe de novo.

— Eu não entendo. O que isso tudo tem a ver com o bebê?

— Henry estava... — diz. Ela respira fundo e começa de novo. — Havia uma bebê. Ela morava aqui conosco quando éramos crianças. E tivemos que deixá-la porque... bem, porque sim. E Henry está aqui, assim como eu, para encontrar a bebê, agora que ela cresceu.

Henry pigarreia e diz:

— Hum.

Lucy se vira e olha para ele.

— Eu já a encontrei — diz ele. — Já estive com Serenity. Ela estava aqui. Na casa.

Lucy tem um sobressalto.

— Ah, meu Deus. Ela está bem?

— Está, sim. Saudável, forte e linda demais.

— Mas onde ela está? Onde está agora?

— Bem, neste momento está com nossa velha amiga Clemency.

Lucy arqueja.

— Clemency? Ai, meu Deus. Onde ela está? Onde ela mora?

— Acho que ela mora na Cornualha. Olha aqui. — Henry vira o celular e mostra um pontinho num mapa. — Esta é Serenity — diz ele, apontando para o pontinho. — Maisie Way, número doze, Pentreath, Cornualha. Coloquei um pequeno rastreador no celular dela. Para não a perdermos novamente.

— Mas como você sabe que lá é onde Clemency está?

— A-há — diz ele, fechando o aplicativo com a localização de Serenity e abrindo outro.

Ele aperta uma seta numa barra de áudio. E então, de repente, ouvem-se duas mulheres falando baixo.

— É ela falando? — pergunta Lucy. — É Serenity?

Ele escuta.

— Sim, acho que é — diz Henry, aumentando o volume.

Outra voz começa a falar.

— E esta é Clemency. Escuta.

58

Clemency pediu a Miller que as deixasse sozinhas. Quer contar a história para Libby em particular. Então Miller leva o cachorro para passear, Clemency dobra as longas pernas sob o próprio corpo no sofá e, devagar, começa a falar.

— Nosso plano era resgatar o bebê. Henry ia drogar os adultos com a poção de sono que ele tinha feito, nós roubaríamos os sapatos que estavam nas caixas no quarto de David e Birdie e algumas roupas normais também. Então, pegaríamos o dinheiro, o bebê e, com a chave que estava no bolso do meu pai, sairíamos de casa, abordaríamos algum policial ou adulto que parecesse confiável e contaríamos a eles que as pessoas daquela casa nos mantinham confinados lá havia anos. E então de alguma maneira viríamos todos para cá, onde estava minha mãe. Ainda não tínhamos pensado muito bem sobre como entraríamos em contato com ela. Um orelhão, uma ligação a cobrar, e rezar para dar certo. — Clemency dá um sorriso irônico. — Como você pode perceber, a gente não pensou muito bem no plano mesmo. Só queríamos ir embora. Então, um dia, meu pai comunicou que daria uma festa para comemorar os trinta anos de Birdie. Henry nos chamou no quarto. A essa altura, ele era meio que nosso líder, eu acho. E disse que faríamos tudo naquele dia. Na festa de aniversário de Birdie. Disse que se ofereceria para preparar toda a comida. Me pediu para fazer uma bolsinha para ele colocar as garrafinhas com a infusão de sono e levá-las dentro da calça. Só precisaríamos fingir que estávamos muito animados com a festa de aniversário de Birdie. Lucy e eu até aprendemos a tocar uma música no violino especialmente para ela.

— E Phin? — pergunta Libby. — Phin estava envolvido em tudo isso?

Clemency suspira.

— Phin ficava na dele na maior parte do tempo. E Henry não queria que ele se envolvesse. Aqueles dois... — ela respira fundo — tinham uma relação meio tóxica. Henry amava Phin. Mas Phin odiava Henry. Além disso, é claro, Phin estava doente.

— O que ele tinha?

— Nós nunca descobrimos. Eu achava que ele poderia ter câncer ou algo assim. Por isso eu e minha mãe sempre imaginamos que talvez ele tivesse morrido.

Ela continua:

— Enfim. No dia da festa, estávamos todos tensos. Nós três. Mas mantivemos as aparências de que estávamos animados com tudo aquilo. E de certa maneira nós estávamos mesmo. Era nossa festa da liberdade. No fim daquele dia, a promessa de uma vida normal nos esperava. Ou pelo menos uma vida *diferente* — explicou. — E então tocamos violino para Birdie, distraindo os adultos enquanto Henry cozinhava. E era tão bizarro o contraste entre meu pai, Birdie e todas aquelas pessoas que estavam ali. Nós todos parecíamos doentes, sabe? Mas Birdie e meu pai estavam reluzindo de vitalidade e satisfação. Meu pai colocou o braço sobre os ombros dela, e o olhar em seu rosto era de total e absoluta dominação. — Clemency pressiona a almofada em seu colo. Seu olhar é severo e firme. — Era como se ele tivesse "permitido" que sua mulher tivesse uma festa, com toda a imensa bondade do seu coração. Como se ele pensasse: "Veja toda essa alegria. Fui eu que criei. Veja como posso fazer o que quiser e as pessoas continuam a me amar."

A voz dela começa a falhar e Libby pousa a mão em seu joelho.

— Você está bem? — pergunta.

Clemency assente.

— Eu nunca, nunca contei isso a ninguém — confessa. — Nem para minha mãe, meu marido, minha filha. É difícil falar sobre o meu pai, sabe? Sobre o tipo de homem que ele era. E sobre o que aconteceu com ele. Porque, apesar de tudo, ele era meu pai. E eu o amava.

Libby toca gentilmente o braço de Clemency.

— Tem certeza de que quer continuar?

Clemency faz que sim e se apruma.

— Normalmente, nós colocávamos a comida no centro da mesa e nos servíamos, mas naquela noite Henry disse que queria servir a todos, como se estivéssemos num restaurante. Assim, ele podia garantir que os pratos certos iriam para as pessoas certas. Então meu pai fez um brinde. Levantou a taça para cada pessoa da mesa e disse: "Sei que a vida nem sempre foi fácil para nós, principalmente para os que enfrentaram alguma perda. Sei que às vezes parece difícil manter a fé sempre viva, mas o fato de estarmos reunidos aqui depois de todos esses anos e ainda sermos uma família, e uma família ainda maior agora, na verdade", e, quando ele disse isso, tocou em sua cabeça. "Isso só mostra como nossa vida é boa e como temos sorte." — Clemency para e recupera o fôlego. — Ele disse: "Meu amor, minha vida, mãe da minha filha, meu anjo, minha razão de viver, minha deusa. Feliz aniversário, querida. Eu devo tudo a você." E então eles se beijaram, e foi um beijo longo, molhado, ruidoso, e eu me lembro de ter pensado... — Ela para por um instante e olha para Libby com uma expressão pesarosa. — Pensei: "Eu espero muito, muito que vocês dois morram."

Clemency continua:

— Levou uns vinte minutos para a infusão começar a fazer efeito. Três ou quatro minutos depois, os adultos estavam inconscientes. Lucy tirou você do colo de Birdie e começamos a nos preparar. Henry disse que teríamos por volta de vinte minutos ou, no máximo, meia hora até que o efeito passasse. Deitamos os adultos no chão da cozinha e eu procurei a bolsinha de couro na túnica do meu pai. Vasculhei o chaveiro até encontrar a chave que abria a porta para o quarto de David e Birdie. E, meu Deus, era chocante. Henry tinha nos avisado sobre o que esperar ali dentro, mas, ainda assim, ver tudo aquilo, tudo o que havia sobrado das coisas lindas de Henry e Martina entulhado daquele jeito, as antiguidades, os perfumes, as joias, as bebidas. Henry disse: "Vejam isso. Vejam todas essas coisas. Enquanto nós não tínhamos *nada*. Isso é perverso. Vocês estão olhando para a perversão em sua forma mais pura." Já havia passado cinco minutos do nosso prazo de meia hora. Peguei fraldas, macacões e mamadeiras. E então percebi que Phin estava atrás de mim. Disse para ele: "Rápido! Pegue umas roupas. Você precisa se aquecer, está frio lá fora." Ele respondeu: "Acho que não consigo. Acho que estou muito fraco." E eu disse: "Mas não podemos deixar você aqui, Phin." E ele: "Eu não consigo. Eu simplesmente não consigo. Está bem?"

Ela segue falando:

— A essa altura, já havia passado dez minutos e eu não podia mais perder tempo tentando convencê-lo. Olhei para Henry, que estava enchendo uma bolsa com dinheiro. Eu disse: "Não devíamos deixar isso como prova? Para a polícia?" Mas ele respondeu: "Não. Isso é meu. Não vou deixar para trás." E você estava chorando muito, berrando. Henry começou a gritar: "Faça ela calar a boca! Pelo amor de Deus!" E então ouvimos passos na escada atrás de nós. Um segundo depois, a porta se abriu e Birdie apareceu. Ela parecia estar totalmente transtornada e mal conseguia controlar os próprios movimentos. Entrou cambaleando no quarto, os braços esticados na direção de Lucy, dizendo: "Me dá o meu bebê! Me dá!" Então Birdie deu uma guinada em sua direção. Henry estava perdendo a cabeça, gritando loucamente com todo mundo. Phin estava lá, em pé, parecendo prestes a desmaiar. E eu fiquei paralisada, na verdade. Porque pensei que, se Birdie estava acordada, então todos os outros também deviam estar. Que meu pai estaria acordado. E que a qualquer momento todos apareceriam e nós ficaríamos trancados no quarto para o resto da vida. Meu coração estava acelerado. Eu estava aterrorizada. E então, não sei, até hoje não sei bem o que aconteceu, mas de repente Birdie estava no chão. Estava no chão e havia sangue escorrendo do canto de seu olho. Como se fossem lágrimas vermelhas. E também do cabelo, bem aqui. — Clemency aponta para o ponto bem acima de sua orelha. — Era escuro e pegajoso. Então olhei para Henry e ele segurava uma presa.

Libby olha para ela, confusa.

— Parecia uma presa. De elefante. Ou o chifre de um antílope. Algo assim.

Libby pensa no clipe que Phin tinha mostrado a eles. E se lembra das cabeças de animais penduradas nas paredes e das raposas empalhadas posando como se ainda estivessem vivas sobre superfícies enormes de mogno.

— E havia sangue na presa, escorrendo. E na mão de Henry. E todos paramos de respirar por alguns segundos. Até você. Um silêncio absoluto. Ficamos atentos, tentando perceber se alguém fazia algum barulho. Ouvimos a respiração de Birdie. Estava vacilante. E depois parou. Um pequeno fio de sangue escorria de seu cabelo pela têmpora e entrava no olho... — Clemency descreve passando a ponta do dedo pelo próprio rosto. — Eu perguntei: "Ela está morta?" E Henry disse: "Cala a boca. Cala a boca e me deixa pensar." Fui checar a pulsação dela e Henry me empurrou tão forte que caí de costas. Ele gritou: "Deixa ela aí!" E então ele desceu as escadas e foi lá embaixo. Disse: "Fiquem aqui. Só fiquem aqui." Olhei para Phin. Dava para ver que ele estava prestes a desmaiar. Eu o levei até a cama. E então Henry voltou. Estava pálido. Disse: "Alguma coisa aconteceu. Alguma coisa deu errado. Eu não entendo. Os outros. Estão todos mortos. Todos eles."

As últimas palavras de Clemency saem num sobressalto. Seus olhos se enchem de lágrimas e ela leva as mãos à boca.

— Todos eles. Meu pai. A mãe e o pai do Henry. Mortos. E Henry ficava repetindo: "Eu não entendo, não entendo. Não dei quase nada para eles. Foi só um pouquinho, não era suficiente nem para matar um gato. Eu não entendo." Então, de repente, aquilo tudo, toda aquela incrível missão de resgate, aquilo que faríamos para nos libertar, tinha na verdade nos aprisionado. Como sairíamos na rua procurando um policial? Tínhamos matado quatro pessoas. *Quatro pessoas.*

Clemency para por um momento e recupera o fôlego. Libby percebe que suas mãos tremem.

— E ainda tínhamos um bebê para cuidar, e aquilo tudo era... aquilo tudo era tão... meu Deus, você se importa se formos para o jardim dos fundos? Preciso de um cigarro.

— Não, não, é claro — responde Libby.

O jardim de Clemency é repleto de trilhas de cascalho e sofás de vime. A manhã está no fim e o sol está alto, mas o clima é fresco e com sombra nos fundos da casa. Clemency pega um maço de cigarros na gaveta da mesa de centro.

— Meu estoque secreto — diz ela.

No maço há uma foto de alguém com câncer na boca. Libby não consegue nem olhar. Por que as pessoas fumam?, ela se pergunta. Quando sabem que aquilo pode matá-las? A mãe dela fuma. "Meus garotos", é assim que ela chama os cigarros. "Onde estão meus garotos?"

Libby observa enquanto Clemency acende o cigarro com um fósforo, traga e assopra a fumaça. Suas mãos param imediatamente de tremer. Ela diz:

— Onde eu parei?

59

CHELSEA, 1994

Eu sei que parece que foi tudo um grande desastre. Claro que parece. Qualquer situação envolvendo quatro cadáveres obviamente está longe de ser ideal.

Mas o que ninguém parece perceber é que, sem mim, Jesus amado, talvez ainda estivéssemos todos lá, esqueletos de meia-idade que não tiveram vida. Ou mortos. Sim, não nos esqueçamos de que podíamos estar todos mortos. E sim, é óbvio que as coisas não saíram exatamente como o planejado, mas nós escapamos de lá. *Nós escapamos de lá.* E ninguém tinha outro plano, não é? Ninguém estava disposto a arriscar um pouco mais. É muito fácil criticar, mas assumir o controle das coisas não é tão simples assim.

Eu não tinha apenas quatro cadáveres, um bebê e duas adolescentes com que lidar. Eu ainda precisava lidar com Phin. Mas Phin estava se comportando de modo delirante e era um peso morto, então eu o tranquei no quarto, só para facilitar minha vida.

Sim, eu sei. Mas eu precisava pensar com calma.

Dava para ouvir Phin gritando e chorando no quarto lá em cima. As meninas queriam ir até ele, mas eu disse:

— Não, fiquem aqui. Precisamos trabalhar juntos. Não vão a lugar nenhum.

A primeira coisa a ser resolvida era Birdie, eu pensei. Era bizarro vê-la daquele jeito, tão pequena e destruída, aquela pessoa que tinha controlado nossas vidas por tanto tempo. Ela usava a camisa que Clemency tinha feito para ela de aniversário e uma correntinha que David lhe dera. Seu cabelo longo estava preso num coque. Seus olhos claros, fixados na parede. Um globo ocular estava vermelho, brilhando. Os pés descalços estavam ossudos, com as unhas longas demais e um tanto amareladas. Tirei a corrente de seu pescoço e guardei no bolso.

Clemency chorava.

— Isso é muito triste! Muito triste! Ela é filha de alguém! E agora está morta!

— Não é nada triste — retruquei, ríspido. — Ela merecia morrer.

Clemency e eu a carregamos até o sótão e a levamos para o telhado. Ela era muito leve. Do lado oposto ao lugar onde um dia eu ficara de mãos dadas com Phin, havia uma espécie de ralo grande. Estava cheio de folhas mortas e dava acesso à calha que descia pela lateral da casa. Nós a enrolamos em toalhas e lençóis e a enfiamos ali. Então a cobrimos com um punhado de folhas mortas e mais uns pedaços de resto de madeira que encontramos por perto.

Depois, na cozinha, fiquei olhando, meio apático, para aqueles três cadáveres. Não podia deixar minha mente mergulhar na realidade daquela situação. Eu tinha matado meus próprios pais. Minha linda e idiota mãe e meu pobre e arruinado pai. Precisava me distanciar do fato de que, por minha culpa, minha mãe nunca mais passaria a mão pelo meu cabelo e me chamaria de seu lindo menino, eu nunca mais sentaria em silêncio com meu pai no clube para tomar limonada. Não haveria nenhuma família para visitar no Natal, não haveria avós para os filhos que eu viesse a ter, ninguém para se preocupar comigo enquanto eu crescia. Eu era um órfão. Um órfão e um assassino acidental.

Mas não entrei em pânico. Controlei minhas emoções, olhei para aquelas três figuras deitadas no chão da cozinha e pensei: "Eles parecem membros de um culto. Qualquer pessoa que entrar aqui agora e vir essas três pessoas com roupas pretas combinando vai achar que elas se suicidaram."

E então era óbvio o que eu precisava fazer. Precisava montar um cenário de pacto suicida. Arrumamos as coisas da festa para que parecesse menos "festinha animada de trinta anos" e mais "último e derradeiro jantar". Jogamos fora os outros pratos. Lavamos todas as panelas e recipientes e descartamos o resto da comida. Arrumamos os corpos para que ficassem todos alinhados na mesma direção. Pressionei os dedos de cada um nos frascos vazios para que parecesse que tinham tomado o veneno juntos.

Não falamos nada.

Tudo soou estranhamente sagrado.

Dei um beijo na bochecha da minha mãe. Ela estava muito fria.

Beijei a testa do meu pai.

E então olhei para David. Lá estava ele, deitado, o homem que, assim como Phin previra meses antes, tinha destruído a minha vida. O homem que tinha nos arruinado, nos agredido, nos negado comida e liberdade, que tinha roubado nossos passaportes, engravidado minha mãe e minha irmã, tentado ficar com a nossa casa. Eu tinha eliminado sua patética existência e estava triunfante. Mas também sentia nojo.

"Olha só para você", eu queria dizer. "Olha só para você, o derrotado que você acabou se tornando."

Queria enfiar o pé na cara de David e chutar até virar uma maçaroca, mas contive a raiva e voltei para o quarto que ele dividia com Birdie.

Esvaziamos todas as caixas. Em uma delas encontramos um punhado das sacolas idiotas que Birdie tinha feito para vender no Camden Market e as enchemos com tudo que foi possível. Encontramos quase sete mil libras em dinheiro e dividimos por quatro. Também achamos as joias da minha mãe e as abotoaduras de ouro e correntes de prata do meu pai, além de uma caixa de uísque. Jogamos o uísque no ralo e deixamos as garrafas vazias, junto com a de champanhe, perto da porta de entrada. Colocamos as joias dentro das nossas bolsas. E então desmontamos as caixas e as empilhamos.

Quando a casa já estava vazia e não havia mais nada que não sugerisse um culto, saímos em silêncio pela porta da frente e fomos para o rio. Estava de madrugada, provavelmente por volta de três da manhã. Poucos carros passavam por ali, mas nenhum parou e nem pareceu perceber a nossa presença. Ficamos em pé na beira do rio, exatamente no mesmo lugar onde Phin e eu tínhamos brigado anos antes, e eu acabei no fundo da água tendo alucinações no escuro. Estava tudo calmo o suficiente para desfrutar dos meus primeiros momentos de liberdade em dois anos. Jogamos as garrafas vazias na água, as calcinhas de seda, os frascos de perfume e vestidos de festa, dentro de bolsas cheias de pedras para que afundassem, e depois ficamos parados por um momento. Eu podia ouvir todos nós respirando, e a beleza e a paz daquele momento ofuscaram por um instante o horror de toda a situação. O ar que vinha da superfície escura do rio era espesso, cheirava a combustível e a energia vital. Tinha o cheiro de todas as coisas que perdemos desde o momento em que David Thomsen entrou na nossa casa, desde o dia em que ele e sua família vieram morar no andar de cima.

— Sintam esse cheiro — eu disse, me virando para as garotas. — Sintam isso. Nós conseguimos. Nós conseguimos de verdade.

Clemency estava chorando em silêncio. Fungava e secava a ponta do nariz com a base da mão. Mas dava para notar que Lucy também estava sentindo o peso do que tínhamos feito.

Se não fosse por você, Serenity, ela teria sido bem mais fraca. Teria chorado pela mamãe dela, fungado na palma da mão como Clemency. Mas, porque tinha você, ela sabia que havia mais coisas em risco do que nossas identidades amadas de filhos de um pai e uma mãe. Sua expressão era altiva, corajosa e quase rebelde. Fiquei orgulhoso dela.

— Nós vamos ficar bem — eu disse a ela. — Sabe disso, não sabe?

Ela concordou com a cabeça e ficamos ali parados por um ou dois minutos, até que vimos as luzes de um rebocador vindo em nossa direção. Então viramos rapidamente para atravessar a rua em direção à casa.

E foi aí que aconteceu.

Clemency saiu correndo.

Ela não estava usando sapatos, apenas meias. Tinha os pés grandes, então os sapatos da minha mãe que ficaram com Birdie eram pequenos demais para ela, e os de David, largos demais.

Por um momento fiquei olhando enquanto ela corria. Hesitei por um ou dois segundos antes de dizer para Lucy:

— Entre na casa, entre na casa.

E me virei para correr atrás dela.

Mas rapidamente percebi que, fazendo aquilo, eu só chamava mais atenção para mim. Algumas pessoas vagavam pela rua: era noite de quinta-feira, havia jovens voltando para casa nos ônibus que passavam na King's Road. Como eu poderia explicar aquela cena: um garoto de túnica preta perseguindo uma menina assustada, também de túnica preta e descalça?

Parei na esquina da Beaufort Street. Meu coração, que há muito tempo já não estava acostumado com corridas, batia acelerado dentro do peito, como um motor, e achei que fosse vomitar. Eu desabei, ouvindo minha respiração, o ar entrar e sair do corpo, como se eu fosse um animal de fazenda sendo sufocado. Depois, me virei e voltei devagar para a casa.

Lucy estava me esperando no hall. Você estava sentada no colo dela, mamando.

— Cadê ela? — perguntou. — Cadê a Clemency?

— Foi embora — respondi, ainda sem fôlego. — Ela foi embora...

60

Libby olha para Clemency.

— Para onde? — pergunta. — Para onde você foi?

— Fui para o hospital. Segui as placas até o setor de emergência. Vi que as pessoas me encaravam, mas sabe como é, àquela hora da noite, na emergência do hospital, ninguém repara de verdade. Estava tudo uma loucura, um monte de gente bêbada ou louca. Todos assustados e preocupados. Fui até a recepção e disse: "Acho que meu irmão está morrendo. Ele precisa de assistência médica."

"A enfermeira olhou para mim e perguntou: 'Qual é a idade do seu irmão?'

"Respondi: 'Dezoito.'

"Ela perguntou: 'Onde estão seus pais?' E eu simplesmente me fechei. Não sei explicar. Tentava dizer algumas palavras, mas elas literalmente não saíam da minha boca. Eu só tinha aquela imagem na cabeça, do meu pai morto, deitado como um membro de um culto bizarro. E Birdie no telhado enrolada como uma múmia. Eu pensei: como é que vou dizer a alguém para ir até a casa? O que eles diriam? O que aconteceria com o bebê? O que aconteceria com Henry? Então me virei e saí. Passei a noite inteira pulando de uma cadeira para outra no hospital. Toda vez que alguém me olhava de um jeito estranho ou parecia estar prestes a me perguntar alguma coisa, eu mudava de lugar.

"Na manhã seguinte, eu me lavei no banheiro e fui direto a uma loja de sapatos. Estava com um casaco; tinha prendido o cabelo. Eu estava o mais imperceptível possível para uma criança andando por aí descalça. Tinha uma bolsa cheia de dinheiro. Comprei sapatos. Fiquei vagando pela cidade. Ninguém olhava para mim. Ninguém percebia minha presença. Fui andando até a Paddington Station, seguindo as placas na rua. Embora eu morasse em Londres há seis anos, não conhecia tanto a cidade. Mas consegui chegar lá. E comprei uma passagem de trem para a Cornualha. O que era uma loucura, porque eu não tinha o número da minha mãe, não tinha seu endereço. Não sabia nem o nome da cidade dela. Mas eu tinha as memórias das coisas que ela falou quando foi nos visitar logo depois de se mudar para cá. A última vez que a tínhamos visto. Ela tinha comentado sobre um restaurante na praia onde nos levaria quando fôssemos visitá-la, que vendia sorvete azul. Disse que havia muitos surfistas, que ela os via pela janela do apartamento. Comentou sobre um artista excêntrico que morava na casa ao lado, cujo jardim era cheio de esculturas fálicas que formavam um mosaico. Comentou sobre o peixe com batata frita na esquina de casa, que sentia falta do trem rápido de Londres e que precisava viajar por dezoito estações.

"E então, sim, acabei conseguindo chegar até ela. Até Pentreath, até a rua, até o apartamento."

Seus olhos se enchem de lágrimas ao acessar essa memória, e seus dedos tateiam novamente pelo maço de cigarros. Ela pega um novo, acende e traga.

— Ela veio até a porta e me viu ali. — Sua voz falha em cada uma dessas palavras, e ela respira fundo. — Ela me viu ali e simplesmente me abraçou na mesma hora, e fiquei naquele abraço por um longo tempo. Dava para sentir o cheiro de bebida nela, eu sabia que ela não era perfeita, e entendia por que não tinha vindo nos buscar, mas ali eu soube, eu apenas soube, que tinha acabado. E que eu estava segura.

"Ela me levou para dentro, para sentar no sofá, e o apartamento dela era... Bem, era uma bagunça, cheio de coisas espalhadas. Eu não estava mais acostumada com aquilo; tinha me habituado a viver no vazio, com nada ao redor.

"Ela tirou as coisas do sofá para eu poder me sentar e depois perguntou: 'E o Phin? Onde está o Phin?' Então, é claro, eu parei. Porque a verdade era que eu tinha fugido e deixado ele lá, trancado no quarto. E se eu explicasse por que ele estava trancado no quarto, ia ter que explicar todo o resto. Olhei para ela, que estava tão abatida, eu estava tão abatida, e eu devia ter contado tudo. Mas não consegui. Então disse que os adultos tinham feito um pacto para se matar. E que Henry, Lucy e Phin ainda estavam na casa com você. Que a polícia estava a caminho. E que ia ficar tudo bem. E sei que parece ridículo. Mas lembre-se de onde nós estávamos e tudo por que tínhamos passado. Minha noção de lealdade estava totalmente distorcida. Durante anos, nós, as crianças, só tínhamos a nós mesmas para nos apoiarmos. Lucy e eu éramos inseparáveis, como irmãs mesmo... Bem, até ela engravidar."

— Lucy? — pergunta Libby. — Lucy engravidou?

— É — responde Clemency. — Eu achei... Você não sabia? O coração de Libby acelera.

— Sabia o quê?

— Que Lucy era...

Mas Libby já sabe o que ela vai dizer. Leva a mão à garganta e pergunta:

— Lucy era o quê?

— Bem, que ela era sua mãe.

Libby mantém os olhos fixos na fotografia do câncer de boca no maço de cigarros de Clemency, absorve cada um dos detalhes abomináveis e aversivos, tenta conter aquela onda de náusea em seu corpo. Sua mãe não era uma linda socialite com o cabelo parecido com o de Priscilla Presley. Sua mãe era uma adolescente.

— Quem era meu pai? — pergunta, após uns segundos.

Clemency olha para ela como quem pede desculpas.

— Era... o meu pai.

Libby assente. Meio que já esperava por isso.

— Quantos anos Lucy tinha?

Clemency abaixa a cabeça.

— Ela tinha catorze. Meu pai tinha quarenta e poucos.

Libby pisca lentamente os olhos.

— E foi...? Ele...?

— Não — responde Clemency. — De acordo com Lucy, foi...

— Consensual?

— Sim.

— Mas ela era muito nova. Ainda assim é estupro, legalmente falando.

— Sim. Mas o meu pai... ele era muito carismático. Tinha um jeito de fazer você se sentir especial. Ou um jeito de fazer você se sentir um lixo. E era sempre melhor estar entre os especiais. Assim, eu consigo entender como aconteceu. Consigo entender... Mas isso não quer dizer que eu não odiasse aquilo. Eu odiava. Eu o odiei por isso. E a odiei também.

Elas ficam em silêncio por um momento. Libby tenta assimilar as revelações daqueles últimos minutos. Sua mãe era uma adolescente. Uma garota adolescente, e, agora, uma mulher de meia-idade, perdida pelo mundo. Seu pai era um velho nojento, abusador de crianças, um animal. E, enquanto pensa nisso, Libby ouve o som de uma notificação em seu celular. É uma mensagem no WhatsApp de um número que ela não reconhece.

— Desculpe — diz a Clemency, pegando o aparelho. — Posso só dar uma olhada?

Há uma foto anexada. A legenda diz: "Estamos aqui esperando por você! Volte!"

Libby reconhece o lugar da foto. É a casa em Cheyne Walk. E lá, sentada no chão, com as mãos levantadas para a foto, está uma mulher: o corpo esguio, cabelo escuro, bastante bronzeada. Usa um vestido sem manga e tem algumas tatuagens nos braços fortes. Ao lado esquerdo dela está um menino muito bonito, também bronzeado e de cabelo escuro, além de uma linda menininha com cabelo dourado e cacheado, pele um pouco mais escura e olhos muito verdes. No chão, aos pés deles, há um cachorro marrom, preto e branco, ofegante com o calor.

E no primeiro plano da foto, segurando a câmera a um braço de distância e radiante com seu sorriso branquíssimo, está o homem que diz ser Phin. Ela vira a tela para Clemency.

— Essa é...?

— Ai, meu Deus. — Clemency aproxima o dedo da tela e aponta para a mulher. — É ela! É a Lucy.

Libby usa as pontas dos dedos para dar um zoom na foto e observar o rosto da mulher. Lucy se parece com Martina, a mulher que por um momento pensou ser sua mãe. Ela tem a pele queimada de sol e o cabelo preto brilhoso, mas com as pontas mais acobreadas. Tem poucas rugas na testa. Seus olhos são castanho-escuros, como os de Martina. Como os de seu filho. Ela parece desgastada; parece cansada. E parece ser incrivelmente linda.

Eles chegam a Cheyne Walk cinco horas depois.
    Na porta, Libby enfia a mão na bolsa para pegar as chaves. Ela podia simplesmente entrar; é a casa dela, afinal. E então ela engole em seco e aquilo lhe atinge em cheio. Não é a casa dela. De jeito nenhum. A casa tinha sido deixada para o bebê de Martina e Henry. Um bebê que nunca existiu.
    Ela põe as chaves de volta na bolsa e liga para o número que enviou a mensagem pelo WhatsApp.
    — Alô?
    É uma mulher. Sua voz é suave e melódica.
    — É... Lucy?
    — Sim — responde a mulher. — Quem é?
    — Aqui é... aqui é Serenity.

61

Lucy desliga o celular e olha para Henry.

— Ela está aqui.

Eles vão juntos até a porta de entrada.

O cachorro começa a latir ao ouvir o barulho de outras pessoas lá fora, então Henry o pega no colo e diz a ele para ficar quieto.

O coração de Lucy está acelerado quando põe a mão na maçaneta. Ela toca o cabelo, o ajeita. Coloca um sorriso no rosto.

E lá está ela. A filha que ela precisou deixar para trás. A filha por quem ela teve que matar para poder ver de novo.

Sua filha tem altura mediana, corpo de tamanho mediano, nada parecida com aquele bebê enorme e gorducho que ela deixou para trás no berço. Tem cabelo bem loiro, mas sem cachos. Os olhos são azuis, mas não aquele azul-claro do bebê que ela abandonou. Está usando um short de algodão, blusa de manga curta, tênis cor-de-rosa. Segura uma bolsa verde pressionada contra a barriga. Usa um brinco de argola dourado com um cristalzinho pendurado em cada orelha. Não está usando maquiagem.

— Serenity...?

Ela faz que sim.

— Ou Libby. Nas horas vagas. — Ela ri de leve.

Lucy ri também.

— Libby. É claro. Você é Libby. Entre, entre.

Ela resiste ao ímpeto de lhe dar um abraço. Em vez disso, a conduz pelo corredor apenas com a mão em seu ombro.

Atrás de Serenity está um homem grande e bonito, de barba. Ela o apresenta como Miller Roe. Diz:

— É meu amigo.

Lucy leva todos até a cozinha, onde as crianças estão sentadas, nervosas, esperando.

— Crianças — diz ela. — Essa é a Serenity. Ou, na verdade, Libby. E Libby é...

— O bebê? — pergunta Marco, com os olhos arregalados.

— Sim, Libby é o bebê.

— Que bebê, mamãe? — indaga Stella.

— Ela é o bebê que eu tive quando era muito nova. O bebê que precisei deixar em Londres. O bebê sobre o qual nunca contei para ninguém. Ela é a irmã mais velha de vocês.

Marco e Stella estão de boca aberta. Libby meio que acena para eles. Por um momento, é tudo meio esquisito. Mas então Marco diz:

— Eu sabia! Sabia desde o início! Desde que vi a mensagem no seu celular! Sabia que o bebê era seu. Eu simplesmente sabia!

Ele se levanta e corre pela cozinha, e por um momento Lucy acha que ele está fugindo, com raiva dela por ter um bebê secreto, mas ele corre na direção de Libby e a abraça forte pela cintura. Por cima da cabeça dele, Lucy vê que Libby está com os olhos arregalados, surpresa, mas também feliz. Ela passa a mão na cabeça de Marco e sorri para Lucy.

E então, é claro, já que o irmão fez isso, Stella repete seu gesto e também se agarra à cintura de Libby. E ali estão eles, Lucy pensa. Seus três bebês. Juntos. Finalmente. Ela fica parada com as mãos na boca enquanto as lágrimas correm por suas bochechas.

62

CHELSEA, 1994

Eu não sou uma pessoa totalmente sem coração, Serenity, eu juro.

Você se lembra de como eu deixei você segurar meu dedo no dia em que nasceu, como olhei para você e senti algo florescer dentro de mim? Eu me senti assim de novo quando, há duas noites, nos encontramos pessoalmente. Você ainda era aquele bebê para mim; ainda tinha aquela inocência, aquela ausência de maldade.

Mas você também tinha outra coisa.

Você tinha os olhos azuis dele, sua pele macia, seus cílios longos e escuros.

Você não se parece muito com Lucy.

Você não se parece nada com David Thomsen.

Você se parece exatamente com seu pai.

E, olhando para trás, é ridículo que eu não tenha percebido algo que estava bem debaixo do meu nariz. Quando apareceram seus cachos loiros, seus olhos azuis brilhantes e seus lábios grossos. Como David não percebeu? Como Birdie não percebeu? Como ninguém viu? Acho que é porque era impossível de acreditar. Impossível até de imaginar.

Que minha irmã estivesse dormindo com David e Phin ao mesmo tempo.

*

Eu só descobri no dia seguinte à festa de aniversário de Birdie.

Lucy e eu ainda não tínhamos decidido o que fazer. Phin estava se debatendo em seu quarto, então, para mantê-lo seguro, o amarrei ao aquecedor. Para seu próprio bem.

Lucy ficou chocada.

— O que você está fazendo? — perguntou, chorando.

— Ele vai se machucar. — Eu disse, com um tom de superioridade. — É só até decidirmos o que fazer com ele.

Ela estava com você nos braços. Vocês duas não tinham se separado nem por um segundo desde que ela tirou você dos braços de Birdie na noite anterior.

— Precisamos buscar ajuda para ele.

— Sim, precisamos. Mas também precisamos nos lembrar de que matamos quatro pessoas e podemos ir parar na cadeia.

— Mas foi um acidente — argumentou ela. — Nenhum de nós queria matar ninguém. A polícia vai entender.

— Não. Não vai. Não temos nenhuma prova dos abusos. Nem de nada que acontecia aqui. Só temos a nossa versão dos fatos.

Foi então que eu parei. Olhei para Lucy, olhei para você e pensei: é isso. É essa a prova de que precisamos se resolvermos pedir ajuda. A prova do abuso está aqui. *Bem na minha frente.*

— Lucy, o bebê — eu disse. — O bebê é a prova de que você foi abusada. Você tem quinze anos. Tinha catorze quando o bebê nasceu. Eles podem fazer um teste de DNA, provar a paternidade de David. Você pode dizer que ele estuprou você, várias vezes, desde que você era criança. Pode dizer que Birdie o encorajava. E que, depois, eles roubaram seu bebê. Bem, é quase verdade. E aí eu posso dizer... posso dizer que encontrei os adultos assim. Posso deixar um bilhete falso dizendo que eles estavam muito envergonhados do que tinham feito. Do modo como tinham nos tratado.

De repente fui tomado pela sensação de que íamos conseguir escapar. Que íamos conseguir sair dali e escapar da cadeia, e Phin ficaria melhor, e Lucy poderia ficar com o bebê, e todo mundo seria legal com a gente.

Então Lucy disse:

— Henry. Você sabe que Serenity não é filha de David, não é?

Meu Deus, que idiota ingênuo, eu *ainda assim* não conseguia ver. Eu me lembro de ter pensado: "Ué, bem, então de quem pode ser?"

Foi quando tudo se encaixou. A princípio, dei uma risada. Depois fiquei enjoado, com vontade de vomitar. Então eu disse:

— Sério? Você e o Phin? Sério?

Lucy assentiu.

— Mas como? — perguntei. — Quando? Não entendo.

Ela baixou a cabeça e respondeu:

— No quarto dele. Foram só duas vezes. Era, tipo, não sei, a gente se consolava. Fui até ele porque estava preocupada, ele parecia tão doente. E aí nós dois acabamos...

— Meu Deus! Sua *vagabunda*!

Ela tentou me acalmar, mas eu a afastei.

— Saia de perto de mim. Você é nojenta. Você é podre e nojenta. Você é uma piranha. Uma piranha ordinária.

Sim, eu fiz um escândalo. Poucas vezes na vida fiquei tão indignado com um ser humano quanto fiquei com Lucy naquele dia.

Não conseguia olhar para ela. Não conseguia raciocinar direito. Toda vez que eu tentava pensar em algo, decidir o que fazer, minha mente se enchia de imagens de Lucy e Phin: ele em cima dela, os dois se beijando, as mãos dele, aquelas que eu tinha segurado naquele dia no terraço, passeando pelo corpo da minha irmã. Eu nunca sentira uma raiva como aquela, nunca tinha sentido tanto ódio, mágoa e dor.

Eu queria matar alguém. E dessa vez queria fazer de propósito.

Fui até o quarto de Phin. Lucy tentou me impedir, e a empurrei da minha frente.

— É verdade? — gritei para ele. — É verdade que você transou com a Lucy?

Ele olhou para mim sem expressão.

— É verdade? — gritei de novo. — Me diga!

— Não vou dizer nada — respondeu ele — até você me soltar.

Ele parecia exausto. Parecia estar se desfazendo.

Imediatamente senti que minha raiva começava a se dissipar, e me sentei aos pés da cama dele.

Afundei a cabeça nas mãos. Quando voltei o olhar para cima, os olhos dele estavam fechados.

Houve um momento de silêncio.

— Você está morrendo, Phin? — perguntei.

— Eu. Não. Sei. Porra.

— Precisamos sair daqui. Você precisa se reerguer. Sério.

— Não consigo.

— Mas você precisa.

— Porra, me deixa aqui. Eu quero morrer.

Eu preciso confessar que, sim, me ocorreu que eu podia colocar um travesseiro sobre o rosto dele e apertar, colocar meu rosto ao lado dele para absorver seu último suspiro, sussurrar palavras de apoio em seus ouvidos, dominá-lo, drenar sua força vital, pegar para mim aquele poder. Mas, lembre-se, a não ser o feto da minha mãe — e eu pesquisei isso na internet várias e várias vezes nos anos que se passaram e, de verdade, teria sido muito difícil interromper uma gravidez saudável usando salsa —, eu nunca matei ninguém deliberadamente. Eu sou uma pessoa sombria, Serenity, sei disso. Não sinto as coisas da mesma maneira que as outras pessoas. Mas sou capaz de sentir muita compaixão e amor.

E eu amei Phin mais do que qualquer outra pessoa.

Então soltei seu pulso do aquecedor e me deitei ao seu lado.

— Você gostou de mim algum dia? Nem que fosse por um minuto? — perguntei.

— Eu sempre gostei de você. Por que não gostaria?

Parei para pensar naquela pergunta.

— Porque eu gostava de você? Demais?

— Era irritante — disse ele, e havia um tom de sarcasmo em sua voz já vacilante. — Bem irritante.

— É — respondi. — Eu entendo isso. Me desculpe. Desculpe por ter deixado seu pai pensar que você tinha me empurrado no Tâmisa. Desculpe por tentar beijar você. Desculpe por ser irritante.

A casa rangia e gemia ao nosso redor. Você estava dormindo. Lucy tinha colocado você no velho berço do quarto dos meus pais. A essa altura, eu estava acordado havia trinta e seis horas ininterruptas, e o silêncio e o som da respiração de Phin me embalaram num sono imediato e arrebatador.

Quando acordei, duas horas depois, Lucy e Phin tinham ido embora, e você estava dormindo no berço.

63

Libby olha para Lucy, essa mulher rodeada de filhos amorosos que trouxe da França até a Inglaterra. Trouxe até seu cachorro. Claramente não é o tipo de mulher que abandona as pessoas que ama. Ela pergunta:

— Por que você me abandonou?

Lucy imediatamente começa a negar com a cabeça.

— Não — diz ela. — Não, não. Eu não abandonei você. Eu nunca abandonei você. Mas Phin estava tão doente e você estava tão bem e saudável. Então coloquei você no berço, esperei que dormisse e voltei para o quarto de Phin. Henry estava dormindo e eu enfim consegui convencer Phin a se levantar. Ele era tão pesado; eu estava tão fraca. Eu o levei até a casa do médico do meu pai. Dr. Broughton. Eu me lembrava de terem me levado lá quando eu era pequena, era logo na esquina e tinha uma porta vermelha reluzente. Eu me lembrei. Era por volta de meia-noite. Eu disse a ele quem eu era. E então disse... — Ela ri com ironia daquela memória. — Disse: "Eu tenho dinheiro! Posso te pagar!"

"A princípio ele pareceu ficar com raiva. Depois, olhou para Phin, olhou bem para ele e disse: 'Ai, meu Deus, ai, meu Deus.' Subiu as escadas rapidamente, resmungando, e depois voltou de roupa trocada, com camisa e calças diferentes.

"Ele nos levou até seu consultório, onde todas as luzes estavam apagadas. Acendeu tudo de uma vez, duas fileiras de lâmpadas. Tive que cobrir os olhos. Ele deitou Phin numa cama, checou todos os seus sinais vitais e me perguntou o que diabos estava acontecendo. Disse: 'Onde estão seus pais?' Eu não tinha ideia do que responder.

"Respondi: 'Eles se foram.' E ele olhou para mim com a cabeça inclinada para o lado. Como se dissesse: 'Vamos conversar sobre isso depois.' Então ele ligou para alguém. Eu o ouvi explicar a situação com um monte de jargões médicos. Meia hora depois, um homem jovem apareceu. Era o enfermeiro do dr. Broughton. Os dois fizeram vários exames. O enfermeiro saiu no meio da noite com uma bolsa cheia de coisas para levar ao laboratório. Eu não dormia fazia dois dias. Estava *vendo estrelas*. O dr. Broughton preparou um chocolate quente para mim. Era... Por mais louco que pareça, foi o melhor chocolate quente que já tomei na vida. Eu me sentei no sofá da sala de espera e dormi.

"Quando acordei, eram umas cinco da manhã e o enfermeiro tinha voltado do laboratório. Phin estava tomando soro, mas seus olhos estavam abertos. O dr. Broughton me disse que Phin estava com uma desnutrição severa, mas que, com bastante líquido e um tempo para se recuperar, ele ficaria bem.

"Eu assenti e disse: 'O pai dele está morto. Não sei onde a mãe dele mora. Nós temos um bebê. Não sei o que fazer.'

"Quando eu disse a ele que tínhamos um bebê, ele ficou chocado. Disse: 'Deus do céu. Quantos anos você tem?'

"Eu respondi que tinha quinze anos e ele me lançou um olhar estranho e disse: 'Onde está esse bebê?'

"Respondi: 'Ela está na casa. Com meu irmão.'

"'E seus pais, onde estão?'

"Respondi: 'Estão mortos.'

"Então ele respirou fundo e disse: 'Eu não tinha ideia. Sinto muito.' E então continuou: 'Olha, não sei o que está acontecendo aqui e não quero me envolver em nada disso. Mas você trouxe esse rapaz até a minha porta e tenho o dever de cuidar dele. Então, vamos mantê-lo aqui por um tempo. Tenho um quarto para ele ficar.'

"E aí eu disse que queria ir embora, voltar para pegar você, e ele disse: 'Você parece estar com anemia. Quero fazer uns exames antes que você volte para lá. Vou lhe dar algo para comer.'

"Ele me deu uma tigela de cereais com banana. Tirou um pouco de sangue, aferiu minha pressão, conferiu meus dentes, meus ouvidos, como se eu fosse um cavalo à venda.

"Ele me disse que eu estava desidratada e que precisava passar um tempinho em observação, me hidratando."

Então Lucy olha para Libby e diz:

— Me desculpe, me desculpe. Quando ele disse que eu podia enfim voltar para casa, já tinha acabado tudo. A polícia já tinha estado lá, o serviço social também, você já tinha sido levada.

Seus olhos se enchem de lágrimas.

— Eu cheguei tarde demais.

64

CHELSEA, 1994

Fui eu quem cuidou de você, Serenity. Fiquei na casa e te alimentei com bananas amassadas, leite de soja, mingau e arroz. Troquei suas fraldas. Cantei para você dormir. Passamos muitas horas juntos, eu e você. Logo ficou claro que Lucy e Phin não iam voltar, e que os corpos iam começar a se decompor se eu ficasse ali por muito mais tempo. Imaginei que talvez alguém já tivesse ligado para a polícia a essa altura. Sabia que era hora de ir embora. Acrescentei algumas linhas ao bilhete de suicídio. "Nossa filha se chama Serenity Lamb. Ela tem dez meses. Por favor, garantam que ela fique com boas pessoas." Encostei a caneta que tinha usado para escrever o bilhete na mão da minha mãe, depois a coloquei perto do bilhete em cima da mesa. Dei comida a você e troquei sua fralda.

Então, quando estava prestes a sair, enfiei a mão no bolso do casaco e lá estava o pé de coelho de Justin. Coloquei lá para dar sorte, não que eu acreditasse nessas coisas, e obviamente aquilo não me trouxera sorte nenhuma desde que o peguei no quarto de Justin. Mas eu queria o melhor para você, Serenity. Você era a única coisa verdadeiramente pura daquela casa, a única coisa boa que tinha surgido de tudo aquilo. Peguei o pé de coelho e escondi entre as suas cobertas.

Então lhe dei um beijo e disse: "Adeus, bebê querida."

Saí pelos fundos da casa usando um dos ternos Savile Row do meu pai e um par de seus sapatos Jermyn Street. Coloquei minha *bolo tie* no colarinho de uma das camisas antigas do meu pai e penteei o cabelo, fazendo uma franja. Minha bolsa estava cheia de dinheiro e joias. Saí andando sob o sol da manhã, sentindo que ele dourava minha pele cansada. Encontrei um orelhão e disquei 999. Com uma voz disfarçada, disse à polícia que estava preocupado com meus vizinhos. Que não os via tinha um tempo. E que havia um bebê chorando.

Andei até a King's Road; todas as lojas ainda estavam fechadas. Continuei andando até chegar à Victoria Station, e lá me sentei do lado de fora de uma cafeteria decadente, com meu terno Savile Row, e pedi uma xícara de café. Queria muito um café. O café chegou, eu provei, e estava horrível. Coloquei dois sachês de açúcar e me obriguei a beber. Encontrei um hotel escondido e paguei por três noites. Ninguém perguntou minha idade. Ao assinar o registro, usei o nome *Phineas Thomson*. Thomson, com "o". E não Thomsen, com "e". Eu queria ser quase o Phin, mas não totalmente ele.

Fiquei vendo televisão no quarto do hotel. No fim do noticiário, apareceu uma pequena reportagem. Três corpos. Um pacto de suicídio. Um culto. Um bebê saudável e bem cuidado. Crianças que provavelmente estavam desaparecidas. Buscas em andamento. As fotos que eles tinham eram do nosso último ano no primário. Eu só tinha dez anos, o cabelo cortado com a lateral e a parte de trás mais curta. Lucy tinha oito, com um corte curto e arredondado. Estávamos irreconhecíveis. Não havia qualquer menção a Clemency e Phin.

Respirei aliviado.

E agora? O que aconteceu neste período, entre o garoto de dezesseis anos de cueca assistindo ao noticiário num hotel barato e o homem de meia-idade de agora?

Você quer saber? Você se importa?

Bem, eu arranjei um emprego. Trabalhava numa loja de conserto de aparelhos elétricos em Pimlico. Os donos eram uma família louca de Bangladesh que pouco ligava para minha história de vida, desde que eu aparecesse para trabalhar na hora certa.

Fui morar em um conjugado. Comprei livros de programação e computação, e, à noite, estudava em casa, sozinho.

Naquela época já havia celulares com internet, então saí da loja de conserto de aparelhos elétricos e arranjei um emprego em uma revendedora de telefonia móvel, na Oxford Street.

Então me mudei para um apartamento de um quarto em Marylebone, pouco antes de Marylebone ficar absurdamente cara. Comecei a pintar meu cabelo de loiro. Comecei a malhar. Ganhei uns músculos. Ia para boates e transava com estranhos. Me apaixonei, mas ele me bateu. Depois me apaixonei de novo, mas ele me largou. Fiz clareamento nos dentes. Comprei peixes tropicais. Eles morreram. Consegui um emprego em uma empresa nova de internet. No começo, éramos cinco funcionários. Três anos depois, já éramos cinquenta, e eu estava ganhando um salário de seis dígitos e tinha minha própria sala.

Comprei um apartamento de três quartos em Marylebone. Me apaixonei. Ele me disse que eu era feio e que ninguém nunca ia me amar, e depois me deixou. Fiz plástica no nariz. Coloquei uma extensão nos cílios. Um leve preenchimento nos lábios.

E então, em 2008, fui falar com o advogado cujo nome constava na carta de apresentação do testamento original dos meus pais. Por muito tempo eu tentei enterrar Cheyne Walk e tudo que aconteceu lá no fundo da minha mente, tentei criar uma nova vida, com uma nova (ainda que levemente usurpada) identidade. Não queria ter nada a ver com o patético Henry Lamb e sua história. Ele estava morto para mim. Mas conforme fui ficando mais velho e mais estabilizado, comecei a pensar em você, cada vez mais; queria saber onde você estava, quem era, se estava feliz ou não.

Eu sabia pelas reportagens que ficou estabelecido que você era filha de Martina e Henry Lamb. Meu "bilhete de suicídio" foi considerado prova, e nenhum teste de DNA foi feito para confirmar. Então, ao me lembrar dos termos do testamento dos meus pais, me ocorreu que talvez um dia você voltasse para a minha vida. Mas eu não tinha ideia se o fundo ainda estava com os advogados. E, se estivesse, não sabia se David tinha feito alguma coisa para alterar seus termos durante o período em que tinha minha mãe sob seu controle.

Eu tinha trinta e poucos anos na época. Era alto, loiro, sarado e bronzeado. Cheguei e me apresentei como Phineas Thomson. Disse: "Estou buscando informações sobre uma família que conheci. Acho que vocês eram os advogados. Os Lamb. De Cheyne Walk."

Uma moça jovem vasculhou uns papéis, digitou algumas coisas, me disse que eles tinham, sim, um fundo em nome daquela família, mas que não tinha autorização de me dizer nada.

Tinha um cara bonitinho lá. Chamei a atenção dele quando estava sentado na recepção. Fiquei esperando do lado de fora do escritório até a hora do almoço e o abordei quando estava saindo. Seu nome era Josh. É claro. Todo mundo se chama Josh hoje em dia.

Eu o levei para meu apartamento, cozinhei para ele, transei com ele e, é claro, porque eu estava apenas lhe usando, ele se apaixonou totalmente por mim. Demorei menos de um mês fingindo que eu também o amava para convencê-lo a achar os papéis, fazer uma cópia e trazê-los para mim.

E lá estava, preto no branco, exatamente como meus pais tinham descrito quando eu era um bebezinho e Lucy ainda nem existia. O número dezesseis da Cheyne Walk e todo o seu conteúdo estava seguro num fundo para os descendentes de Martina e Henry Lamb até o mais velho completar vinte e cinco anos. David não tinha conseguido colocar as mãos nela no fim das contas, e, pelo visto, Lucy também não tinha reaparecido para reivindicar a casa. O fundo ainda estava lá, quieto, pronto e na espera, na espera de que você completasse vinte e cinco anos. Alguém mais cínico do que você talvez pensasse que eu só a procurei para conseguir colocar as mãos na minha própria herança. Afinal, eu não tinha nenhuma prova de que era Henry Lamb, então não tinha como reivindicá-la, e com você na minha vida eu teria a chance de conseguir o que era meu por direito. Mas, você sabe, na verdade não tinha a ver com o dinheiro. Eu tenho bastante dinheiro. Tinha a ver com fechar um ciclo. E tinha a ver com você, Serenity, e a conexão que tive com você.

Então, em junho deste ano, aluguei um Airbnb do outro lado do rio. Comprei um par de binóculos e fiquei vigiando do terraço.

Numa manhã, escalei pelos fundos da casa em Cheyne Walk e passei um dia inteiro no telhado tirando o esqueleto de Birdie daquela cápsula mumificada. Separando seus pequenos ossinhos. Colocando tudo num saco plástico preto. Na escuridão da noite, joguei o saco no Tâmisa. Era surpreendentemente pequeno. Passei a noite no meu velho colchão e voltei para o Airbnb no dia seguinte. Por fim, quatro dias depois, lá estava você. Você e o advogado. Tirando as tábuas. Abrindo a porta. Entrando e fechando novamente.

Suspirei aliviado.

Finalmente.

O bebê estava de volta.

65

Libby olha para Lucy.

— E o que aconteceu com Phin? Depois que você o deixou no dr. Broughton? Ele melhorou?

— Sim — responde Lucy. — Ele melhorou.

— Ele ainda está vivo?

— Até onde eu sei, sim.

Libby cobre a boca com as mãos.

— Ai, meu Deus. Onde ele está?

— Não sei. Não o vejo desde que eu tinha uns dezoito anos. Ficamos juntos na França por alguns anos. E então perdemos o contato.

— Como vocês foram parar na França? — pergunta Libby.

— O dr. Broughton nos levou. Ou, na verdade, ele pediu a um conhecido dele que nos levasse. O dr. Broughton parecia conhecer todo mundo. Ele era esse tipo de pessoa, um facilitador, acho que pode se dizer assim. Sempre tinha alguém para quem podia ligar, um favor que podia cobrar, alguém que conhecia alguém. Era médico particular de alguns criminosos de alto calibre. Acho que já tinha sido acordado no meio da noite antes para costurar algum ferimento de bala em seu consultório.

"E quando ele viu que estávamos no noticiário, só queria que fôssemos embora logo. Uma semana depois que bati à sua porta, ele disse que estávamos bem o suficiente para partir. Um homem chamado Stuart nos enfiou na parte de trás de uma van e nos levou pelo Eurotúnel até Bordeaux. Ele nos deixou numa fazenda, com uma mulher chamada Josette. Outro contato do dr. Broughton. Ela nos permitiu ficar por lá por alguns meses em troca de trabalharmos na fazenda. Não perguntou quem éramos ou por que tínhamos sido levados até ali.

"Phin e eu, nós não... sabe. O que aconteceu antes entre nós foi apenas por causa da situação em que estávamos. Quando nos livramos daquilo tudo, voltamos a ser só amigos. Quase como irmãos. Mas falávamos sobre você o tempo inteiro, imaginando onde estaria, quem estaria cuidando de você, como era linda, como era boazinha, como se tornaria uma mulher incrível, como tínhamos sido incríveis por colocar você no mundo."

— Vocês alguma vez falaram sobre voltar para me buscar? — pergunta Libby, pensativa.

— Sim — responde Lucy. — Sim, falamos. Pelo menos eu falei. Phin era mais comedido, mais preocupado com o futuro dele do que com o passado. Não falávamos sobre as outras coisas. Não conversávamos sobre nossos pais, sobre o que tinha acontecido. Eu tentava, mas Phin não queria. Era como se ele tivesse simplesmente bloqueado tudo. Apagado. Como se nada daquilo tivesse acontecido. E ele ficou tão bem ao longo daquele primeiro ano. Estava bronzeado, em forma. Nós dois estávamos. E Josette tinha um violino antigo que ela não tocava, e me deixou usar. Eu tocava músicas para ela no inverno e então, no verão, quando a fazenda se enchia de estudantes e viajantes, tocava o violino para eles também. Ela me deixava levar o instrumento para o centro da cidade, onde eu tocava nas sextas e sábados à noite, e comecei a ganhar dinheiro. Economizava pensando em usar aquele dinheiro para voltar para Londres com Phin e encontrar você.

"Então, numa manhã, uns dois anos depois, eu acordei e Phin tinha sumido. Ele me deixou um bilhete escrito: 'Fui para Nice.' Fiquei em Bordeaux pelo resto do verão e economizei até conseguir dinheiro suficiente para pegar um ônibus para Nice. Passei várias semanas dormindo na praia à noite e tentando encontrar Phin durante o dia. Depois de um tempo, desisti. Eu tinha ficado com o violino de Josette. Tocava todas as noites. Consegui dinheiro suficiente para alugar um quarto num albergue. Fiz dezenove anos, vinte, vinte e um. E então conheci um homem. Um homem muito rico. Ele me conquistou de cara. Nos casamos. Tive um bebê. Eu me separei do homem muito rico e conheci outro muito pobre. Tive outro bebê. O homem pobre me deixou, e então..."

Ela para e Libby analisa sua expressão. Há algo ali incompreensível, impensável, talvez. Mas a sensação passa e ela continua.

— E então chegou seu aniversário e eu voltei.

— Mas por que não voltou antes? — pergunta Libby. — Quando você fez vinte e cinco anos? Não sabia do fundo?

— Eu sabia, sim — diz ela. — Mas não tinha nenhuma prova de que era Lucy Lamb. Não tinha certidão de nascimento. Meu passaporte era falso. Estava num casamento muito, muito terrível com o pai de Marco. Estava tudo tão... — Lucy suspira. — Então pensei: se nem Henry nem eu voltarmos para reivindicar a casa, ela vai automaticamente para o bebê, para você, porque todo mundo achava que você era filha dos meus pais. E depois pensei: é isso que vou fazer. Vou esperar até ela completar vinte e cinco anos e voltar para encontrá-la. Quando comprei meu primeiro smartphone, alguns anos atrás, coloquei um lembrete no calendário para não esquecer. E em todos os minutos de todos os dias desde então eu fiquei esperando. Esperando a hora de voltar.

— E Phin? — pergunta Libby, desesperada. — O que houve com Phin?

Lucy suspira.

— Só consigo imaginar que ele tenha ido para algum lugar onde não seria encontrado. Acho que era isso que ele queria.

Libby respira fundo. É isso. Finalmente. A história completa. Faltando só um pedaço.

Seu pai.

IV

66

Libby está sentada com o dedo na tela do celular. Está na página do aplicativo do banco, que atualiza a cada quinze minutos, desde as nove da manhã do dia de hoje.

É o dia da conclusão da venda da casa de Cheyne Walk.

Eles venderam há um mês, finalmente, depois de meses sem nenhuma visita, e então uma chuva de ofertas depois que baixaram o preço, duas tentativas abortadas na fase do contrato e, enfim, um comprador da África do Sul que pagou à vista, tudo certinho, assinado e resolvido em apenas duas semanas.

Sete milhões, quatrocentas e cinquenta mil libras.

Mas seu saldo no banco ainda está em trezentas e dezoito libras. Os resquícios finais de seu último salário.

Ela respira fundo e se volta para a tela do computador. Seu último projeto de cozinha. Pequena e simpática, com móveis pintados em estilo *shaker*, maçanetas de cobre e uma bancada de mármore. O primeiro lar de um casal recém-casado. Vai ficar linda. Ela gostaria de ver quando ficar pronta. Mas não vai. Não agora, porque hoje é seu último dia na Northbone Kitchens.

É também seu aniversário de vinte e seis anos. Seu aniversário *de verdade*. Não no dia 19 de junho, afinal, mas no dia 14. Ela é cinco dias mais velha do que pensava. Tudo bem. Cinco dias é um preço pequeno a se pagar por sete milhões de libras, uma mãe, um tio e dois meios-irmãos. E agora que ela não está mais percorrendo aquele suposto caminho cheio de regras que deveria cumprir até os trinta anos, quem se importa se chegar lá alguns dias antes?

Ela clica para atualizar novamente a página.

Trezentas e nove libras. Um pagamento que fez pelo PayPal na semana anterior acabou de ser debitado.

Está um dia lindo. Ela olha para Dido.

— Vamos sair para almoçar? Por minha conta.

Dido olha para ela por cima dos óculos de leitura e dá um sorriso.

— Com certeza!

— Dependendo da hora em que esse pagamento cair na conta, vai ser sanduíche com Coca-Cola ou lagosta com champanhe.

— Lagosta é um negócio superestimado — opina Dido, antes de baixar os óculos e voltar o olhar para a tela do computador.

Às onze, o celular de Libby vibra com uma mensagem de Lucy, que diz: "Vejo você mais tarde! Reservamos para oito horas!"

Lucy está morando com Henry em seu apartamento chique em Marylebone. Ao que tudo indica, eles não estão se dando muito bem: Henry, que mora sozinho há vinte e cinco anos, não tem paciência para dividir o espaço com crianças, e seus gatos odeiam o cachorro. Ela já está procurando uma casa em St. Albans. Libby está de olho em uma linda casinha georgiana num terreno de dois mil metros quadrados nos arredores da cidade.

Ela clica novamente em "atualizar".

Trezentas e nove libras.

Verifica a caixa de e-mail para checar se tem alguma mensagem, se algo deu errado. Mas não há nada.

O dinheiro vai ser dividido por três depois de descontado o imposto sobre heranças. Ela se ofereceu para renunciar à herança. A casa não é dela, ela não é irmã deles, mas eles insistiram. Ela disse: "Não preciso de um terço. Uns dois ou três mil está bom." Mas mesmo assim eles insistiram.

— Você é neta deles — argumentou Lucy. — Tem tanto direito quanto nós.

Quando dá uma da tarde, ela e Dido saem do *showroom*.

— Infelizmente, acho que vai ter que ser sanduíche mesmo.

— Ótimo — responde Dido. — Estou a fim de comer sanduíche.

Elas vão até a lanchonete do parque e se sentam numa mesa na parte externa, sob o sol.

— Não acredito que você vai sair — diz Dido. — Vai ficar tudo tão... Bem, eu ia dizer silencioso, só que você nunca fez muito barulho mesmo, mas vai ficar tudo tão... completamente desprovido de Libby sem você. E seu lindo cabelo. E suas pilhas organizadas.

— Minhas pilhas organizadas?

— Sim, as suas... — Com um gesto, ela desenha pilhas quadradas de papel. — Sabe. Todas as pontas alinhadas. — Ela sorri. — Vou sentir sua falta. É isso.

Libby olha para ela e diz:

— Você nunca pensou em sair? Depois que herdou o chalé? E todas as outras coisas? Assim, com certeza você não precisa trabalhar, né?

Dido dá de ombros.

— É, não preciso. E às vezes eu só queria largar tudo e passar o dia no estábulo com Spangles antes que ele se vá. Mas, no fim das contas, eu não tenho mais nada na vida. Mas, você... agora você tem tudo. Tudo que as cozinhas não podem te oferecer.

Libby sorri. Existe um pouco de verdade nisso.

Não é só o dinheiro. Não é mesmo só o dinheiro.

São as pessoas com as quais ela se sente bem-vinda, a família que a acolheu tão completamente. E é a pessoa que ela descobriu ser por baixo de todas as suas pilhas arrumadas e seu planejamento metódico. Ela nunca foi aquela pessoa de verdade. Mas se transformou nela para equilibrar a instabilidade da mãe. Para se encaixar na escola. Para se encaixar entre um grupo de amigos cujos valores ela, lá no fundo, nunca teve. Ela é mais do que aquelas amizades rasas e aqueles pré-requisitos idiotas do Tinder. Ela é o resultado de pessoas muito melhores do que os pais biológicos da sua imaginação, o designer gráfico e a relações-públicas de moda com seu carro esportivo e cachorrinhos. Quão pouco criativa ela fora.

Libby clica em "atualizar" no aparelho novamente, sem prestar muita atenção.

Olha de novo. Tem um número absurdo ali. Um número que nem faz sentido. São muitos zeros, muitas coisas. Ela vira a tela do celular para Dido.

— Ai. Meu. Deus.

Dido cobre o rosto com as mãos num sobressalto. Depois, se vira para a entrada da lanchonete:

— Garçom — diz. — Duas garrafas do seu melhor Dom Perignon. E treze lagostas. E rápido.

Não há garçom nenhum, é claro, e as pessoas da mesa ao lado olham para elas com uma expressão estranha.

— Minha amiga acabou de ganhar na loteria — explica Dido.

— Ah, que sorte! — diz a mulher.

— Olha — diz Dido, se virando novamente para ela. — Você não precisa voltar para o trabalho depois disso. É seu aniversário. Acabou de ganhar um zilhão de libras. Você pode, se quiser, tirar o resto do dia de folga.

Libby sorri, amassa o guardanapo e joga na bandeja de plástico.

— Não. De jeito nenhum. Não sou de desistir — diz ela. — Além disso, tenho quase certeza de que deixei alguns papéis levemente desalinhados.

Dido dá um sorrisinho.

— Vamos lá, então. Mais três horas e meia de normalidade. Vamos acabar logo com isso?

67

Por mais uma hora, Lucy tem o apartamento só para si. Ela usa esse tempo para tomar banho, pintar as unhas, secar o cabelo com secador e deixá-lo pendendo perfeitamente sobre os ombros, passar hidratante, se maquiar. Até hoje ela não trata esse ritual como algo corriqueiro. Faz um ano que Henry a encontrou na casa em Cheyne Walk e levou Serenity até ela, um ano desde que todos se reuniram. Há um ano Lucy mora com Henry em seu apartamento imaculado em Marylebone, onde dorme numa cama de casal com lençóis macios de algodão e não tem nada mais para fazer da vida além de passear com o cachorro e preparar refeições deliciosas. Ela e Clemency se encontram uma vez por mês para tomar champanhe e conversar sobre seus filhos, sobre música, sobre as idiossincrasias de Henry e o que mais quiserem, na verdade, menos sobre o que aconteceu com as duas na infância. Elas nunca serão tão próximas quanto um dia foram, mas ainda são melhores amigas.

Marco tem treze anos e está matriculado numa escola particular moderninha em Regent's Park pela qual Henry está pagando e onde, pelo que parece, "todo mundo fuma cigarro eletrônico e toma quetamina". Ele perdeu completamente o sotaque francês e diz: "Agora me identifico como londrino."

Stella tem seis anos e está no primeiro ano de uma escola primária simpática em Marylebone, onde tem duas melhores amigas, e as duas se chamam Freya.

Ontem, Lucy pegou o metrô até Chelsea e ficou parada em frente à casa. As tábuas foram retiradas e a placa de "vende-se" foi substituída pela de "vendida". Em breve, o lugar estará vivo com o som de furadeiras e martelos, destruído e reconstruído para se adequar aos gostos e necessidades de uma nova família. Em breve, alguém vai chamá-la de lar e eles nunca vão saber, nunca, nem por um momento, vão suspeitar do que realmente aconteceu tantos anos atrás entre aquelas paredes, como quatro crianças foram aprisionadas e destruídas, depois jogadas no mundo, despedaçadas, incompletas, perdidas e maltratadas. É difícil para Lucy se lembrar da garota que ela era na época, difícil aceitar uma versão dela mesma tão desesperada por atenção a ponto de dormir com pai e filho. Ela olha para Stella às vezes, sua garotinha perfeita, e tenta imaginá-la aos treze anos se entregando daquela maneira apenas para se sentir amada. E sente uma dor insuportável.

Seu celular apita e ela sente um arrepio de ansiedade, como provavelmente vai sentir para sempre. O assassinato de Michael não foi solucionado, mas a explicação amplamente aceita é que fora o resultado de alguma dívida não paga a seus comparsas criminosos. Ela viu uma menção a ela num jornal francês pouco depois de o assassinato vir à tona na imprensa.

> Acredita-se que Rimmer, que fora casado duas vezes, tenha um filho com sua primeira esposa, uma britânica conhecida apenas pelo primeiro nome, Lucy. De acordo com a empregada de Rimmer, ele

e a ex-esposa tiveram um rápido encontro recentemente, mas ela não é considerada suspeita no caso.

Mesmo assim, ela nunca vai ficar completamente tranquila, pois sempre há a possibilidade de ser localizada por algum detetive jovenzinho, recém-promovido e desesperado para provar seu valor. Ela suspeita que nunca mais vai se sentir completamente relaxada na vida.

Mas a mensagem não é de um detetive inexperiente, e sim de Libby: um print de tela com seu extrato bancário seguido da legenda *"Dinheirão!"*.

Então é isso, pensa Lucy, e um arrepio de alívio percorre seu corpo. É o fim desta fase da sua vida e o começo da próxima. Agora pode comprar um lugar para ela. Finalmente. Um lugar para ela, seus filhos e seu cachorro. Um lugar para sempre, que ninguém vai poder lhe tirar. E então, pensa, então ela vai conseguir descobrir exatamente o que quer fazer da vida. Acha que gostaria de estudar violino. Gostaria de ser uma musicista profissional. E agora não há nada que a impeça.

A primeira metade da vida de Lucy foi sombria e assustadora, com uma dificuldade seguida da outra. Mas a segunda metade vai ser incrível.

Ela responde à mensagem de Libby.

"Rodada de champanhe para todo mundo! Vejo você mais tarde, querida. Mal posso esperar para comemorar com você. Comemorar tudo."

Libby responde: "Mal posso esperar para ver você também. Te amo."

"Amo você também", ela termina, depois manda uma fileira de beijos e desliga a tela do aparelho.

Sua filha é maravilhosa: uma alma gentil e cuidadosa, uma mistura de Stella e Marco de diversas maneiras, mas também muito parecida com o pai no modo como faz seu próprio caminho, segue suas próprias regras e é totalmente ela mesma. E vem evoluindo e mudando muito, abandonando algumas manias e compulsões que a imobilizavam, deixando a vida lhe mostrar o caminho em vez de impor um caminho à própria vida. Ela valeu a pena todos os momentos ruins que sucederam o instante entre deixá-la no berço e encontrá-la novamente. Ela é um anjo.

Lucy pega o celular novamente, rola a barra de contatos até chegar à letra G. Digita uma mensagem:

"Querido Giuseppe, aqui é sua Lucy. Sinto muito a sua falta. Só queria que soubesse que estou bem, saudável e feliz, assim como as crianças e o Fitz. Não vou voltar para a França. Tenho uma vida nova incrível aqui e quero fincar raízes. Mas sempre vou me lembrar de você e serei eternamente grata por ter ficado ao meu lado quando minha vida estava fora de controle. Eu estaria perdida sem você. Com amor, para sempre, Lucy."

68

A família de Libby espera por ela naquela noite num restaurante em Marylebone.

Lucy, Marco, Stella e Henry.

Marco é o primeiro a se levantar e a cumprimenta com um meio abraço constrangido e ligeiramente dramático, a cabeça apoiada na clavícula dela.

— Feliz aniversário, Libby — diz.

Stella lhe dá um abraço afetuoso e diz:

— Feliz aniversário, Libby. Amo você.

Aquelas duas crianças, seu irmão e sua irmã, foram o maior presente de todos.

Eles são crianças incríveis, e Libby credita isso totalmente à mulher que os criou. Ela e Lucy se aproximaram muito rápido. A pequena diferença de idade acaba fazendo com que, na maior parte do tempo, Lucy pareça mais uma maravilhosa nova amiga, e não a mulher que lhe deu à luz.

Lucy se levanta. Abraça Libby pelo pescoço e lhe dá um beijo barulhento perto da orelha.

— Feliz aniversário — diz. — Um feliz aniversário de verdade. A essa hora, vinte e seis anos atrás... Nossa. Eu achei que ia partir ao meio.

— É verdade — concorda Henry. — Ela mugiu como uma vaca. Durante horas. Ficamos o tempo todo com as mãos nos ouvidos. — Ele então lhe dá um de seus abraços cautelosos.

Libby ainda não conseguiu decifrar Henry muito bem. Às vezes se lembra de Clemency dizendo que ele tinha um traço de pura maldade e sente um arrepio na espinha. Pensa no que ele fez, a execução de quatro pessoas, a mumificação do corpo de uma jovem mulher, a mutilação de um gato. Mas ele nunca teve intenção de matar, e Libby ainda acredita que se as quatro crianças tivessem se apresentado à polícia local e explicado o que tinha acontecido, como tinham sido maltratadas e aprisionadas, que aquilo tinha sido um terrível acidente, a polícia acreditaria e as liberaria. Mas não foi assim que aconteceu; eles se tornaram fugitivos e suas vidas tomaram caminhos inimagináveis.

Henry é estranho, mas ao mesmo tempo é completamente honesto sobre o fato de ser estranho. Até hoje diz que não os trancou de propósito no quarto do Airbnb naquela noite, que não pegou seus celulares e nem deletou a gravação de Miller. Disse:

— Bem, se eu fiz isso devia estar ainda mais bêbado do que pensava.

E Libby nunca encontrou nenhum dispositivo de localização ou de áudio em seu celular. Mas ela também nunca mudou a senha do aparelho.

Além do mais, ele nega que tenha feito procedimentos estéticos que o deixaram parecido com Phin.

— Por que eu ia querer ficar parecido com Phin? Sou muito mais bonito do que ele — disse.

Ele é impaciente com as crianças e um tanto agitado com aquela repentina abundância de pessoas em seu universo tão bem controlado, é quase sempre mal-humorado, mas, muitas vezes, hilário. Ele tem uma vaga compreensão do que é verdadeiro e parece viver sempre meio no limite da realidade. E como Libby pode contestar isso? Depois de tudo que ele passou? Ela provavelmente também viveria fora da realidade se sua infância tivesse sido tão traumática quanto a dele.

Ela abre o cartão que ele lhe deu e lê: "Querida Libby Jones, tenho muito orgulho de chamar você de minha sobrinha. Eu amei você desde o início e vou amá-la para sempre. Feliz aniversário, linda."

Ele olha para ela levemente corado de vergonha e dessa vez ela não aceita seu abraço cauteloso: ela joga os braços ao seu redor e aperta com força até que ele aperte de volta.

— Amo você também — diz, no ouvido dele. — Obrigada por me encontrar.

Então Miller chega.

Dido estava certa.

Havia alguma coisa ali.

Apesar do fato de que Roe faz uma combinação horrível com Jones, que a mãe dele é bastante distante, que ele tem uma barriguinha, muitos pelos no rosto, uma ex-mulher e nenhum bichinho, havia algo ali que superava tudo isso. E o que é uma tatuagem além de um desenho no corpo? Não é uma ideologia. É só um rabisco.

Miller deixou sua reportagem de lado por Libby. Depois daquela noite no verão passado, quando ela se reuniu com toda a família, ele pegou o caderno e rasgou as páginas.

— Mas esse é o seu trabalho, sua carreira — disse ela. — Você poderia ganhar muito dinheiro.

Ele lhe deu um beijo e disse:

— Não vou tirar sua família de você. Você merece eles muito mais do que eu mereço publicar um furo.

Agora, Libby se senta na cadeira vazia ao seu lado e o cumprimenta com um beijo.

— Feliz aniversário, Lamb — diz ele, em seu ouvido.

Esse é o apelido que ele lhe deu. Nunca antes ela teve um apelido.

Ele entrega um envelope recheado para ela.

— O que é isso? — pergunta Libby.

Ele responde, sorrindo:

— Sugiro que você abra para descobrir.

É um cartão brilhante, de papel grosso, para um hotel-safári cinco estrelas em Botsuana chamado Chobe Game Lodge.

— Isso é...?

Miller dá um sorriso.

— Pelo visto, sim. De acordo com o recepcionista bastante solícito com quem eu conversei, o guia-chefe deles é um homem de quarenta e poucos anos chamado Phin. Mas ele escreve com F agora. Finn. Finn Thomsen.

— E esse é ele?

— Tenho noventa e nove por cento de certeza de que é. Mas só tem uma maneira de descobrir.

Ele tira um papel do bolso do casaco e o entrega a ela. É um e-mail com a confirmação da reserva de um quarto de luxo para duas pessoas no Chobe Game Lodge.

— Posso levar minha mãe — diz ele. — Se você não quiser ir. Ela sempre quis fazer um safári.

Libby nega com a cabeça.

— Não — retruca com entusiasmo. — Não. Eu quero ir. É claro que quero ir.

Ela folheia os papéis, depois volta para o cartão. Uma foto lhe chama a atenção: um jipe cheio de turistas olhando para uma alcateia de leões. Ela aproxima a foto do rosto. Olha para o guia de turismo sentado na frente do jipe, posando e sorrindo para a câmera. Ele tem o cabelo loiro queimado de sol, grosso e emaranhado. Seu rosto é radiante; seu sorriso é como o brilho do sol.

Ele parece o homem mais feliz do mundo.

Ele se parece com ela.

— Acha que é ele? — pergunta ela.

— Não sei — responde Miller.

Ele olha para Henry e Lucy do outro lado da mesa e mostra o cartão para eles. Os dois aproximam os rostos para analisar a foto. Então Lucy leva a mão à boca e Henry se deixa cair estatelado no encosto da cadeira.

Lucy assente, convicta.

— Sim — diz ela, a voz falhando. — Sim, é ele. É Phin. Ele está vivo. Olhe para ele! Ele está vivo.

69

Ele está vivo. Phin está vivo. Meu coração pula e salta no peito, e me sinto tonto. Está lindo que nem o inferno. Olha só ele com seu bronzeado, sua roupa camuflada, seu sorrisinho arrogante, sentado num jipe na África sem nenhuma preocupação neste mundo. Aposto que nunca pensa em mim, aposto que nunca pensa em nenhum de nós. Principalmente em você, Serenity. Principalmente em você. Ele não se interessava por você quando morava na nossa casa. Não é agora que vai se interessar.

Lucy obviamente estava mentindo quando disse que eles falavam de você o tempo inteiro quando moraram na França. Phin não é uma pessoa chegada a bebês. Não é um "homem de família". Vive dentro de si mesmo. É um solitário. A única vez que consegui tirá-lo de dentro dele mesmo foi na primeira vez que tomamos o ácido. Naquela vez em que demos as mãos, quando senti que ele se transportava para dentro de mim, quando eu me transformei em Phin. Ele não se transformou em mim, é claro — quem iria querer se transformar em mim? Mas eu me transformei nele. Costumava escrever pela casa inteira, onde quer que eu conseguisse, como gritos silenciosos nos cantinhos escondidos. "EU SOU O PHIN."

Mas como eu poderia ser ele enquanto Phin estivesse ali me lembrando *constantemente* do quanto eu não era ele? A cada movimento involuntário de sua franja, cada gesto de indiferença com os ombros, cada olhar triste para algum cômodo vazio da casa, cada virada de página de um livro cult.

Tudo começou com uma poção do amor. A intenção era fazê-lo se apaixonar por mim. Não deu certo, tudo que ela fez foi fazê-lo definhar. Deixá-lo mais fraco. Menos bonito. E quanto mais fraco ele ficava, mais forte eu me tornava. Então continuei dando a infusão a ele. Não para matá-lo, esse nunca foi meu objetivo, mas para reduzir sua luminosidade e, assim, eu poder brilhar mais forte. E, naquela noite, na noite do aniversário de trinta anos de Birdie, quando Lucy me contou que Phin era o pai do bebê, eu fui até o quarto para matá-lo.

Mas quando ele me pediu para soltá-lo, eu disse:

— Só se você me deixar te beijar.

E eu o beijei. Com sua mão ainda amarrada ao cano do aquecedor, o corpo quase destruído, eu o beijei, na boca e no rosto. Ele não lutou. Ele deixou. Eu o beijei por um bom tempo. Toquei seus lábios com meus dedos, passei as mãos por seu cabelo, fiz tudo que sempre sonhara fazer desde o primeiro minuto em que ele entrou na nossa casa, quando eu tinha onze anos e nem sabia ainda que algum dia ia querer beijar alguém.

Esperei que ele me empurrasse. Mas ele não me empurrou. Ele deixou.

E então, quando me cansei de beijá-lo, eu o soltei do aquecedor e me deitei ao seu lado.

Abracei seu corpo quente.

Fechei os olhos.

E dormi.

Quando acordei, Phin tinha sumido.
Desde então eu procuro por ele.
Mas agora ele foi encontrado.
Sabia que o ursão da Libby ia encontrá-lo.
E assim ele fez.
Olho para Miller; olho para você.
Coloco meu melhor sorriso simpático de tio Henry no rosto e pergunto:

— Tem lugar para mais um?

Agradecimentos

Obrigada ao meu trio de editoras incríveis; para Selina Walker, minha editora no Reino Unido, que trabalhou durante fins de semana e madrugadas para reorganizar, aprimorar e refazer meu manuscrito e transformá-lo em algo legível. Para Lindsay Sagnette, nos Estados Unidos, que definitivamente acrescentou uma camada extra de boas ideias e objetividade. E, por último, para Richenda Todd, que foi muito além do papel de editora de texto e me fez lidar com várias questões problemáticas que eu vinha tentando ignorar por não saber como resolver. Vocês três me deram verdadeiras aulas sobre a diferença que um bom editor pode fazer. Obrigada também à minha maravilhosa agente, Jonny Geller, que não me deixou lançar meu livro no mundo até que ele fosse sua melhor versão. Quanto mais você é incentivada a trabalhar duro num texto, mais seus editores se importam com você e com o seu trabalho. Tenho muita sorte de ter todas vocês.

Obrigada a Najma Finlay, minha assessora de imprensa no Reino Unido, que está saindo de licença-maternidade e só volta quando tivermos o próximo livro para divulgar; aproveite cada minuto com seu lindo bebê.

Obrigada a Deborah Schneider, minha incrível agente nos Estados Unidos, por... bem, você sabe pelo quê! Que ano foi esse?!

Obrigada a Coco Azoitei pelo jargão técnico que precisei usar para explicar o que acontece quando alguém testa um violino recém-consertado, e obrigada a todo mundo no Facebook que me mandou informações sobre administração de bens de família. Qualquer erro nos dois casos é minha culpa.

Obrigada a minhas equipes editoriais no Reino Unido, nos Estados Unidos e em todo o resto do mundo por cuidar tão bem do meu trabalho — e de mim! —, com agradecimentos especiais a Ariele e Haley nos Estados Unidos, Pia e Christoffer na Suécia, Oda na Noruega, Elisabeth e Tina na Dinamarca.

Obrigada a todas as minhas editoras que publicam audiolivros e aos estúdios de gravação que produzem conteúdos de tão alta qualidade, e obrigada aos atores e artistas de voz que leem minhas palavras de forma tão linda.

Obrigada aos livreiros, às livrarias, aos organizadores de festivais e a todos que ajudaram a colocar meus livros nas mãos dos leitores.

Obrigada a minha família (incluindo meu grupo de amigos), que mantém minha cabeça sempre no lugar.

E, por último, obrigada àquelas doses duplas de vodca com tônica que me acompanharam ao longo dos últimos três capítulos deste livro numa sexta-feira à noite e me ajudaram a encontrar as últimas linhas que eu sabia estarem escondidas em algum lugar. Saúde!

Nota sobre o nome da personagem Cerian Tahany

O nome Cerian Tahany vem de uma Cerian Tahany da vida real, uma das vencedoras da campanha Get in Character.

O CLIC Sargent é o principal programa filantrópico relacionado ao câncer em crianças e jovens e tem como missão ressignificar a experiência de ser diagnosticado com câncer na juventude. Eles acreditam que crianças e jovens com câncer têm direito aos melhores tratamentos, cuidados e apoio possíveis ao longo de suas trajetórias com a doença e depois dela. A campanha Get in Character existe desde 2014 e já teve o apoio de muitos dos escritores mais conhecidos do Reino Unido. Até hoje, já arrecadou mais de quarenta mil libras.

Mais detalhes em www.clicsargent.org.uk.

intrinseca.com.br

@intrinseca

editoraintrinseca

@intrinseca

@editoraintrinseca

intrinsecaeditora

1ª edição	ABRIL DE 2022
reimpressão	OUTUBRO DE 2024
impressão	LIS GRÁFICA
papel de miolo	HILTE 60 G/M²
papel de capa	CARTÃO SUPREMO ALTA ALVURA 250 G/M²
tipografia	GARAMOND